光文社文庫

スタート！

中山七里

光　文　社

目次

5

一　キャスティング

1

轟音が先に聞こえた。
空気がびりびりと震動する。
爆薬で溢れ返った倉庫がいきなり爆発した。
八方に拡散する炎と空を焦がす黒煙。
沙良《さら》は息を呑む。倉庫には一条《いちじょう》が一人で残っているはずだった。
続いて誘爆が始まる。
一発、二発。爆音と共に屋根が空高く吹っ飛び、その度に倉庫は原形を留めなくなる。
沙良は一条の名を叫ぶが、その声は爆風に掻き消されてしまう。
空から二機のヘリが、道路の向こう側からは消防車がやってきた。

やがて爆発が収まり、無情の風が吹き荒《すさ》ぶ中、倉庫はすっかり灰燼《かいじん》に帰《き》していた。残り火が燻《くすぶ》り続け、あちらこちらから白煙が立ち上る。

沙良は絶望に肩を落として泣きじゃくる。

その時だった。

焦げた瓦礫《がれき》の一部がぐらりと崩れた。

中から一条が現れた。

『やれやれ。買ったばかりのスーツが台無しだ』

スクリーンの奥からファンファーレが高らかに鳴り響き、沙良が歓喜に顔を綻《ほころ》ばせる。

『……生きて？』

ヘリに乗った男たちが肩を叩き合う。

そしてカメラは抱き合う一条と沙良を俯瞰《ふかん》から捉え、そのままズームアウトしていく。

画面が暗くなりタイトルロールが流れ始めた。バックでは流行りの韓国ポップ歌手による主題歌が被っている——。

「うーん……」

宮藤映一《くどうえいいち》は暗闇の中で一人呻くように呟いた。

観ている映画が受けているかそうでないかは劇場の空気で分かる。画面の中では大爆発していても、劇場内には焚き火ほどの興奮もない。

中盤を越えた頃からずっと我慢していたが、そろそろそれも限界だった。映画を愉《たの》しむどころか針の筵《むしろ》だ。しかし、タイトルロールが終わるまで席を立つ訳にもいかない。映一は居心地悪さと、加えて座り心地の悪さに耐えて座席に腰を沈めた。

主題歌の甲高い声が耳に障《さわ》る、と思った時、隣の学生風の青年がぼそりと呟いた。

「何でさー、日本映画の主題歌を韓国人が歌ってるんだろ」

「あ、それはね、簡単。この映画の幹事会社が韓流ドラマとK－POPで視聴率を稼いでるテレビ局だから」

答えたのはその隣に座る友人らしい男だ。

「だから、この監督も局のディレクター上《あ》がりなんだよ。それを三人の助監督がフォローしている。この助監督たちは映画会社の生え抜きで、要はテレビの演出家が変な方向に暴走しないように監視役で雇われてるのさ」

その訳知りな口調は、関係者というよりは事情通の映画ファンのものと知れる。

「それにしてもひどいよな、これ。さっきの爆発なんてモロCGじゃん。ストーリーだってテレビ版のフォーマットを拡大しただけでさ。俳優に華がない分を火薬の量とヘリコプターの撮影で必死に埋めてるんだよ」

「でもパンフには製作費五億とか書いてあるぞ」

「そのうち広告宣伝費でどれだけ使われてることか。役者だって映画にしか出演しないような大御所は脇役に回す、ストーリーラインはテレビ版の脚本家をそのまま起用、安いCG。カネかけなきゃいけない所を徹底的に抑えてる。こんなもん、映画でも何でもない。結局はテレビドラマのスペシャル版だよ。くっだらない」

声は映一の耳に遠慮会釈なく飛び込んでくる。

「大体から映画版でフィナーレだって最初からレール敷いてるんだものな。基本設定やシリーズの脚本がテレビサイズで同じ脚本家なら、どう頑張ったって結末もテレビスペシャルになるのは当然なんだよ。だから、こういう映画ってスクリーンより洋画劇場とかでオンエアされると、すごくしっくりくるのな」

「だけど製作費って億単位だろ。当たるかコケるか分かんないのに、どうしてそこまで映画化に頼るんだよ」

「入場料千八百円て高いだろ」

「うん。ムチャ高い」

「だから客もハズレを引きたくないから保守的になる。周り見てみ？　ほとんどカップルだろ。つまりさ、これは鑑賞する映画じゃなくってデートコースの一部なのな」

「まあ、な。彼女がドタキャンしなかったらお前と並んで観ることはなかったし」

「それでテレビで全国放映されたドラマだったら、映画ファンでない限り知名度で選んじゃうから、大コケする可能性は少ない。それにはっきり言うと、客の入りはあまり関係ないんだよね」

「え。関係ないの？」

「ソフトってのは映画公開の後はＤＶＤになったり、ネット配信されたり、テレビに落ちたりするだろ。そういう全体の収益からすると、劇場公開の収入なんてたったの四分の一なんだよ。それでも劇場公開作品という冠が付くと付かないとじゃ、コンテンツの展開に大きな差が出てくる。つまりは小屋でかかったという実績さえありゃいいのさ」

「……それってさ、何か寒くね？」

「寒いよお。この映画そのものさ。別に入魂の傑作作らなくてもいいから適当に旬なタレント集めて、安い脚本とハリウッド・フォーマットの演出すればいいんだから。笑っちゃうのがさ、よせばいいのに別の冠欲しさにこういうのを国際映画祭とかに出品して、審査員と観客から思いっきり鼻で笑われてるのな。昔さ、ハリウッドで日本人を撮るとトンデモな描写になって国辱映画とか言われたけど、今じゃこっちの方がよっぽど国辱映画だよなー」

「でもさ、それは製作者の都合であって、作っている現場はそれなりに一生懸命なんじゃねえの？　とりあえずはモノ作りの仕事なんだし」

「一生懸命の方向が違うんだよ。映画についちゃあテレビの演出家をフォローするはずの助監督が多分何の口出しもしていない。映画の出来よりも、監督やプロデューサーに嫌われまい切られまいと躍起になってるだけで、モノ作りというよりはサラリーマンなのさ。でなきゃ、こんなやっつけ仕事する訳がない」

黙って聞いていたが、そのうちに堪《こら》えきれなくなった。このまま、ここにいたら横の俄《にわか》評論家の胸倉を摑《つか》みそうだった。

映一は席を立った。前を通り過ぎる時、評論家青年の膝にわざとぶつかったのはほんのご愛嬌だ。

「失礼」と謝ったが、それに続く言葉は喉の奥に呑み込んだ。

「うえっ」と、すれ違いざまに評論家青年が密かな声を上げた。

「真っ昼間からひでえ酒の匂い……」

ああ、呑んでるさ。呑まなきゃやってられるかよ。

やっつけ仕事で悪かったな。この映画の助監督の一人はこの俺だ。

新宿のシネコンを出た後も映一の心はざらついていた。

痛くもない腹を探られても迷惑なだけだが、痛い腹を探られれば相応に痛い。素人の手なら尚更《なおさら》だ。今までにも関わった映画の酷評を評論家から聞くことはあったが、目の前でカネを払った客から言われると余計神経に障る。アルコールが入っていても、映画を観る時とそれに関わる話を聞いている時に素面《しらふ》に戻るのは、さしずめ映画下戸《げこ》とでもいうのだろうか。

カネを払った客の評価はどんなものであっても正当だ。入場料の中には作品をクソ味噌にこきおろす権利も含まれている。そしてそれ以上に、評論家青年の口にした言説はいちいち的を射ていた。テレビドラマのスペシャル版と言われればその通りだし、やっつけ仕事もご指摘の通りだ。だが一番神経に障るのは、そのやっつけ仕事に慣れてしまった己《おのれ》に対してだった。

三十四歳。曲りなりにも助監督と呼ばれるようになってからもう五年を過ぎている。最初の頃は自分でも呆れるほど熱かった。カチンコを鳴らす度に胃が痛くなるような緊張を覚えた。監督の視線が何をどう捉えているのか、目を皿のようにして盗み取ろうとしていた。小道具の一つ、衣装の一着にも監督以上の拘《こだわ》りを見せた。作品の出来に一喜一憂し、劇場の入りにこれまた一喜一憂した。どれほど寝不足だろうと、どれだけ昨夜の酒が残っていようが、撮影所に入るなり心と身体《からだ》が跳ね起きた。あの頃は撮影所の空気が活力源であり、フィルムのひとコマひとコマが生きている証だった。

それが今ではどうだろう。最初に起用してくれた監督の威光もあり、様々な現場からお呼びが掛かるが、あの頃の沸き立つような興奮は絶えて久しい。五年の間にサードからセカンドに昇格したが、扱うのが小道具から役者に替わったくらいで大差はない。いや、キャストの手配で役者本人のみならずマネージャーや所属プロと接触するようになってから、気苦労は確実に増えた。小道具は自己主張や文句を言わないからだ。

呑み直しだ。まだ陽は高いが歌舞伎町一丁目の新宿ゴールデン街に足を延ばす。狭い間口と自販機の並ぶ路地をしばらく歩いていると、それだけで酔いどれたような気分になるから不思議だ。六十年の歴史を持つ呑み屋街だが、最近は再開発の波を受けて映一より若い客の姿もある。そうは言っても、いい大人が昼日中からバラックのような呑み屋で管《くだ》を巻く図など時代錯誤を通り越して何かのコントにさえ見えるが、監督たちから教えられた場所は追憶と共に今や離れ難い居場所になっていた。

馴染みの看板を見つけ、ウナギの寝床のような店内に身体を滑り込ませる。

「らっしゃい。おや宮藤さん」

「親爺《おやじ》さん。いつもの」

「いいけどさあ、宮藤さん、もう出来上がってんじゃない」

「酔うほど呑んでないよ」

「今日、撮影じゃなかったのかい」

「予定変更」

そう、予定変更だ。少なくとも自分だけは。

映画館に飛び込んだのは発作的だった。現場で二日酔いの体臭を嫌味たらたら愚痴り始めた二十歳半ばの監督にカチンコを投げつけ、腹立ち紛れに缶ビール三本を呷《あお》り、突然空いた時間を埋めるために入った劇場に、自分の参加した映画がかかっていたのだ。

一体、いつから自分と自分の仕事に倦《う》み飽きたのだろう――。目の前に置かれた芋焼酎を呷りながら、映一は思う。セカンド助監督の仕事に嫌気がさした訳ではない。もちろん映画が嫌いになった訳でもない。

分かっている。答えは評論家青年の愚痴に集約されていた。テレビ局主導の映画製作、碌《ろく》に演出経験のない監督の自己顕示欲、興行収益よりはＤＶＤの売り上げを重視する出資者たち、そして何より毎度毎度愚にもつかないお涙頂戴の映画もどきをルーチンのように淡々と仕上げることに、何の痛痒《つうよう》も感じなくなった己への嫌悪感。

仕事と商売は似て非なるものだ。他人から羨まれるような仕事であっても、情熱や信念を注げなくなれば、それは単なる生活の糧を得るだけの商売に堕してしまう。気心の知れた先輩は「気が入らなくても、こなすのが仕事だろう」と助言をしてくれ、その場で頭は理解したが、気持ちでは納得していない。そして、納得していないのが自分の幼稚さであることが分かる程度には大人であることがまた腹立たしい。

「お代わり」

「あいよ」

趣味を仕事にするな、という誰かの言葉が脳裏に甦る。仕事である以上、意に沿わぬものもある。意に沿わぬまま手を動かしていれば惰性になる。そして惰性がいつしか情熱を食い潰していく。

「お代わり追加」

「今日はまたピッチ早いねえ」

だが情熱の摩滅が果たして意に沿わぬ仕事だけに起因するものなのか。ひょっとしたら、自分の情熱が経年変化で枯渇《こかつ》しただけなのか——。

どちらが本当なのか考えるのも億劫《おっくう》になりかけた時、胸ポケットから『E.T.』のメール着信音が聞こえてきた。

表示には「絵里香《えりか》」とあった。焦点のぼやけ始めた酔眼で画面を開く。

『まだ撮影中？　それとも映画館？　連絡ちょうだい』

撮影中でも映画館でもないが、今メールを返す気にはなれなかった。どうせ貸したカネをそろそろ返して欲しいだの、田舎の両親と会えだのと益体《やくたい》もない話に決まっている。

携帯電話を閉じると、今度は『インディ・ジョーンズ』のテーマが聞こえてきた。これは通話の着信音だ。発信者はベテランキャメラマンの小森千寿《こもりせんじゅ》になっている。絵里香どころではない。映一は慌てて通話ボタンを押した。

「はい、宮藤です」

『映一、今どこだ』

「新宿ですよ。久しぶりですね、小森さん」

『おい、呂律《ろれつ》回ってないぞ。こんな時間からもう呑んでるのかよ。まあ、いい。今から俺の家まで来れるか。渡したい物がある』

小森の自宅は雑司《ぞうし》が谷《や》なので電車を乗り継げば十分程度で着ける。問題は既に血液と精神に混じり始めたアルコールだ。

「急に何ですか。俺、ちょうど酔いが回ってきて」

『オヤジの企画が通った。三年ぶりに撮れるぞ』

一瞬、耳を疑った。

「あの、その知らせを俺にくれたってことは」

『関係なかったら電話なんかするかい。お前にも招集が掛かってんだ。待ちに待った大森《おおもり》組再結集だ』

大森組の復活。オヤジ——あの大森宗俊《そうしゅん》監督の下でまた働けるのか。

『で、お前は来るのか来ねえのか。それとも他に大事な用でもあるのか』

「馬鹿言わんでください」

酔いが一遍《いっぺん》に醒めた。

「俺にそれ以上大事な用なんて、ある訳ないでしょう」

映一は千円札を数枚カウンターに置くと、釣り銭も受け取らずに店を飛び出した。

映一が映画の世界に引き込まれたのも、その世界から抜け出せなくなったのも全ては大森宗俊のせいだった。映像の仕事がしたくてテレビ局に入社したものの、くだらないバラエティ番組のADを続けさせられて腐っていたある日、新作映画のメイキングに参加して大森の知遇を得、スタッフの一員に加えられたのがきっかけだ。

大森宗俊ほど次回作を待たれ、そして待たせた監督はいない。デビュー二作目でいきなりベルリン国際映画祭の金熊賞を獲得し、それ以後も世界に通用する傑作を作り続けたが、完璧主義を貫くあまり一作に最低四年の日数を必要としたのだ。ただし、この寡作《かさく》の巨匠にもわずか二年の間に二作を完成させた繁忙期があり、それがちょうど映一の参加した時期だった。

大森の現場で過ごした二年間はこの上なく濃密で、毎日が発見と驚嘆の連続だった。今でも、この二年間は映一の何物にも代えがたい財産となっている。これがなければ助監督も続かなかっただろう。

海外の映画界で彼を師と仰ぐ者は多い。近年ハリウッドでヒットを飛ばしている若手監督の大半が彼の映画に触発されてこの世界に入ってきた者で、俗に大森チルドレンと称されている。一方、国内での評価はむしろ海外のそれに追随する格好であり、それゆえに作品の完成度を追求するために費用を度外視しがちな大森はいつも資金繰りに苦しめられてきた。そして、実はそれも寡作である理由の一つだった。

雑司が谷の駅から徒歩で二十分。瓦葺平屋《かわらぶきひらや》建ての自宅を訪れると、小森が待ち構えていた。

「おう。千鳥足にしちゃ早かったな」

小森千寿は大森より六つ年下の六十九歳だがまだ髪も黒く、声にも張りがあるのでとてもそんな歳《とし》には見えない。気さくな男だがキャメラマンとしては日本で五本の指に入る実力者だ。よほど気が合ったのか大森の全作品を手掛けており、斯界《しかい》では大森・小森コンビなどと呼ばれている。直情径行で気難しい大森と、温和で気さくな小森は成る程好対照で、それこそが長年コンビが持続した原因だろうと映一は思っている。

「小森さん。オヤジの企画通ったたって、まさかアレが？」

「ほう。察しがいいな、酔っ払い」

小森がにやにや笑いながら差し出したのは一編の脚本だった。

タイトルは『災厄の季節』。

「とりあえず、それが決定稿だ。読んでおいてくれ」

「あの、今ここで読んでもいいですか」

「構わんが茶ぐらいしか出んぞ」

大森が新作映画のために脚本を用意しているという話は、一昨年から聞いている。映一も実現すればと願ってはいたのだが、この世界では百ある企画のうち通るのは一つか二つだ。脚本の中身も重く暗い概要を知らされていたのでまさか通るとは思わなかった。

表紙の下の部分には〈製作大森プロダクション　配給東芸《とうげい》〉とある。過去の大森作品が全て東芸の配給であったことを考えれば、これは当然の表記だろう。中身は後回しにし、まず冒頭に記載された脚本家の名前を確かめた時、思わずほうと声が出た。

そこには六車圭輔《むぐるまけいすけ》の名前があった。まさか邦画界の重鎮と言われる大森が六車のような若手を登用するとは――。だが映一はすぐに思い直す。いや、だからこそ大森なのだ。今までも世代格差やキャリアに拘ることなく常にその時点での俊英を求める姿勢が、そのまま作品の核になっていたではないか。

六車圭輔は最近めきめきと頭角を現してきた脚本家だった。まだ三十歳になったばかりだというのに、ここ数年間に日本アカデミー賞最優秀脚本賞や向田邦子《むこうだくにこ》賞などめぼしい脚本賞を総なめにし、評判の高いドラマのクレジットには必ず彼の名前があった。だが一方では「才気に走り過ぎる」とか「トラブルメーカー」との声もあり、演出にケチをつけてディレクターと詰《なじ》りあった末にクレジットから名前を削除するわ、出来の悪い映画を公共の場で平然とこきおろすわと悪評にも事欠かなかった。

ペラ（二百字詰め原稿用紙）で二百五十三枚だから実際の尺は二時間といったところか。

ストーリーの大枠は以前から聞かされていた。原作は新人作家のミステリーで、数年前埼玉県で起きた実際の連続殺人事件を基にしている。主軸は新米の刑事が連続殺人をきっかけにある母子と出会い傷つきながら成長していく様と、犯人を追い詰めていく過程を並行して描いていくものだ。問題は猟奇場面と暴力描写もさることながら精神障害と刑法三十九条を核にしている点で、しかもその部分を穏当にするとただのミステリーに堕してしまう。それゆえに関係者の間では映像化が困難とされていた。

その難物を才気煥発な新鋭がどう料理したのか。映一は興味津々でページを繰り始め——そして止まらなくなった。

小説には小説ならではの表現があり、ストーリーをそのまま映像化しても物語を描写しきれるものではない。原作の要素を刈り込んで映画としてのテンポを作り出す作業が必要であり、更に受け取る側の想像力、そして原作そのものを凌駕《りょうが》しなければ映像化する価値はない。

六車の脚本はその点を過不足なく補うどころか、原作の冗長な部分を削ぎ落とした上で人間ドラマを重厚にしていた。リズミカルな台詞《せりふ》と畳み掛けるサスペンス。読み手の呼吸を巧みに操りながら怒濤《どとう》のラストまで引っ張る筆致は老獪《ろうかい》でさえあった。映一でなくとも、優れた脚本とそうでないものは一読して分かる。とにかく読む端から映像が浮かぶ。音声さえ明確に聞こえてくる。いや、下手をすれば臭いや手触りまで伝わってくる。

ラストシーンまで読み終えると自然に溜息が洩れた。知らぬ間に力が入ったのだろう、ページの縁に折れ跡がついている。気がつけば小森が目の前で反応を窺《うかが》っていた。

「どうだ？」

「いいじゃないですか！」

思わず声が跳ね上がった。

「だろ？　俺もそう思った。六車の脚本を読むのはこれが最初だが、巷《ちまた》の評判は伊達じゃなさそうだな。若いのに話の緩急てのを心得てる。それでいて最後は豪腕だ。こいつを指名したオヤジの眼力はさすがだよ」

そう話す小森の口調も嬉しさを隠しきれない様子だった。

脚本は建物に喩《たと》えれば設計図だ。施工にどれだけアクセントをつけても出来上がる完成品は設計図から外観が変更することはなく、同様にどれだけ演出に心を砕いても脚本の世界観から大きく逸脱することもない。映画の出来は脚本七割といわれる所以《ゆえん》だ。

その意味で六車の脚本は映画の出来を既に七割がた保証していた。恐らく凡庸《ぼんよう》な監督に任せてもまずまずの成果が期待できる。だがこれを、あの大森宗俊がメガホンを取ったら間違いなく凄いものになる――。

映一はぶるっと大きく身震いした。

元来、大森は静謐《せいひつ》な佇まいよりは過剰なまでのドラマを好む監督だ。「折角、劇場まで足を運んでくれる観客にはお茶漬けなんかよりステーキを食わせたいんだ」と公の場で何度もそう答えている。その志向からすれば、この脚本は大森にはうってつけの内容に思えた。しかも作品の根底には刑法三十九条「心神喪失者の行為は、罰しない。心神耗弱者の行為は、その刑を減軽する」に対するアンチテーゼがあり、社会への訴求力も充分だ。以前にも大森の作品が物議を醸し、法律ひとつが改正された例もある。有象無象《うぞうむぞう》の泡沫《ほうまつ》監督なら敬遠して然《しか》るべきテーマも、大森には却《かえ》って望むところだろう。

「製作も五社《ごしや》さんですよね」

無論そうでなくては、という気持ちで確認してみる。

ベルリンで名を馳せた二作目から、ずっと大森の映画をプロデュースし続けているのが五社和夫《かずお》だった。大森とはいわば盟友関係であり、彼の存在なくしてはその後の大森作品も生まれていなかっただろうと言われている。

だが、小森の返事は、

「それはそうなんだが……」と、いささか歯切れが悪い。

「どうかしたんですか」

「今回はな。ヒモつきなんだ」

「ヒモ？」

「帝都テレビの曽根《そね》ってプロデューサーがな、大森プロに出資するんじゃなく、共同製作者として加わりたいと言い出した。その条件でなきゃ資金提供はできない。つまりカネを出す代わりに口も出させろってことだ。きっと裏で扇動されたんだろう。今まで何も言わなかった他の奴らも同じことを言い始めた。五社も相当粘ったが、最終的には背に腹は代えられなくて渋々呑んだみたいだな」

「それじゃあ製作委員会方式ですか」

「ああ、五社プロ、帝都テレビ、博通堂、光文社の四社による〈災厄の季節製作委員会〉だとよ。幹事会社は帝都テレビだ」

小森は吐き捨てるように言った。

製作委員会方式というのは複数の企業や団体が資金を出し合って映画を製作するもので、日本独自のやり方だ。出資比率の一番大きなところが幹事会社になって全体の意見調整を行い、その収益も出資比率に基づいて配分される。もちろん利点はある。共同出資なので一社当たりの負担が少なく資金調達が容易になる。通常はテレビ局や出版社、ビデオ会社など業界がらみの会社が参加するのだが、それぞれ放送権、関連書籍の出版権、ビデオ化権を持つので自社の売り上げにつなげることができる。製作委員会の中にマスコミが入っていれば、広告宣伝も安価で効果的に打てる。

しかし欠点もある。脚本の内容やキャスティングの決定は合議制であり、一社でも反対すればプロジェクトは前に進まない。各社に稟議書《りんぎしょ》を回すので多くの決裁と時間を要する。すると、いきおい作品の内容は誰もが受け入れられる当たり障りのないものになりやすい。そして映一が一番懸念《けねん》しているのは、大森のやり方に横槍が入る可能性だった。

「五社はああいう男だからな。大森に全幅《ぜんぷく》の信頼を寄せて裏方に徹してきた。カネは出すが口は出さなかった。それが今回は勝手が違う。オヤジのやり方に難癖つける奴がいるかも知れん」

小森も自分と同じことを考えていたようだ。

「難癖って。素人にそんな半可通《はんかつう》言われたら、オヤジも黙ってないでしょう。現場に血の雨が降る」

「そうなる前に当然五社が防波堤になるつもりなんだろうが、大森組が再結集した理由にはその辺の事情もある。現場に横槍が入ってもオヤジの仕事に影響が出ないように俺たちが周りを固めてないとな。それに以前と違って、今のオヤジに雑音を撥《は》ね返すだけの余力はない」

小森の不機嫌そうな言葉に、映一は頷《うなず》くしかなかった。

今更ながらに気づかされた。大森の目下の敵は半可通の出資者でもなければ、邦画叩きが映画評論家の証と信じる手合いでもない。

大森自身の身体が一番の敵だった。

2

映画製作には実際の撮影に入る前にオールスタッフという準備作業がある。スタッフ編成の他、キャスティングや撮影スケジュールを作成し、今後の大まかな計画表を作る仕事だ。

大森組のオールスタッフは大森の自宅で行われるのが慣例となっている。大森の自宅には試写室を兼ねた大広間があり、主だったスタッフが集結するには手頃な広さだった。加えて招集が掛かる頃にはメイン・スタッフはほぼ決定しており、初回の打ち合わせは顔合わせと言うよりは大森の所信表明の場という意味合いが強い。

大森の自宅は世田谷区の砧《きぬた》にある。都内でも緑を多く残した地域で勾配もきつく、駅から一キロも歩くと残暑も手伝って額に汗が浮く。

この辺りは成城《せいじょう》の住宅地にも近く、それ相応の外観を成した邸宅も珍しくないのだが、大森の家は内玄関と外玄関に分かれた日本家屋で「屋敷」とも言うべき威容を誇っている。知らぬ者が目にすれば、成る程これがあの巨匠の住まいかと納得するが、事情を知る者には、製作費を捻出するために何度も抵当に入った担保物件でもある。

小森と共に玄関を潜《くぐ》った映一は、早速穏やかだが張りのある声に出迎えられた。

「まあ、小森さんに宮藤くん。よおく来てくださいました」

眞澄《ますみ》夫人は孫を迎えるような顔で笑う。天真爛漫《てんしんらんまん》というのは、きっと夫人を指す言葉なのだろう。この女性が激情家の大森にもう四十年以上も連れ添っているのも不思議と言えば不思議だが、こればかりは相性というものか。

「もう、皆さんお待ちかねですよ」

夫人に通されたのは、やはりお馴染みになった試写室だ。小規模ながら映写と音響に関しては映画会社のそれと遜色《そんしょく》がない。その試写室が、今は椅子を移動させて三十人ほどを収容できるミーティング・ルームに変貌している。

「おお、やっと来たか。千《せん》ちゃんと映一」

車座になった中心から真っ先に声を掛けてきたのはこの家の主《あるじ》大森宗俊だったが、その姿を目《ま》の当たりにして映一は一瞬言葉を失った。

日本映画界が世界に誇る巨匠はリクライニングチェアに座っていたが、その身体は椅子が不釣り合いに見えるほど小さかった。

抗生物質の副作用だろうか、顔も身体も以前より一回り縮んでいるように見える。髪の毛の艶もなく頬の肉も削《そ》げ落ち、服の上からでも四肢がやせ細っているのが分かる。

大森が肺炎で入院したのは昨年のことだった。ベッドの上の姿など見られて堪《たま》るかと本人が家族以外の面会を頑《かたく》なに拒んだため、最近の大森を目にする機会がなかったが、まさかこれほどまでとは――。

「おい。まるで死人でも見るような目だな。ちゃんと生きてるぞー」

変わらないのは相対する者を射抜くような眼光と咥《くわ》えタバコくらいだ。いや、正確に言えば咥えているのではない。抜け落ちた前歯の隙間に挟んでいるのだ。

その姿を見て、多分他の人間が叫んだであろう言葉を映一も吐く。吐かずにはいられなかった。

「オ、オヤジさん。何してるんですか！　肺病病みがタバコなんか吸って」

「この野郎、久しぶりだってのに挨拶の前にそれかよ」

「で、でも肺炎」

「これ咥えてねえと上手《うま》く喋《しゃべ》れんのだ。いいから空いた席に座れ」

注視すると成る程先端には火が点《つ》いていない。ならば、これは赤子のおしゃぶりのようなものなのだろう。

咥えタバコは大森宗俊のトレードマークのようなものだった。とにかくその口元にタバコがないのは食事どきだけで、後は歩きながらでも撮影中でも、果てはインタビューの際にも煙を吐き続けた。ついた綽名《あだな》が〈蒸気機関車〉という筋金入りのチェーン・スモーカーだ。肉体を蝕《むしば》んだ病魔もこの男からタバコまで奪うことはできなかったということか。

空いた椅子に座って周囲を見回した途端に幸福な既視感に襲われた。大森を中心に集った三十人ほどの顔、顔、顔。そのどれもが懐かしく、心騒ぐものだった。

演出部チーフ助監督、平岡伸弘《ひらおかのぶひろ》。

同サード助監督、苫篠哲《とましのてつ》。

照明監督、末永孝志《すえながたかし》。

美術監督、土居博司《どいひろし》。

メイク、陳《ちん》端春《たんしゅん》。

スクリプター、平嶋亜沙美《ひらしまあさみ》。

編集、高峰浩二《たかみねこうじ》──。

その他を含め、いつもの大森組メンバーだ。彼らに囲まれていると、前回の打ち上げから経過した三年の月日がまるでなかったかのように思える。下手をすると涙腺が緩みそうになる。

「宮藤ちゃん。なあに目をハの字にして凝視してんのよお。ちょっと見ない間にすっかりエロオヤジ」

端春の混ぜっ返しも不思議に心地良い。

ちょっと見ない間。だが、彼らの噂は狭い業界内なのでちょくちょく耳にしている。多分、自分の話も同様に彼らに伝わっているだろう。

優れた映画監督の条件は作家性や演出方法もさることながら、周りを固めるスタッフの力量も挙げられる。カリスマと呼ばれる指揮者が特定の楽団とセットで語られることが多いのと同じ文脈で、やはり巨匠と称される映画監督にはそれを支えるスタッフとの相性も不可欠だ。その意味でこのスタッフは大森の新作が発表されない三年間はそれぞれ不完全燃焼の日々だったのではないかと想像する。

元より大森の選んだ才能たちだ。他の現場で仕事をしてもそつなくこなせるだけの技量を備えている。だが、そつなくこなすだけでは不満が残る。

大森と仕事をする醍醐味は、クランク・アップに至るまでに自分の能力なり映画に対する認識が向上していることだった。とにかく大森の現場は刺激的で、撮影中に閃《ひらめ》いたアイデアが見る間に形となり一カット一シーンが輝き出す。照明の当て方、美術の工夫、演出方法とそのアイデアは他の現場にも応用が利くため、「報酬をもらって映画学校に通っているようなものだ」と歓喜した者も沢山いる。

しかし、それにも増して彼らを惹きつけたのは何よりも大森の人柄だった。紳士という訳ではない。温厚という訳でもない。スタッフがミスをすれば怒鳴る、役者がトチれば物を投げる。仕事の出来不出来を全部顔に出す。それでも誉める時には極上の笑顔を炸裂させるので、もう一度その顔が見たくて周囲が奔走するという寸法だ。

そういう大森に魅せられた人間たちが、今この場に集結している。

「皆、それぞれ忙しいところをよく集まってくれた」

挨拶はそこから始まった。

「まだ五社が来ていないが、すぐ到着するそうだから先に始めておこう。もう、渡しといた脚本は読んでくれたな？　六車って若いのがいいモノを書いてくれた。多少エグいシーンはあるが、それもいいアクセントになっている。ハンカチ濡らしたいために劇場に来る客は舌に合わんだろうが、こういう映画を撮るために俺がいる」

幾分嗄《しわが》れた声。往年の張りこそなかったが、意地の剛《つよ》さを窺わせる口調はそのままだった。

「こんななりで隠すつもりもない。これから先、何本も撮れるとは思っとらん。だから今度の作品は後には何も残らんくらい全身全霊をかける。ま、あれだ。『真っ白に燃え尽きてやる』ってヤツだな」

大森はからからと笑ってみせ、何人かも追従《ついしょう》で付き合うが、心の底から笑える者は一人もいないだろう。これが大森宗俊の遺作になる——これはそういう宣言だった。

「年寄りの愚痴だがなあ、最近の日本映画はずいぶんと小ぶりになっちまった。中には尖った若手もいるが単館ロードショー扱いでくすぶっている。そういう活きのいいのを国内のボンクラどもは認めようとしない。あいつらが持ち上げるのは大抵よその国の誰かが評価したヤツだけだ。だからこんな死にぞこないにもメガホンが回ってくる」

自嘲気味の台詞だが、自負も垣間《かいま》見える。

「こういうのを特権て言うんだ。だが特権を生かしてこそ、それを許された者の存在価値がある。クランク・アップまでとことん付き合ってもらうからな。家族のいるヤツは今のうちに団欒《だんらん》を楽しんどけ」

「言わずもがなだな、オヤジ」

小森が合いの手を入れる。

「そんな事《こた》ァ脚本渡された時からみんな覚悟してるさ。俺なんざ今度の話をするなり女房から黙って家の合鍵渡された。まともな時間にゃ帰らないって、もう諦められてるんだ」

座がどっと沸いた。

妥協は一切、許さない。納得できる画《え》が撮れるまでは夜も昼もない。それが大森の身上であり、従って大森組に参加することは日常生活を放棄するのと同義だった。

それでも、この組に入ることに皆が嬉々としている。はて、これに似た空気は大昔にも味わったことがあると記憶をまさぐって思い出した。学園祭の前夜まで泊まり込んだ時の昂揚感がそれだった。大監督の撮影現場と学園祭を一緒にするなど失礼にも程があるが、似ているのだからしようがない。

「ところで何ミリのフィルムですか」

平岡の質問に大森が振り向く。

「サンゴー（35ミリ）だ」

それを聞いた平岡はうんうんと何度も頷く。最近は35ミリの映画どころか全編ビデオ撮影の映画まで現れた。安かろう悪かろうではないが、やはり35ミリと聞けば現場の人間は心が騒ぐ。

「監督ゥ」と、美術の土居が手を挙げた。

「脚本読んだ限りじゃ市民の暴動だとか爆発だとか結構派手なシーンがありますけど、これってやっぱりCG使ったりしますかね」

群衆シーンも爆破シーンも最近はCGを使用する映画が増えた。実写で撮るよりも失敗が少ないせいもあるが、やはりハリウッドの技術に比べれば稚拙さも目立つため、土居自身はCGの使用に懐疑的だった。

「いや、可能な限り実写でいく。死体描写や暴力なんかのエグいシーンもあるが、安いCGで誤魔化すような真似は一切しない。死体の特殊メイクについても土居を中心に知恵を絞ってもらう」

「そうこなきゃな」

土居は満足そうに頷いた。

「それでキャスティングはどこまで進んでるんですか」

チーフ助監督の平岡が尋ねる。キャスティングは映画の出来の二割を決める。そしてキャストのスケジューリングを担当するチーフ助監督としては当然の質問だろう。

「五社と俺とでメインはもう決めてるんだ。オファーした先方からは快諾も得ている。これが仮決めのキャスティング表なんだが」

そう言って大森が皆に紙片を配ろうとした時だった。

「待たせて済まなかった」

試写室に現れた長身の男に視線が集まった。

五社和夫。もう七十過ぎだというのに黒々とした髪をオールバックで整え、精悍な顔立ちはプロデューサーというよりもスポーツ選手を連想させる。病み上がりのような大森に近づくと、その対比は尚更顕著になる。

「やっと来たか。実は今からキャスティング表を配ろうとしていたところだ」

「それについて言わなきゃいかんことがある」

五社は渋面《しぶつら》で言った。

「スタッフに一部変更。キャストも原案に差し替えが生じた」

すぐに大森が反応した。

「何だと？　オファーした役者からは全員承諾を得たんじゃなかったのか。それにスタッフに一部変更ってどういうこった」

「製作委員会から横槍が入った。いや、委員会というよりは帝都テレビの曽根からだ。あの野郎、今の今になってずっと前に出していたスタッフ案とキャスト案に注文つけてきやがった」

帝都テレビは幹事会社だ。当然、スタッフやキャストの選定に最大の発言権を与えられている。考えてみれば当然のことだったが、今までずっと大森と五社に委ねられていた決定権が他人に移った事実を否が応にも見せつけられるような話だった。

「すまない、平岡」

五社はまず平岡に向かって頭を下げた。

「曽根はチーフ助監督に自分の局のディレクターを指名してきた。吉崎徹《よしざきとおる》という男だ」

「つまり何か。助監督を一つずつ順繰りに下げていくってことか。それならサードの苫篠はいったい」

「いや、違うんだ。セカンド宮藤サード苫篠のまま、チーフだけ代えろと言ってきた」

五社が答えると、その場が凍りついた。

平岡も長年大森の下にいた人間だ。長年しごかれた甲斐もあり、顔色だけで大森の言わんとすることが分かるようになった。もちろんキャストのスケジュール管理のみならず、スタッフ管理も完璧にこなす大森組の大黒柱ともいうべき存在だった。平岡抜きでの撮影など想像すらできない。ところが、曽根という男はその平岡を狙い撃ちするかのように排除しようとしている。

「オヤジ。こりゃあ策略だよ」小森はそう切り出した。「同じ局のディレクターなら、間違いなくそいつは曽根の子飼いだろう。平岡が大森組の柱だってことを知った上で、そいつに入れ替えて骨抜きにしようってんだ」

小森の話には説得力があった。大森のような性格でしかも数々の実績を持つ監督には、いかに製作者といえどもなかなか口が出せない。しかし、スタッフに対しては別だ。主だったメンバーさえ押さえておけば現場のコントロールも比較的容易になる。もし曽根という男が大森をいいように操ろうとしているのなら、チーフ監督の首を挿《す》げ替えるのは確かに有効な手段と言えた。

皆、同じことを考えているのだろう。平岡から目を背《そむ》けながら、眉間に皺を寄せている。大森に至っては今にも癇癪玉《かんしゃくだま》を破裂させそうだ。

「……それなら、しようがないよな」

場にそぐわない快活な口調に全員が振り向くと、平岡が頭を掻いていた。

「皆と一緒に仕事できないのは残念だけど、オヤっさんの面倒見なくて済む分ラッキーかな」

皆、平岡の顔をまともに見られない。言葉と顔が真逆のことを語っているからだ。大森だけが指先を震わせて怒りを露わにしている。

「キャストにも差し替えがあると言ったな。それは誰のことだ」

「ヒロインの指宿梢《いぶすきこずえ》役」

「何だとおっ」

大森は今度こそ顔色を変えた。

「あ、あれは六車が原作から目一杯膨らませたキャラクターで、だからこそ俺とお前があれだけ張りきって」

「ああ、それで二人して櫻井玲《さくらいれい》が適役だって盛り上がったな。そいつを……畜生、曽根が横車押してきた。他はともかく、そのキャスティングが通らなかったら製作委員会から降りるとまで言い放った」

「いったいどこの誰を推してきたんだ」

「山下《やました》マキ。名前くらいは知ってるだろ」

映一は知っていた。無論、皆も知っているだろう。ここ最近ではテレビや週刊誌の芸能欄で名前の出ない日の方が少なかった。

ただし不名誉な話題でだ。

3

オールスタッフは二日後に改めて行われた。大森はその事実にも苛立ちを隠さなかったが、その場所を帝都テレビ社屋に指定されたのは更に業腹《ごうはら》だったらしく、会議室に通されても尚、口をへの字に曲げていた。

いつもなら例の試写室に集い、大森が熱っぽく語る決起集会のようになるのだが、スタッフたちが通された部屋は円卓に椅子だけが並ぶ、ひどく無機質で気勢を上げるにはおよそ不似合いな場所だった。

大森本人は大層嫌ったが、外部の移動は必ず車椅子を使ってくれと眞澄夫人から厳命されている。チーフ助監督の平岡が外されたので、車椅子を押すのは自《おの》ずと映一の役目になった。

「なあ、映一よ」

「何ですか、監督」

「俺ァ、なるべく人や物事を第一印象や偏見で見ないように心がけてるつもりだ」

あれで？　という台詞は慌てて呑み込んだ。

「しかしな、こんな場所でスーツ着込んだ奴らが取り澄ました顔で企画した話なんか面白い訳ないじゃねえか」

「あの、そういうのを偏見って言うんじゃないんですか？」

「ともかく気に食わん」

「それと監督……タバコ、外しません？　それか一昨日《おととい》みたいに火は点けないままにしておくとか」

「映一。お前、いつから俺に指図できる身分におなりあそばした」

「いや、奥さんからも禁煙のことはよろしくって託《ことづか》ってまして」

「車椅子に乗ってろとか、タバコは吸うなとか注文が多過ぎる！　俺を何だと思ってる。病人だぞ。健康な奴らと一緒にするな。一度に叶えてやれる願いは一つだけだ」

映画にかける情熱と共に、こういう妙に子供じみたところも大森の魅力だったが、そのしかめっ面を横で見ていた小森がそっと耳元で囁《ささや》いた。

「いいか、映一。オヤジをちゃんと見張っとけ」

「な、何を見張るって」

「前に一度だけ曽根と仕事をしたことがある。オヤジとは初対面のはずだが賭けてもいい。奴が三分話す前にオヤジがキレる。オヤジの手が曽根に伸びないうちにお前が止めろ」

大袈裟だと思ったのはその時だけだった。

「それにしても映一よ。お前こそどうした」

「何がですか、監督」

「噂じゃお前、最近はずっと酒浸りだったというじゃないか。なのに酒の匂いがせん」

「……もし、この場で俺が酒臭かったら、監督許してくれましたか？」

「そんなもの誰が許すかい。そん時ゃお前が車椅子に乗る破目になってらあ」

五分待たされて、会議室に二人の男が入ってきた。

仕立ての良いスーツを着こなした長身の男。やや胸を反っている姿勢のためか人を見下ろすのが常態になっているらしい。こちらがプロデューサーの曽根雅人《まさと》だろうが、喋る前から尊大さが透けて見えるような男だった。

では、その後ろを金魚の糞《ふん》のようにくっついている中肉中背の男が吉崎徹か。短髪を立てて流行《はや》りの細いメガネで尖った格好をしているが、曽根の尻にくっついている時点で腰巾着《ぎんちゃく》な性格もこれまた透けて見えそうだった。

「初めまして。私がプロデューサーの曽根雅人です。そして、こちらがチーフ助監督を務めます吉崎徹」

驚いたことに、その口調は想像した通りのものだった。尊大に響くのを警戒してか慇懃《いんぎん》無礼《ぶれい》なものになっている。

「吉崎くんにとって劇場映画はこれが初のチャレンジです。しかしご存じかも知れませんが、彼は『セカンドウエディング』、そして最近では平均視聴率十五パーセントを記録した『暁の大捜査線』の演出を手掛けた俊英でございます」

吉崎を紹介する言葉と思いきや、よくよく聞いてみれば列挙するドラマは全て曽根のプロデュースによるものであり、要は自分が如何《いか》にヒット作を輩出したかという自画自賛に過ぎなかった。そしてこの頃から、大森が不穏な動きを見せ始めた。左手で額を押さえ、右手の指が忙《せわ》しなく机を叩く。これは癇癪玉が爆《は》ぜる前兆だった。

「そういうことで今回のプロジェクトは世界に名だたる大森監督の最新作であると共に、この吉崎くんの劇場映画初参戦という意味もあり……」

「ちょおっと待ってくれ」

大森が声を上げた。低く、地を這うような声だったが、曽根の口を封じるには充分だった。

「若い芽を摘むつもりはないが、今回現場にそんな余裕はない。何しろ監督がこの通り青息吐息なんでな」

そう言っている傍《そば》から吐くのが紫煙なのだから世話はない。

「テレビでどれだけ学芸会こさえてきたのか知らんが、俺の組のチーフ助監督はひたすらキャストの調整役に徹してもらう。カメラ覗く暇なんぞ一秒だってないからな」

学芸会という単語に吉崎が顔色を変えたが、曽根の方は眉を顰《ひそ》めただけだった。

「しかし大森監督。折角、巨匠の傍に置いて頂くのですから、そこにはやはり技術の継承とかですね」

「技術ってのは継承するもんじゃない。盗むもんだ。それにな、この際言っとくがテレビとホンペンは全くの別物だ。盗んで役立つもんなんかこれっぽっちもねえよ」

撮影所で育った大森ならではの台詞は痛快ではあるものの、この場では曽根と吉崎に対する侮蔑《ぶべつ》でしかない。さすがに五社が映一に目配せをするが、映一にも大森の口を塞ぐ度胸はない。

曽根がわざとらしく咳払いをしてから言った。

「大森監督。あなたの功績や栄誉は私どもも充分に存じ上げておりますが、映画というのは共同作業です。しかも私ども帝都テレビは今回の幹事会社でもある。それを顔合わせ初日からチームワークを乱すようなご発言を」

「チームワークだあ？　ふん。団体競技じゃあるまいし、映画はチームワークで作るもんじゃねえ。ついでに民主主義でもねえ。映画ってのは徹頭徹尾独裁主義の所産だ。クレジットに俺の名前が欲しけりゃ半可通が四の五の吐《ぬ》かすな」

「まあ、とにかく彼も初めてで監督から吸収するものも多いでしょう。一つ、彼をご自分の手足のように使っていただいて」

「手足な。手足ってのは自分で考えないもんだ。ひたすら脳の命令を正確に受けて着実に実行する。一切、頭に疑問や不満は言わん。まずそれを肝《きも》に銘じておけ。だが、俺のこのへろへろになった手足よりも役に立つか？」

吉崎は何か言いたげにちらちらと曽根の横顔を見ている。どうやら曽根の許可がなければ自由に発言することもできないらしい。

「それからもう一つ。俺と五社が推した櫻井玲を差し置いて、山下マキなんて馬の骨を捩《ね》じ込んできた理由を説明してもらおうか」

「馬の骨ではありません。山下マキは当局の看板女優で、彼女の出演するドラマは平均視聴率が軒並み十二パーセントを超える記録で」

「チャンネル捻《ひね》ればタダで観られる学芸会もどきの話をしてるんじゃない。名前だけで客を劇場に呼び込めるような女優なのかどうかって話だ」

その口調を聞いていて分かった。大森は怒っているのではなく、明らかに曽根を挑発している。挑発することで、自分が御《ぎょ》し難い人間であることを殊更《ことさら》印象づけようとしている。つまり、今後の撮影環境を自分でコントロールしやすくするために布石を打っているのだ。そこいらの監督がすれば逆効果だが、過去の実績と名声がその後ろ盾になっている。

「彼女は今が旬の女優ですよ。このところ、マスコミへの露出も際立っていますから」

「ふん。スキャンダル絡みで客は呼べるって訳か。そのあたりの計算は学芸会プロデューサーの面目躍如というところかな」

「監督。学芸会とはあまりに失礼ではありませんかね。帝都テレビのドラマは過去に何本も映画化され、観客動員数で何度も記録を塗り替えてきた。外国の映画祭にも多数出品され」

「ああ、知ってるよ。その年一番の興行成績だからって鼻息荒く映画祭に乗り込んだものの、審査員からは完全に無視され、観客からは失笑浴びてすごすご帰ってきたんだってな」

あっと思ったが、もう遅かった。帝都テレビ製作の映画が海外で黙殺されているのは周知の事実だったが、それを当事者に言うのは罵倒《ばとう》するに等しい。映一が恐る恐る振り返ると、小森が自分を睨《にら》んでいた。大森を押さえていろと言ったのは手だけのことではなかったようだ。

「……歯に衣《きぬ》着せぬ物言いが身上とお聞きしていますが、最初からそうつんけんされたのでは。私も製作者の一人なのですからね」

「しかし、製作者は何人もいるが大森宗俊は一人だけだからなあ」

その声に曽根のみならず当の大森までが驚いた。

声の主は小森だった。

「俺はオヤジを含めて内外の監督と一緒に仕事をした。巨匠に中堅に新鋭、そりゃあもう両手両足でも足りやしない。けどなあ、どんな名作にしても、脚本とキャストさえ良ければ別の監督が撮ってもそこそこの作品には仕上がるんだ。だがオヤジの作品は違う。オヤジの映画はオヤジにしか撮れない。仮に撮影途中にオヤジが監督を降りても、誰もピンチヒッターは引き受けんだろう。世界中でオヤジを信奉している映画屋は星の数ほどいる。しかし誰も模倣しようとしない。それは、映画屋独自の感覚で模倣しようとしてもしきれないことを知っているからさ」

曽根はやや顔を紅潮させたが何も反論しない。大森と同様、国内外での評価が高い名キャメラマンの言葉にはそれだけの重みがあった。

「曽根さんよ。あんた、カンヌにもベルリンにも行っただろ。そこで外国人プレスやら映画祭の関係者から開口一番何を訊《き》かれた？　申し訳ないがあんたの出品した作品より大森の動向を先に聞かれたはずだ。自分の局の作品を海外にも売ろうとしたら大森宗俊の名前は無視できない。そう踏んだからこそ今度の映画製作にも名乗りを上げたんだろう？　元からオヤジはこういう男でこういう口の男で、気に障るかも知れんがそいつを封じるのは牛の角を矯《た》めるようなもんだ。だからクランク・アップまでは口を差し挟まない方が利口だと思うよ。あんたの仕事はそれからだ」

映一は思わず拍手しそうになったが、目の前に立つ曽根が凶暴な顔になりつつあったので押し黙った。

だが、さすがに感情を抑える術《すべ》は心得ていたらしく、曽根は咳払いを一つしてから口調を改めた。

「……一応、ご意見は承っておきましょう」

こうして幹事プロデューサーとのファースト・コンタクトはワースト・コンタクトに終わった。

「けっどさー、俺、この映画で三回もボコられるんだけどさー。それって演出上どーよ？」

皆が脚本に目を落とす中、竹脇裕也《たけわきゆうや》はいきなり抗議の声を上げた。整った顔のその口からこぼれた言葉としては、どうにも刺々《とげとげ》しい。

「アクション、スタントなしってのはいいけどさー、ラストなんか俺、車椅子っスよ。これは絵面《えづら》的にも良くないっしょ？」

昨日と同じく帝都テレビの一室、キャスト同士の顔合わせを兼ねた本読みの席でこの台詞だ。映一はぎょっとして一同の顔ぶれを見渡す。

古手川和也《こてがわかずや》役　竹脇裕也
渡瀬《わたせ》警部役　三隅謙吾《みすみけんご》
指宿　梢役　山下マキ
有働《うどう》さゆり役　夏岡優衣《なつおかゆい》
御前崎宗孝《おまえざきむねたか》役　澤村《さわむら》剛《つよし》
当真勝雄《とうまかつお》役　いづな太郎《たろう》

……

キャスティングを見る限り、確かにこの映画の主役は竹脇だが、その主役に並ぶ存在感のキャストが一人、物語の鍵を握るキャストが二人、いずれもビリングではトメかトメ前にクレジットされる重鎮が三人も揃っている。その中での俺様発言は傍若無人《ぼうじやくぶじん》以外の何物でもない。このテのハプニングを予想していたのか、映一の真横にいた小森は溜息と共に額に手を当てた。

「やっぱりやりやがった。あの馬鹿……」

声を落としているので聞こえるのは映一だけだ。

「所々でいい演技する奴なんだが、周りが見えてない。いくらテレビで顔合わせないからって、ちっとは大御所ってのを気にしろってんだ」

竹脇裕也はアイドルグループの一員として芸能界にデビューしたが、三十過ぎてアイドル扱いされるのに嫌気がさしたのか昨今はドラマに活動拠点を移した感がある。一本調子の演技は鼻につくものの出演するだけで視聴率が確保されるので、ゴールデンタイムで竹脇の顔を見ない週はなかった。

「人間、高みに上るとな、周りの景色がよおく見えるようになる。だが本人が勘違いしている場合は逆だ。高みに上ったつもりで好き勝手に歩いて、その挙句に誰かと衝突する」

だがそんな小森の声が聞こえるはずもなく、竹脇の愚痴は尚も続く。

「それにアクションつったってさー。俺と絡むの芸人さんでしょ。コントするんじゃないんだからさー、ホント頼むよって感じ」

小森が無言である方向を顎でしゃくる。恐る恐る眺めると、三隅の眉間に皺が寄っているのが映一のいる場所からも確認できた。今年六十五になるといえば世間では立派に老人なのだが、本人はまるで五十から齢《とし》を取るのを止めたような印象がある。そして印象通り、三隅に枯淡や老悖《ろうはい》という言葉は似合わない。

「おい、今喋った若いの」

三隅の一言で座が凍りついた。

「脚本が気に食わないようだが、読み合わせの段で講釈叩くのは少し早かないか。それに、そういうことは役者の仕事じゃない」

遠回しに名指しされた大森を見ると、竹脇の言葉を気にした風もなく泰然と座っている。まるで今のやり取りを最初から織り込んでいたようだ。また、もう一人の重鎮である澤村は片方の眉をぴくりと上げただけで視線は脚本に固定されたままだ。紫綬褒章《しじゆほうしよう》を受けたほどの名優には、アイドル俳優の戯言《たわごと》など聞く耳もないといったところか。

さすがに自分の立ち位置を認識したのか竹脇は黙り込んだが、決して納得はしていない様子で映一としては気が気でない。竹脇と三隅は役柄の上では上司と部下ながら相棒となる設定だ。最初からこの調子では先が思いやられる。

いや、気がかりなことはもう一つあった。

まだ主演女優の山下マキが到着していない。

現在、二時十分。顔合わせは午後二時からと事務所に伝えたのは映一自身だ。間違いはない。だからこそ余計に気になる。山下マキは確かに人気女優だが、それでもここ数年テレビドラマで頭角を現してきた程度だ。世界の大森を待たせていい理由にはならない。

マキが演じる指宿梢は原作では二十歳そこそこの設定だ。対して演じる役者は三十歳。相手役の竹脇が同年輩なのでマキの起用自体に問題はないものの、そもそものキャスティングが曽根の横槍であったことを考えるとマキへの心証は決して良好なものではない。

まさか、世界の巨匠を待たせて自分の存在感をアピールするつもりか？

演出効果どころか自爆にも等しい行為を危ぶんでいると、いきなりドアから人影が飛び出してきた。

山下マキ本人だった。

「遅れてすみませんっ」

息せき切っている横顔を観察すると額はうっすらと汗ばんでいる。してみると演出効果を狙っての遅刻ではないようだ。恥じ入る顔もそれなりに魅せるのはさすがに女優といったところで、既に二十代の潑溂《はつらつ》さはないものの、旬の果実のように芳醇《ほうじゅん》な色香を発散している。

「渋滞に巻き込まれてしまいました。本当にウチのマネージャーが鈍臭《どんくさ》くって」

マキの後からおずおずと姿を現した女性が、マネージャーらしい。

突然、そのマネージャーの頬にマキの平手が飛んだ。

ぱしんと乾いた音。

あ、という声がどこからか上がった。

「あんたのせいで迷惑が掛かったじゃない！　皆さんに謝りなさい」

尖った声が部屋中に響き渡る。これには泰然自若《たいぜんじじゃく》としていた大森や澤村までが表情を変えた。

「わ、私のいたらないせいで、皆さんにご迷惑をおかけして……申し訳ありませんでした」

女性マネージャーが声を震わせながら深々と頭《こうべ》を垂れる。部屋に集《つど》う一同は声を無くして聞き入る。わざとらしいといえばこれほどわざとらしい演出もない。お蔭で直前の竹脇の発言も、マキの遅刻もはるか彼方に追いやられた格好となった。

「まあ、その辺でいいから」という大森の言葉でその場が収まると、マキは何事もなかったかのように指定の席に落ち着いた。

主だったスタッフとキャストで席は埋まっている。女性マネージャーはうろうろと居場所を探した挙句、所在なさげに壁際に立つ。同じように立っている映一とは二メートルも離れていない。それにしても一人でぽつんと立つ姿はまるで晒《さら》し者だ。やめておけ関わるなという内心の声を無視して、映一は女性マネージャーに近づいた。

「あのさ。こっちにスタッフ連中が固まってるから」

そう声を掛けると、彼女は素直に安堵《あんど》の表情を浮かべて移動してきた。

「すみませえん……」

年の頃はマキよりも少し若い。いや、よくよく見れば目鼻立ちや声がマキにひどく似ている。

じっと見つめていると向こうの方で気づいたらしい。すぐに「あ、初めまして」と名刺を差し出した。

〈マネージャー　山下麻衣《まい》〉とあった。

「あたし、妹なんですよー」

さっきまでの萎《しお》れ方もどこ吹く風か、麻衣は無防備に笑ってみせる。

映一は一瞬、固まった。

相対する者の警戒心を木端微塵《こっぱみじん》にするような笑顔だった。

「まだプロダクションに入社したばかりで、マネージャーっていうより付き人なんです。よろしくお願いします」

芸能関係者にありがちな業界臭さが皆無なのはそれが原因か——合点して名刺を受け取ると、マキの到着を受けて参加者の自己紹介が始まった。

竹脇から続くキャストたちの挨拶。こうしてずらり並んだ俳優陣の顔ぶれを眺めていると、大森の狙いが朧《おぼろ》げに浮かんでくる。映画が成功する条件の二割がキャスティングにあるとされるのも、その役者の選択自体に監督の志向が色濃く反映しているからだ。

映一が六車の脚本を一読して感心したのは原作からの刈り込み方だった。原作では古手川を中心に事件が展開していき、さながら若い刑事の成長譚《たん》として描かれていたものを、脚本では古手川が狂言回しとなり、三つの家族の悲劇を描くことに重点が変えられている。そ結構としては愛する者を失った人間の喪失感が新たな憎悪を引き起こし連鎖していく。そうした人々の内面を追う一方で、受難と救済を描くストーリーだ。そのため自ずと主役の古手川役よりも他のキャラクターに物語の比重が置かれており、三隅と澤村両名優の起用は脚本の意図を的確に汲み取ったものといえる。

また女優についても語るべきことは多い。大森宗俊が美人好みなのは業界の定説だが、ただ美人というだけではこの監督の食指は動かない。可愛いだけの女優なら馬に喰わせるほどいる。ファム・ファタール——つまり男の運命を狂わせるような存在感がなければフィルムに残す価値などないというのが大森の持論だ。

その点、有働さゆり役の〈ぶっちゃけ女優〉夏岡優衣は大森の要求を十二分に満たしていた。今年で四十二歳。宝塚歌劇団出身、舞台で鍛えられた演技力は折り紙つきだ。演技力とは言い換えれば多様性のことで、幼さと妖艶さ、善良さと邪悪さ、天使と悪魔の両方を演じ分けることが要求される。彼女なら有働さゆりの二面性も余すところなく演じきれるだろうと思わせる。

　更に当真勝雄を演じるいづな太郎に至っては、彼に白羽の矢を立てた大森の慧眼《けいがん》に敬服せざるを得ない。ピンのお笑い芸人で特異な芸風が仇《あだ》となって万人受けはしないものの、存在感は抜群だ。その彼が精神疾患を患った青年を演じるとあれば想像に胸が膨らむ。不謹慎な言い方になるが、そういう役柄は確かな観察力に基づいた演技力が必要とされ、ゆえにハリウッドの俳優たちはオスカー狙いにそのテのキャストを選択したがる、などという話があるくらいだ。

　二人の名優とファム・ファタール、そして個性派俳優。この中にあって山下マキの存在はどうしても影が薄い。彼女が高視聴率を叩き出したテレビドラマというのは、女刑事やらアラサーの女社長やらが恋愛と仕事の板挟みになりながら目の前の問題を解決していくという役柄がほとんどだった。良く言えば手慣れた役、悪く言えばワンパターンの誹《そし》りを免《まぬが》れず、今回の明暗併せ持つ女性をどこまで演じきれるかは全くの未知数であり、だからこそ無理やり彼女をキャスティングに捻じ込まれた大森は不機嫌さを隠そうともしないのだ。

「彼女も大変、だなあ」という声が自然に洩れる。

　すると隣にいた麻衣から消え入るように、

「すみません、何かご心配をかけてるようで……」と、詫びの言葉が入った。

「いや。別に心配とかそういうのじゃなくて」

慌てて言い繕《つくろ》ったが、麻衣の言葉は続く。

「でも、お姉ちゃ……山下マキはこの映画に賭けてるんです。それだけは分かってあげてください」

今にも泣き出しそうな目でこちらを見上げる。

きっと経験の深いマネージャーならこんな頼み方はしない。担当タレントの美点のみをしつこく並べ立て、腰を四十五度に折って後は本人の才覚に丸投げするだけだ。こんな風に情だけに訴えるような真似はしない。だから、余計に新鮮な印象を受けた。

ところが――。

「麻衣。みっともないことするんじゃないわよ!」

当のマキが目敏《めざと》くそれを目撃していた。

「落ち目のアイドルじゃあるまいし。数あるオファーの中でこの役に拘ったのはステップ・アップのためよ。そんな物乞いみたいな!」

また姉妹同士の修羅場を見せられるのかと内心うんざりしかけた時、意外なところから横槍が入った。

「みっともないのはどっちかしらねえ」

苛つきを抑えながらお調子者をからかうような口調――声の主は夏岡優衣だった。

「ステップ・アップとはよく言ったものよねえ。ステップするための、その踏み台がガタガタだっていうのに。でもまあ、主演ドラマの視聴率はジリ貧、写真週刊誌にスキャンダル書き立てられてお尻に火のついた女優さんの物言いとしては上出来かしらね」

優衣の揶揄《やゆ》にマキの顔色が変わる。

「それはどういう意味ですか。夏岡さん」

「どういう意味もこういう意味も。焦って周りが見えなくなった女優というのは視野狭《きょう》窄《さく》になって大変だなっていう感想。もっとも一番の被害者は当たり散らされるスタッフなんだけど」

その場が凍りついてから、改めて映一は思い出した。夏岡優衣という女優は時折こういう歯に衣着せぬ物言いをするのが身上だった。今までにもこの舌鋒《ぜっぽう》に刺し貫かれた女優やタレントは引きも切らず、中には現場で泣き出した者もいる。〈ぶっちゃけ女優〉という異名はその性向によるもので、それでもその発言が芸能マスコミから叩かれないのは、その真意が真っ当で皆の気持ちを代弁することが多かったからだ。

だが、山下マキの反応は映一の予想の斜め上をいった。

「他人の視野狭窄を心配いただいてご苦労さまです。最近はめっきり脇役ばかり増えた先輩の忠告として有難く受け取っておきます」

今度は優衣が顔色を変えた。

麻衣も顔色を変えた。

「そーねー。演技力が乏しいばっかりに、小ジワの数と出番が反比例するようなタレントにはなりたくないものよねえ」

端々がそのまま棘《とげ》となって相手に刺さるような口調だった。机一つ挟んで二人の女優が睨みあう図は傍目には面白おかしいものだったが、これからこの二人で一本の映画を撮っていこうと集まった者たちには見るに堪《た》えない光景だ。

案の定、大森のこめかみにうっすらと血管が浮き上がってきた。

止めろ、と小森の声が頭の中で響いた。

だが映一が動く前に、格好の人物が場違いなほど間延びした声を上げた。

「ははは、夏岡さんや。あんたの当てこすりは相変わらず聞いていて楽しい」

澤村の好々爺《こうこうや》然とした声が緩衝材となって、その場の緊張を見事なまでに緩和させていく。成る程、これが名優と称される所以か。

「しかし、まだ顔見せの段階でそれはいささかサービス過剰だよ。それはもっと後までとっておいた方がわしとしては面白いのだが。それに山下マキさん。あんたの、その負けん気も後までとっておきなさい。大森監督の現場は、それはもう体力気力の勝負だからね。今からそんなに飛ばすとクランク・アップまで保《も》たんよ」

澤村にそうまで言われたのでは新旧の女優たちも矛先《ほこさき》を収めざるを得ない。マキと優衣はさすがに恥じ入った体《てい》で黙り込んだ。

一同の胸を撫で下ろす音が聞こえてきそうだった。

さてキャストたちの挨拶の後にスタッフ紹介も終わり、ようやくスケジュール確認に移ろうとした時だった。

二回ノックしてから、またもやあの男が姿を現した。

「やあ、失礼しますよ。良かった。まだスケジュール確認の前でしたな」

映一はげんなりした。よくもこれほど次々と揉め事のタネがやって来るものだ。

曽根の顔を見るなり、大森はいったん引っ込んだ血管を再び浮き上がらせた。

「いきなり、何の用だ。今日はプロデューサーが参加しなくてもいい席のはずだが」

「申し訳ありません、監督。実は製作委員会の方からの意向をお伝えに上がりました。これによって撮影スケジュールに多少の変更が生じるため、いち早く参上した次第で」

「変更？」

「まずはこれをご覧ください」

そう言って曽根が差し出したのは、表題に『災厄の季節』と書かれた脚本だ。ただし表紙の色が、スタッフとキャストの手に行き渡った物と違っている。

「何だ、これは？」

「決定稿です」

「決定稿だとお？　そりゃどういうことだ。決定稿は今みんなに配ったのがそうじゃないのか」

「ですから、その脚本に若干のシーンが書き加えてあります。いや、若干というかその、竹脇くんと山下マキの絡みを増やして、二人の関係に重点を置いたものに変えました。まあ、差し込みですね。三シーン、時間にしておよそ十分ほどですかね。尺があまり長くなってもいけないので、その分は暴力的なシーンを削除しました。増補の部分には付箋《ふせん》を貼ってあり……」

「やかましいっ、このくそど素人！」

曽根の言葉は大森の怒号で掻き消された。

「口出すだけじゃ飽き足らず、手前《てめ》ェの幼稚な作文まで捻じ込んできたのか。ゼニ出したからといって、映画を手前ェだけの物と勘違いしてんじゃねえぞ」

「惜しいかなわたしも文才だけはなくて」

だけ、というところにこの男の傲岸不遜《ごうがんふそん》さが窺えた。

「差し込みを書いたのはそこにいる吉崎くんですよ。彼は自分の手掛けたドラマでも、撮影中にちょくちょく手を入れる現場主義者でしてね。わたしのちょっとした希望を聞くや否や二晩で改稿作業を終えてくれました」

この話の中のどこが自慢なのか、曽根は鼻の穴を広げて言う。一方、吉崎はと見ると、さすがにこの場の空気を読んでいるのかそ知らぬ顔を決め込んでいる。そして話に出された当のマキも何故か当惑した表情だ。

「ふん。どっちにしてもど素人に変わりはあるまい」

大森は吉崎を含めて一刀両断に切り捨てた。

「映画とテレビドラマじゃ同じ二時間にしても台詞から何から何まで作法が違うことを知らんのか。こんなモン、見るまでもない」

「お言葉ですが、吉崎くんは以前、ウチの局が主催したシナリオコンテストで第一席を」

「俺は俺の認めたモンしか認めん」

その老体のどこにそんな力があったのか、大森は渡された脚本を真ん中から一気に引き裂いた。

そしらぬ顔だった吉崎も、これにはあっと声を上げる。曽根は眉間に縦皺を作る。

「大森監督。何ということを。あなたはご自分が天皇にでもなったおつもりか」

「前にも言ったな。映画は独裁主義の所産だって。俺の現場では俺が神様だ」

「今日《きょう》びそんな主義は流行りませんよ」

「プロデューサーがそんな了見だから、流行りものに色目使った学芸会もどきしか作れねえんだ」

「……まあ、いいでしょう。印刷物なんかいくらだって刷れる。現場の最高責任者が監督だということも良しとしましょう。しかし製作者サイドの意向を無視した映画製作など到底認めることはできません」

曽根もそれなりの威厳を見せて大森を睨み据える。

「企画意図を現状に合わせて修正するのも、本編が当たるようにフィルムを切るのもプロデューサーの権利です。幹事会社である帝都テレビの要望を取り入れていただけないのなら、残念ながらわたしどもも製作委員会から引き上げるしかありませんね」

やはりそうくるか。小森をはじめとしたスタッフの顔に動揺が走る。マスコミ発表も行い、クランク・インは明後日に迫っている。俳優たちとも契約を済ませスケジュールも押さえてある。今この状態で幹事会社が手を引けば賠償責任が発生し、それは残った製作者たち、分けても五社の上に降りかかってくる。つまり曽根の脅しは既に出港した船から燃料を抜くと言っているようなものだ。

ただその中にあって、やはり大森だけは一人超然としていた。

「ふん。プロデューサーの権利というのは正論だな。だが、そういうのは製作委員会でまず話を詰めてから現場に持ってきてくれ。あんたの言ってるのは製作委員会の要望ではなく、帝都テレビの要望だろ？　だったら他の製作者。そうさな、最初は五社でも口説き落としてみるんだな」

途端に曽根の表情が黒くなる。製作委員会方式を逆手《さかて》に取った反論。痼癪以外にもこういう手管《てくだ》を使えるのは、やはり大森ならではだろう。

「……監督のご意見ももっともですね。では早速、委員会の皆さんに招集をかけるとしましょう」

もちろん製作者が集まったところで曽根が我《が》を張り通すのは分かりきっている。しかし、いくら幹事会社であっても易々《やすやす》とは大森をコントロールできないということを知らしめただけでも、このラウンドは大森の勝ちだった。

曽根は一転したり顔になったスタッフたちをじろりと見回す。受けた辱《はずかし》めは死んでも忘れない——そういう粘液質の視線だった。

4

クランク・イン当日。

吉野家で朝食を掻き込むと、映一は調布の撮影所に向かっていた。その途中で携帯電話の着信音が鳴った。相手は絵里香だった。

「もしもし」

『あ。やっとつながった。今、どこよ』

「現場に向かう最中。今日が撮影初日なんだ」

『へえ。こんな朝早くから感心じゃない。どういう風の吹き回しよ』

「今までの現場とは違うからだよ。大森さんの映画だからな」

『撮影、何時まで？』

「分っかんない。何せ大森さんだからな。納得いかなかったら今日中に終わるかどうかも」

『あたしとの約束は？』

あっと思った。撮影の準備に忙殺され、今日会う約束だったことを今の今まで完全に忘れていた。

『どうせ言うまで忘れてたんでしょ』

「違うよ。忘れてやしない。ただこのところ馬鹿みたいに忙しくって」

『あたしと仕事とどっちが大事なのよ』

「また、それ言うのか。そんなもの比較する対象じゃねーだろ」

言ってから、しまったと思った。これは絵里香に通用する理屈ではなかった。そして立場の弱い者が吐く理屈でもなかった。

こういう時は逃げるしかない。

「悪《わ》りぃ。今から地下鉄乗るから切るぞ」

そして携帯電話を畳み、電源を切った。揉め始めた関係をそのままにしていいはずもなかったが、今は大森の撮影現場という格好の逃げ場所があった。

「箱馬、持って来おいっ」

「すいまっせーん。平台、どこっスかあっ」

現場特有の雑然とした空気が立ち込めている。映一はこの空気に触れると、何故か自宅にいるよりも落ち着いた。

「それではシーン3、いきまあす!」

その瞬間、スタジオの中は静まり返って咳一つ聞こえなくなった。

空気がぴん、と張り詰める。

時間が止まる。この時間を再び動かせる者はこの場に一人しかいない。

居並ぶスタッフと出演者が息を止めてその第一声を待っている。計算された露光、何度も確認された照明とカメラの配置、綿密なリハーサルも先ほど終わったばかりだ。

オーケストラを従えた指揮者よろしく、車椅子に座った大森が周囲を見渡してから大きく息を吸い込む。

「よおおし、本番いくぞお。ヨーイ……スタート!」

大森の言葉に合わせて苫篠がカチンコを鳴らす。それと同時に録音が始まる。

カン、という乾いた音と大森の掛け声が映一の神経を研ぎ澄ませる。カチンコのスティック部分はサクラ材で、打ち鳴らすと惚れ惚れするようないい音がする。そしてこうして隣にいると、改めて大森宗俊という監督の特異性が皮膚にまで伝わってくる。

大森の演出には一切の迷いがない。感性なのか経験なのか、恐らく両方だろうが己の決定に絶対の自信を持っている。予期せぬアクシデントに対応する柔軟さを持ち合わせながら、ゴールをそこと定めたらいささかのブレもなく邁進《まいしん》していく。その様はあたかもブルドーザーのようであり、行く先に立ちはだかる者は木端微塵に粉砕される。スタッフとキャストはその巨大なエネルギーに翻弄され、畏怖《いふ》しながらも付いていくしかない。

「カットおっ！」

スタート間もなく、早速大森の怒号が飛んだ。シーン3、渡瀬と古手川が第一の死体発見現場であるマンションの管理人から話を聞く場面だ。

「おい、古手川。なに渡瀬の後ろで突っ立ってる！　お前はマネキン人形か」

怒鳴られた古手川役の竹脇は呆気に取られている。

「え。でもここは三隅さんのシーンだから」

「テレビのカメラワークと一緒にするなああっ。一台は渡瀬と管理人のやり取りを捉えている。だが一台は管理人の怯えた顔をロングで捉えてる。だから古手川の背中も当然入っている。それなのにただ突っ立っているとはどういう了見だあっ。初陣《ういじん》で手柄を立てたくてうずうずしている若造の背中じゃねえっ」

「せ、背中で演技っスか」

「背中を丸める、真直ぐ伸ばす、くねらせる、上下させる。使い方次第で背中てのは口より物を言うんだ。いいか、うずうずしている奴の背中はな……ええい、ちょっとこっち来い！」

そして竹脇を呼びつけて演技指導が始まる。

「いいか。前に出ようとうずうずしてる奴は落ち着きがない。前に出ようとして肩が出ようとする。それを腰から下が押さえようとする。だから上半身と下半身が別の動きをする。それから目も駄目だ。功を焦っているヤツの目じゃない。俺はあのポジションが欲しいと本気で狙う目をしろ。言っとくが演技なんかしようとするな。名優三隅謙吾の地位を竹脇裕也という若僧が奪い取ろうとするんだ」

最初は不満顔だった竹脇だったが、大森の説明を聞くうちに合点のいったように頷き出す。映画の出演本数が少ないとはいえ、持ち前の勘の良さが理解を早めているようだ。その他の出演者は再開の声を待つふりをしながら、大森の言葉を一言も聞き漏らすまいと耳をそばだてている。

これも大森の特異性の一つだ。どんなカット、どんな演技指導にも勘や経験だけではなく明確な理論づけがある。しばしば大森の撮影現場が大森学校と呼ばれる所以だ。

「竹脇ちゃんも大変だねえ」

他人事《ひとごと》のように呟いたのはプロデューサーの曽根だった。

「映画はともかく、テレビじゃ視聴率男なんだからさ。もう少し扱い考えてやってもいいと思うけど」

それでも曽根は大森を敬遠して、離れた場所でそれを言う。実際にはプロデューサーの威光を現場にも見せつけたかったのだが、いざ来てみれば逆に大森の威光に当てられて萎縮したというのが真相だろう。大体、この男がスタジオに姿を見せた時からスタッフたちもいい顔をしなかった。カネは出すが口は出さない五社は現場に立ち寄ることがほとんどなく、だからこそ初日からふらり現れた曽根には皆が違和感を抱いたのだ。

きっと、自分でカメラを覗く真似もしたかったのだろうがそれも叶わず、今はセットの脇に置かれたビジコンのモニター前を自分の指定席と定めたようだった。ビジコンの小型カメラは撮影カメラの真横に設置されているので、モニターには撮影カメラで捉えた映像と同じものが映る。ちょっとした監督気分が味わえることに加えて、手持無沙汰の曽根に与えるには格好のオモチャだった。

「よし。テイク2いくぞ」

「テイク2いきまあす」

映一は再び身構える。

テイク9で大森はもう一度竹脇を呼んだ。

「頭では分かってるんだろうが、どうも身体がついてこねえな」

そう独り言を呟いてから、竹脇をスタジオの隅まで連れて行く。もちろん車椅子を押させて。

図らずも小休止となり、テイク9まで気を張り続けていたスタッフとキャストたちは一様にほうと息を吐いた。休める時には可能な限り休め——それが大森組の不文律だった。ところが毎度のことながら、大森の現場は平穏が持続しない。不測の事態と紛糾が絶え間なく起こり、撮影期間中は疾風怒濤そのものとなる。

「大森はどこだあっ」

ただならぬ気配を纏《まと》ってスタジオにその男が闖入《ちんにゅう》してきたのは、ちょうどその時だった。

スタジオ入口には警備員もいただろうに、ここまでの出入りを許してしまえば制止役は自ずとセカンドである映一になる。

「失礼だけどあんたは？」

「この映画の脚本書いた六車だよ」

こいつがそうか。

映一は名乗った相手を改めて観察した。公称三十歳、テレビドラマの風雲児にしてトラブルメーカー。長髪にラフな服装、神経質そうな細面《ほそおもて》は脚本家というよりもどこか若い大学教授を思わせる風情だった。

「演出部セカンドの宮藤です。どうしたんですか、血相変えて」

「どうしたもこうしたもあるか。いったい、これは何の真似だ」

怒りも露わに取り出したのは吉崎の書いた決定稿だ。

「今日、郵便で届けられた。事前の連絡は何もなかった。書き直せというのなら従おう。それが仕事だ。しかし脚本家に無断で勝手な差し込みするとはどういう了見だ。大森宗俊というのは、そういう人間なのかあっ」

六車の声はたちまちスタジオ内に響き渡る。

「しかもだ。その差し込みが納得できるものならまだいい。俺だって現場にまでのこのこ顔を出したりしないさ。だが、こりゃあ何の冗談だ？　シーンの追加分は全てヒロインとも呼べないヒロインの出番、しかもアホ臭い台詞の羅列ときた。いいか読むぞ、読みたくないが読むぞ。『あたしに接近してきたのは、あたしを疑っていたからなのね。刑事さんとしては優秀なんでしょうけど男として最低だわ』。まだあるぞ。『今までのは真犯人のあの人を騙すためのお芝居だったのね。それなのにあたしったら』。俺はね、もう読んでて腰が砕けたよ。何だよ、この台詞！　こんなもの、劇場で流せるかあっ。これは丸々二時間ドラマで茶の間のどんな馬鹿にでも分かるように誇張された台詞だ。しかも、今までに描写された梢という人物の造形から大きく逸脱している。これを加筆した奴は言語感覚をひどく病んでいる。まともじゃない。もし病んでいないとしたら、気の毒だが碌な教育を受けてこなかったに違いない」

その碌な教育を受けてこなかったとされる吉崎は羞恥と怒りで顔を真っ赤にしていた。曽根はと見ると、六車を鬱陶《うっとう》しそうに眺めている。

「正直言えばこっちだって忙しい。春からの連ドラを二本抱えている。他の映画の脚本も依頼されている。無理なスケジュールを押してそれでも脚本書いたのは監督があの大森宗俊だと聞いたからだ。学生時代に観た作品は今でも俺のバイブルだ。大森作品に出逢ってなかったら脚本家なんてものにはならなかったかも知れない。その人から脚本の依頼を受けた時には天にも昇る心地だったさ。その日のうちに原作本を買い、次の日から書き始めた。飯もまともに食わずにだ」

話している途中から、六車の声が次第に哀調を帯びてきた。これは信じていた者に裏切られた人間の声だ。映一はその声を聞きながら奇妙な同胞意識を覚えた。

ここにも大森の映画に人生を変えられた奴がいる。

「自画自賛だがいい物が書けたと思った。後は大森監督に任せればそれで大丈夫だと信じていた。ところがこの有様だ、畜生！　人が精魂込めた料理に化学調味料大量にぶち撒《ま》けるような真似しやがって。もし、これが大森監督の指示ならそれで構わん。その代わりクレジットから俺の名前を削れえっ」

スタジオの中がしん、とした。

傍若無人だが、ある意味真摯《しんし》でもある若い脚本家の訴えを嗤《わら》う者は誰もいなかった。

「おう、若いの。言いたいことはそれだけかあ」

やがてスタジオの中央から大森の声が飛んできた。六車はむっとした様子で声のした方向に進み出る。そして車椅子の上の大森を見て一瞬たじろぐ。

「会うのは初めてだな。大森だ」

「初対面がこんな形になって残念だけど監督、俺は」

「今、お前の言ったのはその通りだよ。その脚本は改稿じゃなくて改悪だ。折角のご馳走だったのに、化学調味料どころか肥料を振り撒きやがった」

誰かが噴き出した。こういう悪口に関しては、六車よりもやはり大森の方に分《ぶ》がある。

「そんな指示、俺が出すと思うか？」

「え。いや、あの」

「もっとも改悪脚本をそっちに送らせたのは俺の指示だがな。頭にきただろ」

「あんなに怒ったのは久しぶりだ」

「だったら、お前の納得いくように修正してみたらどうだ」

「……は？」

「プロデューサーからの注文は梢を絡めた八シーンの追加とそれに見合った他シーンの削除。それだけだ。言い換えれば梢役のビリングが上がるなら、内容までは言及しないってことだ。そうだよなあ、プロデューサー？」

いきなり振られた曽根が慌てて立ち上がる。

「そ、そうしていただければ、まあ」

「よし、今の言葉聞いたな。六車くんよ、元々梢役は通行人程度の脇役だったんだが、俺と五社がサブまで膨らませたんだ。これを今度はほとんどメインに持ってこなきゃいけない。しかも脚本の味を殺さないように八シーンも追加しなきゃならない。クランク・インしたばかりだってのにな。こんなもの普通の脚本家なら降参して逃げ出すだろうが、さて、お前さんならどうするかな」

その場に居合わせた全員が呆れ果てた。何と老獪な。若い脚本家の自尊心と怒りを利用して、脚本を再修正させようとしているのだ。

六車は憮然とした表情のまま車椅子の老人を見下ろす。

「そんなあからさまな挑発に乗るとでも思ってるんですか」

「まあ、実際あからさまに喧嘩吹っかけてんだからな。しかし腕に覚えのある奴なら、こういうのは買うんじゃないのか」

「よおし、その喧嘩買った！」

六車は顔をぐいと大森に近づけた。

「ぽっと出の新人だと思っているんなら後悔するなよ。あんたが興奮して鼻血出すような脚本にしてやるから首洗って待ってろ」

「ふん。鼻から出るほど血なんか余ってねえよ」

大森が車椅子ごとくるりと向きを変える。

「あ。ちょっと待った。ところで梢役は誰なんだよ」

「何だ。製作発表の会見、見なかったのか」

「俺の仕事は脚本書きまでだからね」

「山下マキだよ」

それを聞いた瞬間、六車はあんぐりと口を開いた。

「や、山下マキぃ？　あの、ワンパの演技しかできない大根女優をかよ！　いったい何だってそんな配役」

「そこに鎮座ましますプロデューサーのご意向でな。それも縛りの一つだが、どうした。その条件でもうお手上げか」

「俺は櫻井玲でアテ書きしたんだよっ。山下マキとじゃイメージが九十度くらい違う」

ほう、と意外そうな顔で大森が振り返る。

「大森……監督。あんた、山下マキをどう使うつもりなんだ？」

「そんなもん、相手次第、脚本次第だな。ついでに言っとくが、あのプロデューサーが気紛れでまた何を言い出すか分からんぞ」

六車はしばらく考え込んでから言い出した。

「あのさ、現場で原稿書いてもいいかな？　山下マキの演技と監督の指導を見ながら台詞を調整した方がいいと思う」

「勝手にしろ。弁当一人前追加しといてやる。いいな？　映一」

「了解でっす」

そして大森がセットの中央に戻っていくと、六車は毒気の抜かれたような顔を映一に向けた。

「何か妙な具合になったが……脚本家の六車圭輔です。よろしく」

そう言って右手を差し出してきた。第一印象とは異なる礼儀正しさにいささか戸惑う。

「あ。こちらこそ」

「あなた、大森さんの下は長いのか」

「まだ二作ほどお世話になったくらいで」

「いつもあんな風ですか？」

「ええ、まあ……今日は比較的紳士な方かと」

「話には聞いてたけど、ああいうタイプの映画監督ってまだ生き残ってたんだな……退屈しないでしょ」

「退屈なんかしてたら殺されますって」

「役者やスタッフに向かって物投げるって伝説は本当？」

「監督、チェーン・スモーカーですけどね。身近にはアルミの灰皿しか置けないんですよ。危ないから」

六車は納得顔で頷いてみせた。

灰皿投げの実演は、早速その翌日に披露された。

「馬鹿あっ、手前ェ今までどこで何の仕事してきたあっ。その腰から下はマネキンか！」

シーン21、指宿梢が古手川から祖父の死を知らされる場面だがテイクは既に十五回を数えていた。

「いいか。父親より近しかった爺さんが死んだんだぞ。そういう時はな、顔より先にまず身体が反応するんだ。糸の切れたマリオネットみたいに支えをなくして腰砕けになる。さあ、やってみろ……違うっ！」

傍らにあったアルミの灰皿がフリスビーよろしく、ひゅるひゅるとマキの耳元を掠《かす》めて飛んでいく。もちろん女優の命である顔に当たらないように投げているのだが、当のマキは蒼白になっている。

「か、監督。彼女にあまり手荒な真似は」

曽根が早速抗議する。竹脇の時には対岸の火事のように眺めていた男が呆れるような変貌ぶりだが、この男の言葉は火に油を注ぐだけだ。

「うるさい。ここから先は監督の領分だ。あんたは口出ししないでもらおう」

「やっちまうんだよなあ、あれ」と、六車が映一の横で呟く。

「テレビドラマに慣れた役者の泣き所だ」

六車の言わんとすることは映一にも理解できる。要はショットの問題なのだ。通常、テレビドラマは画面サイズを考慮してバストショットが多用される。役者の全身を捉える構図はそれほど多くない。しかし劇場映画では、この割合が逆転する。大スクリーン、アスペクト比2・35対1はロングの構図が圧倒的に多く、結果的に役者は全身を使った演技を要求される。バストショットに慣れたテレビ俳優たちが対応に苦慮するのは当然とも言えた。

「しかし、役者に向かって物を投げるなんて。昭和の撮影所じゃあるまいし」

「昭和だろうが平成だろうが、口で言って分からん奴には身体で教えるしかなかろう。的もちゃんと外した。しかし、よくもこんな演技カンのない女、押しつけやがったな」

「失礼ですが彼女は我が局の看板女優で」

「やかましいっ。そのトタン張りみたいな看板を何とか人様の目に耐え得るモンにしようとこっちは躍起になってるんだ。黙って見物してろ！」

自分のやり方に疑義を唱える者への悪口雑言《あっこうぞうごん》は、車椅子の身の上になっても相変わらずだ。映一は妙なところで安堵を覚えるが、他方、曽根の反応に不安を感じる。この男はカネを出したもの、己の息が掛かったものを自分の所有物と見做《みな》しているようで、それを脅《おびや》かそうとする者を害悪として扱うらしい。

「今はどんな監督だって温和ですよ。そんな癇癪持ちだとスタッフ間の連携が余計にギクシャクして」

「だから、日本映画は碌でもないものになっちまったんだよっ。そして、あんたの局が濫《らん》造《ぞう》するような学芸会もどきを海外に出して大恥を掻く」

大森は差し出した曽根の手を払い除《の》け、セット中央に車椅子を走らせた。曽根は盛大な溜息と共に肩を落とし、それでも大いなる不満を眉間の皺に刻み込んで、大森の後を追う。

「今のはさ、両方とも当たってるんだよなあ」

六車は笑いを嚙み殺して言う。

「昔はスタッフ全員が映画会社に雇われた社員だったから上下関係が今よりはっきりしてたし、黒澤《くろさわ》とか溝口《みぞぐち》とかカリスマ性のある監督が沢山いたからな。ところが撮影所システムが崩壊するとスタッフは皆フリーの立場だ。波長の合わない監督には従おうとしなくなる。監督も低年齢化してるし小粒だから求心力もない」

それは全くその通りだった。この二年間、映一が助監督を務めた現場は全部が全部そんな具合だった。怒鳴り声も喧噪もなく、各々が淡々と自分の仕事をこなしている。互いに感情を剝《む》き出しにすることを避け、監督までもがスタッフを腫れ物に触《さわ》るようにして扱っていた。撮影現場というよりも、どこかのオフィスのような雰囲気だったのだ。

「ただしそれは昨今の凡庸《ぼんよう》な監督の場合であって、大森監督はまた別格さ。それを曽根さんはまるで分かっていない。俺はこういう仕事だから分かるんだけどさ、あの人の凄さはきっとテレビ屋では理解不能なのかも知れないな」

「どうしてですか。テレビ関係者だって監督の映画は観るだろうし海外での評価も知ってるでしょう」

「テレビ屋の頭には分かりやすさと視聴率しかない。あの監督はそういう人種が理解するには器が大き過ぎるんだよ。それに製作委員会方式なら、たとえ映画がコケても幹事会社は絶対損しないようにできている。テレビ屋にしてみたら映画なんて所詮オモチャみたいなものなのかもな」

この話にも映一は合点せざるを得ない。

在京テレビ局が手掛ける映画ビジネスの年間興行収入は百億から二百億で推移し、投資回収率は二百パーセントから三百五十パーセントを記録している。大当たりした作品がある一方で大コケした作品も目立つのに、何故これだけ高収益が確保できるのかといえば、偏《ひとえ》にビデオ化やテレビ放映などの二次使用で利益を出せるからだ。全体の収益だけ見れば劇場公開の収入は四分の一にしか過ぎず、しかも、配給手数料とプリント作成費、そして宣伝費は配給経費として優先的に回収されるので、製作委員会の背負うリスクもさほど肥大しないという理屈だ。

「でも六車さんはテレビドラマの脚本が出発点でしょう？　それなのに……」

「業界に身を置いてしばらくすると、その悪い面ばかり目につく時期ってあるでしょ。多分、俺は今がその時期。さてと、それじゃあ俺もあの中に混ぜてもらうとするか」

六車はセット中央でやりあう大森と曽根の方向に向かう。

「ちょ、ちょっと六車さん。何しに」

「大森監督が山下マキからどれだけ演技力を引き出すのか。その着地点を想定した上で構成を考えなきゃいけない。今まであんまりやったこともないが、現場の進行、女優の成長に合わせて脚本を書いていくことになる。となれば監督と女優のセッションに加わるのは当然だよなあ。ちぇっ、面倒臭い仕事を引き受けちまった」

舌打《したう》ちはするものの、どこか楽しげに駆けていく六車を見ながら、映一は改めて呆れたように溜息を吐く。

どうして大森の周りには、六車のようなひねくれ者が集まってしまうのだろう。類は友を呼ぶということなのか、それとも大森に近づく者はそのように感化されてしまうのか。

いずれにしても確実なのは、映一もその中の一人という事実だ。

さて、これからクランク・アップまでの間、こんな風に才能同士の融合と小競り合いが狂騒のように続く様を想像すると、まるで台風の襲来を待つような気分になる。考えてみれば、他の現場では絶対に得られないこの感覚を味わいたいがために映一はここにいるのだ。

だが、その目論見《もくろみ》は撮影四日目にして早くも頓挫《とんざ》することになる。

スタジオ内でとんでもない事件が発生したからだ。

二　クランク・イン

1

撮影四日目になると、六車の姿も現場にすっかり溶け込み、六車自身もまるで座付作者のように振る舞っていた。当初は現場へ馴染《なじ》めるのかどうか不安要素もあったが、スタッフへの挨拶や礼儀も忘れないので前評判の悪さはすぐに払拭《ふっしょく》された。

それでも当代きっての売れっ子を現場に縛りつける後ろめたさがあったので、映一は訊《き》いてみた。

「でも六車さん。本当にいいんですか、ここにずっと入り浸っていて。他にも山ほど仕事抱えてるって話じゃないですか」

「ペラの原稿用紙と鉛筆さえあれば、どこでもできる仕事だしね」

そう言ってショルダーバッグをぽんと叩く。事実、この中には白紙の原稿と筆記用具が詰まっているのを映一も見せられた。だが六車が現場で原稿を広げている場面は一度も目にしたことがない。無理もない。最初の話では山下マキの台詞のみを修正するはずだったのだが、六車の脚本修正はそこだけに留まらず、それ以外の台詞とその他の場面に及び始めたのだ。驚いたのは小森以下のスタッフだったが、当の大森がその修正に自ら首を突っ込むものだから誰も何も言わない。

「だけど六車さん……」

「言いたいことは分かるっ。でも言わないでよ、宮藤さん」

六車は拝むようにして言う。

「お察しの通り、色んな所に不義理しちまってるよ。自宅マンションには強面《こわもて》のプロデューサーが張り込みをしてる。某大物女優からはこの間、罵倒のメールを頂戴した」

「だったら」

「それでもやめられるかよ！」

周囲のスタッフに聞こえないよう、そこだけは声を潜《ひそ》める。

「宮藤さん、前職は局のＡＤだったよね。何の番組？」

「バラエティでした」

「じゃあ連ドラ書かされる脚本家の悲哀なんて知らないでしょ」

連続ドラマには旬の俳優が起用される。高視聴率が見込まれるのでスポンサーがつきやすく、当然のことながら潤沢な予算が約束される。六車のいう悲哀は皮肉としか思えない。

「現実はそんなもんじゃないんだよ。確かに映画と違って本数は稼げるけどさ、当初は4クール予定だったのを視聴率が悪いってんでキャラを殺すわ交代させるわ、挙句の果てに2クールで打ち切り。最終話で盛り上げるだけ盛り上げた脚本家はいい面《つら》の皮さ」

実際、そういう目に遭ったのだろう。六車は感情を剝き出しに、おまけに歯も剝き出しにしてみせた。

「そんなのはまだいい方でさ。最悪なのは主演女優の気分次第で台詞はおろかストーリーまで変更させられることだ。ひどいもんさ。自分の楽屋に呼びつけて、俺の目の前で脚本を踏みつけるんだ。何であたしがこんな台詞喋るのどうしてこんな華のない展開になるの今すぐ書き直しなさい脚本家なんか捨てるほどいるけどあたしの代わりは誰もいないのよ」

そして六車はCM女王と謳われる若手女優の名前を二つ、連続ドラマの常連となったベテラン女優の名前を三つ挙げて悪罵した。

不意に映一は、六車がトラブルメーカーと命名された事件を思い出した。局のディレクターとひと悶着起こしたこと、クレジットから自分の名前を削除しろと捻じ込んだこと。

「そーだよ。真相は主演女優の我儘《わがまま》にキレちまって降りたんだよ」

「でも、今だってあまり変わりませんよ。監督やキャストの都合で、その都度《つど》書き直してる訳でしょ」

「違うよ。全っ然違うよ」

六車は口角泡を飛ばして力説する。

「今回は俺が変えたいと思うところを監督とキャストと相談しながら修正している。言い換えたら俺の我が儘に皆が付き合ってくれている。今までとはまるで逆なんだ。しかも監督はあの大森宗俊。考えてみたらこんな贅沢ってないよな」

打って変わって口調が跳ね上がった六車を見て、映一は激しい既視感に襲われる。いつもそうだった。大森に魅入られた人間は誰もがこんな風に順風満帆《じゅんぷうまんぱん》な人生を踏み外していく。現状に留まっていればそれなりに安定した生活が約束されているものを、嬉々として疾風怒濤の現場に身を投じていく。

本来ならここで先輩面して警句の一つでも発するところなのだろうが止めた。周りを見回せば、大森病末期症状の人間ばかりだったからだ。唯一、罹病していないのはビジコンに見入る曽根と、それを正面から撮っている吉崎くらいのものか。

「ところであの二人は何してんですか。まさか第二ユニットの撮影には見えないけど」

「メイキングですよ」と、映一は溜息交じりに言う。

「DVDの特典用に撮ってるんです」

「でも、何で曽根プロデューサーを撮ってるんですか。あの人、単に帝都テレビのいち製作者ってだけで、カメラ回してる吉崎さんにしたって単に局の」

「六車さん、声が大きいって」

映一が唇の前に人差し指を立てると、さすがに六車は心得た様子で「ああ成る程」という顔をして頷いた。

これはもう呆れるのを通り越してもはや微笑《ほほえ》ましい話になってしまうのだが、曽根は超大作映画を次々にプロデュースした往年の某製作者に憧れており、今回大森作品の製作委員会に名を連ねたのもそれが動機らしい。本編でも大いに辣腕《らつわん》を揮《ふる》いたかったのだが大森の存在感に圧倒され、しかたなくメイキングで己の存在を誇示しているといったところだ。

このメイキングの製作については同じ製作委員会であるビデオ会社の監修があるものの、現場での評判は概《おおむ》ね好意的だ。曽根がメイキングの撮影監督に吉崎を指名しても、異論はどこからも出なかった。何故ならメイキングに熱中している間は、二人とも本編に関わっている暇がないので相手にしなくて済むからだ。

「でも、今どきメイキングもフィルムって……大抵はビデオ撮りでしょ」

「ああ、それはオヤジから出された唯一の注文。あの人は未だにビデオ撮りが大嫌いで、いくらおまけでも本編に付けるならフィルム撮りが最低条件だって」

これにも六車はああ、と無言で頷く。デジタルカメラがいくら画素数の多さを誇っても、まだまだビデオ画質はフィルムならではの滑らかな質感や豊かな階調を越えられず、大森のようにフィルムを咥えて生まれてきたような映画監督にとっては紛《まが》い物《もの》でしかないのだ。もちろん合成も容易なデジタルカメラがいずれ撮影現場を席巻《せっけん》するのは火を見るより明らかなのだが、少なくともそれは今ではない。

見ているとカメラを覗き込む吉崎の表情は緊張で彫像のように硬直していた。無理もない、と思う。後からいくらでも重ね撮りができるビデオと違い、編集で無駄ゴマを切れるとしてもフィルム撮りは一発撮りが原則だ。

何かミスを仕出かさないかと見ているこちらまで緊張している時、その事故は起こった。

突然、現場に破砕音が鳴り響いた。

ざわめきの絶えない現場の時間を停止させるほど乱暴な音。

吉崎がのろのろとカメラから離れた。

大森が「どうしたあっ」と遠方から叫ぶ。

近くにいたスタッフがその場所に駆け寄る。

落下してきたスポットライトの下敷きになって曽根が倒れていた。ガラス片が四散する中、頭部からは朱《あか》い液体が流れ出している。

「何ぼやあっと突っ立ってやがる！　ライト退《ど》かせえっ。救急車呼べえっ」

ひと足遅く駆けつけた小森の怒号で皆が我に還《かえ》った。弾かれたように駆け寄り、割れたライトを除去すると曽根の身体を囲む。

「うつ伏せにさせろ。失神してたら舌が喉の奥で丸まって窒息死する」

どこで仕入れた知識なのか美術の土居が注意を促す。考えてみればその通りなので、急いで曽根をうつ伏せにさせる。土居はその首筋に指の腹を当て、次に口元に掌《てのひら》をあてがう。

「よし、まだ息はある。死んじゃいない」

だが、土居の言葉に反して曽根はぴくりとも動かない。

「救急車呼びました。すぐに到着します」

サードの苫篠が報告する。普段は何かと緩慢な動きの男だが、ここぞという時には意外に敏捷な行動を取る。

「ライトの留め具が緩んでたんだ……畜生」

照明の末永が悔しそうに呟く。見れば、確かに二重《にじゅう》とライトを繋いでいたネジが外れている。二重というのはスタジオ天井からロープで吊るされている木の台で、照明用のライトは主にここに設置されている。因《ちな》みに二重の下で縦横に移動用の板が渡されていて、これは三重《さんじゅう》と呼ぶ。

サード監督時代、照明器具の納品をしたことがあるので映一は知っていた。スタジオに設置されているライトはアリWエンドの12キロワットだが重さは六十キロもある。こんな代物が高さ六メートルの位置から落下したら——映一は想像して怖気《おぞけ》をふるった。

ほどなくして救急車が到着し、曽根は担架で運ばれて行った。容体を診た救急隊員の話は土居の見立て通りだったので一同はいったん胸を撫で下ろしたが、続いてやってきたツートンカラーの車両を見て再び重い緊張に表情を強張らせた。撮影で幾度となく目にしたパトカーも、こと本物となれば威圧感が違う。

〈警視庁〉のエンブレムを見て映一は妙な胸騒ぎを覚えた。ここは調布警察署の管内だ。まさか、あいつと顔を合わせるはずはないのだが――だが、こうした悪い予感は大抵的中する。

果たしてパトカーからぞろぞろと出て来た警察官の一人と目が合った。

「何だ、やっぱり兄貴か」

「賢次《けんじ》。お前、警視庁の捜査一課だろ。どうして調布署にいるんだよ！」

「別件の捜査で出張《でば》ってたんだよ。そっちはあらかた解決したんで本庁に戻ろうとしたら、調布の撮影所で事故が起きたっていうから」

そういえば、大森組の撮影でここにいるのは最前話したばかりだった。こんなことになるのなら話すんじゃなかったと後悔したが後の祭りだ。

宮藤賢次は一つ違いの弟だった。映画マニアだった父親の影響で幼い頃から映一と一緒に映画館を渡り歩き、映一が順当に映画の道に進んだ一方、賢次の方は刑事モノに傾倒した挙句、本物の刑事になってしまった。ひょろりと背が高く目鼻立ちも整っているので、刑事というより刑事役を演じている俳優に見える。外見は映一と似ても似つかないが、映画好きという点では互いに引けを取らない。たまに顔を合わせれば、「あれ、観たか？」が挨拶代わりになるほどだ。

「兄貴思いの弟としては放っておけなくてさ」

「嘘吐《つ》け。何かと理由つけて現場を覗きたいだけじゃないのか」

「まあそれはそれとして……。ライトが下にいたスタッフを直撃したんだって？」

「スタッフじゃない。プロデューサー様だよ」

「何だ、だったら撮影に支障はないな」

と、この弟は事件の内容よりも撮影の進行を優先するような物言いをする。

「ちょっと邪魔するよ」

賢次はそう言ってスタジオの隅に天井への上り口を見つけると駆け出して行った。

そして他の警察官が大森以下のスタッフから事情を訊き出し、鑑識課員が曽根の倒れた辺りを這い回っている。こうして観察していると映画の中に出てくる警察と本物の相違が分かる。まず実際の警察官は皆地味だ。極端に人目を引くのは賢次くらいで、その他はジャージでも着せればどこにでもいる普通の男たちだ。だが、捜査に当たる物腰の落ち着き方が彼らをプロに見せている。訊き出し方、散乱したガラス片の採取の仕方など、全ての動きに澱《よど》みがない。「その道の専門家がいたら徹底的に動き方を目に焼きつけろ」というのは大森の口癖だ。映一はしばらく捜査陣の動きを目で追っていた。

その時、聞き慣れた声がスタジオに響いた。

「曽根さんは無事かあっ」

五社は取るものも取りあえずといった風で、髪は乱れネクタイも曲がっていた。大森が手招きをして呼び寄せる。

「オヤジ。曽根さんは」

「ついさっき救急車で搬送されていった。救急隊員の話じゃ命に別状はないそうだが」

そう聞くなり五社は深く安堵の溜息を洩らした。

「ふう。不幸中の幸いだったな」

「おう。ひと安心したところで悪いがこの後どうする？　命に別状はないとしても、ありゃ明日っから飛び跳ねられるような按配じゃなさそうだ」

「どうすると言っても帝都テレビの意向もあるだろうし」

「俺としちゃあお前さんに委員会の舵取りをやって欲しいところなんだが」

「……あまり大勢のいる場所でする話じゃないな」

五社は後ろに回り、車椅子の大森と共にスタジオの奥に移動していく。

最初こそ浮足立っていたスタッフも落ち着きを取り戻した様子で、各自の仕事に戻りつつあった。ただ一人、茫然自失となった吉崎は使い物にならないようなのでキャストへの申し送りはセカンドの映一が受け持つことになる。事故といっても被害者は撮影進行に支障のない人間だ。監督の大森さえその気なら、すぐにでも撮影は再開する。出演者にはちょうどいい小休止といったところか。世間的には非常識だろうが、現場を牽引するのは常識ではなくて狂気だ。

さて大森と五社の密談は如何に——とスタジオの奥に注意を払っていると、天井から賢次が下りてきた。

「兄貴、ちょっと」

賢次が目を伏せて言うので、たちまち胸に黒い澱《おり》が落ちる。弟がこうする時は良くないことを告げる前兆だ。

「兄貴さ。これは刑事としての質問だから慎重に答えて欲しいんだけど……被害者は誰かから恨まれていたか？」

被害者という単語が耳にざらつく。

「いきなり何を言い出す」

「恨まれていたか？」

「……少なくとも歓迎はされてなかった」

映一は製作委員会に曽根が名を連ねた時から今までのことを掻い摘んで説明した。

「つまり大森組にしてみれば獅子身中の虫みたいな存在だった訳か」

「ああ。だが最近は居場所をなくしてこの定位置でビジコンを眺める日が続いていた」

「定位置って？」

「ビジコン置く場所は決まっているからな」

　すると、賢次は見る間に眉間に皺を寄せていく。

「どうした」

「兄貴は関係者の一人だから詳細は話せないけど……これは事故じゃなさそうだ」

「おい、まさか」

「落下したライトと二重を繋いでいたネジは外れていた。金属疲労でネジが切れた訳じゃない。だけどな、四カ所だぞ。四カ所のネジが同時に外れるなんて普通有り得るか？　その上、被害者のいた場所はいつも特定されていた。しかもビジコンを長時間見ていれば姿勢も固定されてくる。つまり目標も固定化される。もう言わなくても分かるよな。ライトは被害者を狙って故意に落とされた可能性があるんだ」

「おいったら！」

「留めてある四つのネジを全部緩ませておく。標的は常に定位置。わずかの振動でライトが落ちるように細工されているとなると……兄貴さ、これは計画的な犯行だ。しかも犯人はこのスタジオの関係者に限定される」

搬送先の病院で曽根は全治二カ月と診断された。その間、撮影を中止することはできず、製作委員会の協議により当面は五社の主導で製作を進行させていくことで話はまとまった。結局は以前の五社—大森体制に戻った訳で、曽根には気の毒だが現場に漂っていたぎこちなさは解消された感がある。

すると当然のことながら曽根が強引に捻じ込んできた吉崎と山下マキの去就に皆の視線が集中したが、拠《よ》り所《どころ》を失って右往左往する吉崎に対し、マキは意外にも吹っ切れた様子で現場に臨んでいた。

「梢えっ。何だあっその顔は。ちゃんと脚本読んでるのかあっ。梢ってのは気丈な娘だぞ。その気丈な娘が葬儀の場でめそめそ泣いたりなんかするかあっ」

「は、はい」

「いいか。気丈な娘なら葬列者の前では敢えて無表情になる。堪えているから唇は真一文字に、視線も一点集中。だが、若いから堪えていることは一目瞭然。だから余計に痛々しい。そういう顔をやってみろ。今までに経験した中で一番悲しかったことを思い出せ」

「と、ということはあれだな」

映一の隣にいた六車が妙にうきうきした口調で呟く。

「梢が気丈にしていることを窺わせるシーンを一カ所だけ挿入した方がいいかな。するとハンカチを強く握らせるか……いやいや、それじゃあ凡庸に過ぎる」

そして、いそいそと大森の所に駆けていく。それを傍で見ていた夏岡優衣が呆れ半分不満半分の顔で腕を組む。

「どーだろ、あれって。六車圭輔ともあろう者がまるで追っかけじゃないのさ」

「まあ、オヤジと一緒に脚本作っていくなんて機会はそうそうないでしょうから」

映一はとりなすように言うが優衣の本音は訊かずとも分かる。嫉妬だ。信じがたいことだが過去に何度も著名な演技賞を受賞したベテラン女優が、何かと監督や脚本家の手を煩《わずら》わせる新進女優に敵意を抱いているのだ。

まあ、誰にでも敵愾心《てきがいしん》の持てるこの性格が、現在に至るまでファム・ファタールを演じられる原動力になっているのだが——そんなことを考えていると、

「あの、どうもすみません」

消え入るような声に振り向くと、付き人の麻衣が二度三度と頭を下げていた。

「山下マキはまだ映画の現場に不慣れなものでご迷惑をおかけしています」

麻衣が山下マキの実妹というのは今やスタッフ・キャスト全員の知るところだった。いつもなら他人のマネージャーにさえ悪態をつく優衣だが、さすがに肉親者には舌鋒も鈍りがちになるらしい。

「……っとに辛気臭《しんきくさ》いったらないいんだから」

吐き捨てるようにそう言うと、優衣は向こうに消えて行った。その後ろ姿に麻衣はずっ

と頭を下げ続ける。

「君も苦労するなあ」

そう声を掛けると、麻衣はやっと顔を上げた。その顔は半ば呆然としている。

「大丈夫？」

「ああ……ごめんなさい。ちょっと自分の世界に入っていて」

麻衣は夢から覚めたように頭を振った。

「まだまだ謝り方が下手なものだから……わたしはお姉ちゃんのお母さんなんだって暗示をかけてるんです」

はにかむように笑う横顔を見ながら、映一はマキに纏《まつ》わる噂の一つを思い出す。実の妹が付き人兼マネージャーになったのは麻衣の就職事情だけが理由ではない。マキの扱いに困り果てて担当替えを申し出たマネージャーが続出したというのだ。現状、麻衣の対応を見ていると強《あなが》ち噂だけでもないと思えてくる。

「君も苦労するなあ」

自然にこぼれた言葉だったが、麻衣は慌ててそれを打ち消した。

「そんな！　わたし全っ然苦労なんてしてませんから。わたしよりお姉ちゃんの方がずっとずっと辛い思いをしてます」

局の看板になるような女優で苦労していない奴なんていない——すぐにそう思ったが口

には出さなかった。

「それでもさ。最初の頃に比べるとずいぶん吹っ切れたみたいに見える。気のせいかな」

「あ。それはわたしも思います。でも、それは吹っ切れたっていうより、何ていうか覚悟ができたんだと。あの、この数カ月色んなことがありましたから……」

麻衣の口調が一段落ちる。山下マキを巡る噂のいくつか。その中で最新の、そして最悪のものがプライベートビデオの流出疑惑だった。

流出元は動画投稿サイト。ホテルの一室と思《おぼ》しき場所で全裸のカップルが戯れているのを固定カメラが捉えているのだが、一瞬だけ女の横顔がアップになる。顔の上半分にはモザイクが掛かっているが、それがマキに瓜二つだというのだ。キャプションは『女優M・Yの枕営業』とあり、カメラの手慣れた扱い方から投稿マニアたちはその業界の人間の手になるものだろうと推測していた。ネットからの情報はすぐさま芸能界に広がり、事の真偽や投稿主の身元を探ろうと芸能ジャーナリズムがウンカのようにマキの周囲にたかった。危惧《きぐ》された帝都テレビ看板女優の失墜。曽根がマキを大森作品に捻じ込んだのはちょうどそんな時期だったのだ。

「お姉……山下マキは帝都テレビ、中でも曽根さんのプロデュースのお蔭で有名になったんですが、言い方を変えれば帝都テレビの庇護の下にあったんです。それが今回、曽根さんがあんなことになってしまって……」

「拠り所を失って、却って尻に火が点いたって訳か。言ってみりゃ背水の陣だからなあ」

「ええ。でも結果オーライですよね。あんな風にがむしゃらに演技している姿、久しぶりに見ましたから。結構、マキもこの状況を愉しんでいると思います」

麻衣はそう言って笑ったが、映一の見る限りマキが吹っ切れた理由はもう一つある。大森の前では影の薄い曽根だったが、それでも帝都テレビと縁の深い役者にとってその姿が気にならないはずはなく、大森が指揮を執る現場では司令塔が二つあるような状態だった。従って曽根の途中退場は指揮系統の統一をもたらし、マキに程よい緊張を与える結果となったのだ。

現にマキと同様、竹脇も曽根の姿が見えなくなってからは演技に集中しているように見える。もっとも竹脇は竹脇で、嫌でも演技に集中しなければならない理由が他にもあり、今もまたスタジオの隅でその光景を垣間見ることができる。

次のシーンを待つ竹脇と三隅が摑み合いでもしかねないような勢いで唾を飛ばし合っている。

「だからさ、三隅さん。何でこの古手川って男は渡瀬を煙《けむ》たがってるんスか。設定では功名心に燃えてる若い刑事なんでしょ。だったら事情聴取でも渡瀬の前に出るとか、独自で捜査を進めるとかの展開もアリじゃないですか」

「出し抜こうとはしてるのさ」

三隅は苛々《いらいら》しながらも、辛抱強く竹脇の相手を務めている。

「何とかこの上司の鼻を明かしたい。が、如何《いかん》せん力不足で足元にも及ばない。ところが別に憎い訳じゃない。この男の経験と洞察力には端倪《たんげい》すべからざるものがある。だから……って、おいっ。俺に解説させてどうするんだ。手前ェの役柄くらい手前ェで読み込んでこいっ」

「読み込んでも納得できないから訊いてるんじゃないスか」

「だからって俺に訊くか？　こう見えてもお前が生まれる前からカチンコ聞いてきた男で、ちょっとやそっとの先輩じゃないぞ」

「だから三隅さんに訊くんじゃないですか。他の役者に訊くよりずっと確かだ」

「お前だって、もうずいぶん色んなドラマで主役張ったろう。今更、何素人じみたことやってんだ」

「ああ、主役なら何度もやりましたよ。視聴率だって取った。だけどねえ、外野やスタッフさんの声もその分聞いてるんですよ。竹脇裕也の演技は一本調子だ。富豪だろうがホームレスだろうがいつも同じ台詞回し、どんな役を演らせても竹脇は竹脇しか演れないって」

「それでいいんじゃないのか。そういうのを見たいって奴がテレビの前に並ぶんだからよ。そして、そういう役者だからディレクターから重宝されるんだし」

「でも、映画館に人を呼べない。その前にあの爺さんを納得させられない」

竹脇はマキを相手に口角泡を飛ばしている大森を指差した。

「脚本の読み込みが足りないのは認める。時間が足りなかったとかの言い訳もしない。だから教えてくれ。この古手川と渡瀬の関係っていったい何なんだよ」

「だから、そんなものは自分で」

「それじゃあ時間が掛かるだろ！　自分で考えるよりあんたに訊いた方がずっと早いし確実だ」

「……お前、何を焦ってんだ？」

「あれ見て焦らない奴なんていないよっ」

竹脇は声を落として再び大森の方を見た。

マキを相手に声を張り上げているが、擦《かす》れているのがここからでも分かる。時折、話を中断して咳き込む。顔一杯に噴き出す汗はライトの熱さのためだけとは思えない。

実際、現場の大森は殊更悪大将のように振る舞ってはいたが、痩せ我慢のようにしか映らず却って痛々しかった。カットの合間には痛みを堪えるようにして身体を縮める。定時になれば待機している看護師が脈拍やら血圧やらをチェックしにやって来る。隙あらばメガホンを譲ってもらおうと吉崎が近くをうろつくが、その度に怒鳴られるので仕方なくメイキングの撮影に戻る。とんだ冷や水のようだが、それでも周囲が黙って大森を見守っているのは、その虚勢の張り方こそが大森らしさだったからだ。

竹脇は焦燥感を剝き出しにしていた。

「二人の関係性についてせめて三隅さんと同調できてなきゃ、必ず俺たちの演技に齟齬《そご》が生じる。俺は不器用だから途中から軌道修正したら更に時間が掛かる。こんなこと三隅さんに頼める義理じゃないのは知ってるよ。でも頼みます。教えてください」

今まで若い俳優を見下すように睨んでいた目が、深々と下げられた頭を不思議そうに見る。

「お前、噂とはちょっと違うなあ」

「どうせ碌な噂じゃないでしょう」

「まあ、噂ってのは大抵悪意の発露だからな。それが国民的タレントとなれば尚更だ。ところが、これがなかなか馬鹿にならん。根も葉もなくても噂がそのまんま定着しちまう場合があって、こういうのを外聞という」

「はあ……」

「それでだ。この古手川という男は学生時分に不良狩りなんて綽名で呼ばれて暴れまくってる。それでこの時、古手川の家庭は崩壊していて両親は既にいない。分かるか？　不良狩りなんてそれこそ外聞で、こいつはただふた親を失くして憂さ晴らしをしているガキだ。だから有働さゆりに惹かれる。同じ理由で渡瀬は何となく煙たい」

「ああ！　そっか」

「あのなあ、そのくらいは本読みの段階で気づけよな。で、それに対する渡瀬の態度にはな……」

二人のやり取りを見ていた麻衣の目はいつしか熱を帯びている。

「あの、宮藤さん」

「うん」

「映画の現場ってどこもこんな風なんですか。なんていうか、皆さんすっごく熱いんですけど」

「うーん、それはこの組独特の空気だと思うよ」

映一は過去に他に経験した現場を顧みて言った。

「言っちまうとさ、唯我独尊の爺さんに振り回されてる大家族ってとこかな。我が儘な爺さんだけど、あんなに一生懸命やってるのを見てたら家族としては放っておけないじゃない」

「家族、ですか」

「良くも悪くも大森組の映画って家内制手工業みたいなところがあるからね」

「なあにが家内制手工業だ」

二人の背後からぬっと顔を出したのは五社だ。

「大森のシャシンは各国の映画祭から招待されるワールド・ワイドな作品だぞ。十六ミリでちまちま作ってるようなインディーズと一緒にするな」

曽根が入院してからというもの、五社は大森の様子と撮影の進捗《しんちょく》状況を見るため毎日撮影所に顔を出している。以前の五社ならカネは出すが口は出さない主義を徹底するところだろうが、曽根が現場で事故に遭い、何より病身を押して演出する大森を放っておくことはできないのだろう。

「インディーズとはいいませんけど雰囲気は似たようなものですよ」

「お前みたいな穀潰《ごくつぶ》しが家族なら、そりゃあ大森だって怒鳴りたくもなるだろうな」

五社は映一に向かって、ぐいと鼻を突き出す。

「ふん。どうやら酒絶ちは続いてるようだな」

「だから！　オヤジの前で酒の匂いさせるようなクソ度胸ありませんって」

くくっと五社は忍び笑いを洩らす。家内制手工業の喩《たと》えを笑っておきながら、この男もまたその空気を愉しんでいる一人に違いなかった。

「失礼します」と、麻衣が離れたのを確認してから五社に話し掛けた。

「でも五社さん、さすがですね」

「何がだよ」

「最初、キャスト一覧を見た時はどうなることかと思ってたんですけどね。俺の目から見て、どうにも ひと波乱起きそうなキャスティングだったし」

本来、こうしたキャスティングには監督の意向も然《さ》ることながら、主役級の交友関係も考慮される。いくら演技力が高くても共演すること自体が火種になるような組み合わせは回避されるからだ。

「山下マキとか吉崎とか、曽根の横槍のことを皮肉っているのか？」

「初めはオヤジもああでしたからね。でも最終的には五社さんがオヤジを説得したって聞きましたよ」

「俺じゃないよ」

「え？」

「俺がオヤジを押さえたというのなら名誉な話なんだが、実際に説得したのは俺のカミさん、さつきだよ。同じプロデューサー業だが、あっちはテレビの新人にも詳しいからな。山下マキを最初にドラマに抜擢《ばってき》したのはさつきだったし。帝都テレビからの申し入れがあった時も、この話を蹴ったら当分あなたがメガホン持つのは無理だ。あなたがそれまで生きてる保証があるのかって、そりゃあ厳しい物言いでな。俺もオヤジも正座して御神託を承ったさ」

意外な真相だったが、聞いてみればさもありなんとも思える。

五社さつきは関東テレビのプロデューサーで最近こそ手掛ける作品数は減ったものの、

数々の名作を生み出したこともあり未だ斯界では隠然たる力を揮《ふる》っている。漏れ聞くところによれば、若い頃大森と五社の間で彼女を巡って恋のさや当てをしたこともあるという。大森邸のあの応接間で、さつき夫人を前に二人が恐縮している姿を想像すると、それだけで顔がニヤついてきた。

撮影が終わったのは終電ぎりぎりの時間だったが、それでもいったん自宅に戻れるのは有難かった。撮影が押してくると、そのまま撮影所に寝泊まりすることも少なくない。

地下鉄の駅から徒歩で十五分。表通りから二筋裏手に回ると映一の住処《すみか》が見えてくる。築二十年を過ぎた五階建てのアパートでオートロックではないが、盗られるような物もないので構うものではない。雇われ管理人も夕方六時までしかいないので、変に気遣う必要もない。

エレベータで自分の階まで上がって驚いた。こんな時間だというのに、部屋の前で来訪者が待ち構えていた。

「賢次か」

「毎度、遅いお帰りだな。ま、俺も同じようなもんだけど」

何の用事だ、とは敢えて訊かなかった。実の兄弟とはいえ、こんな深夜の訪問に理由のないはずがない。

「入れよ。相変わらずむさ苦しいけど」

「いいさ。俺には結構快適なむさ苦しさだからな」

ドアを開ける。縦長七畳半1Kの玄関は男一人がやっと出入りできる幅だ。

初めてリビングに入る者はまず例外なく圧迫感を感じる。七畳間には不釣り合いな六十インチ薄型テレビと戸棚を占領する大量のDVD、わずかに残された壁のスペースも二枚の大型ポスターで埋め尽くされており、ただでさえ狭い部屋が尚更狭小に感じられる。DVDと同じ棚に並んだ書籍は以下の通りだ。

『映画を見る眼』

『映像作家100人』

『大森宗俊クロニクル』

『黒澤明《あきら》　大全』

『監督　小津安二郎《おづやすじろう》』

『ゴダール革命』

『ヒッチコック映画術』

『特撮魂』……

数えるほどの書籍も、その全てが映画関係で揃えられている。

「相っ変わらず映画オタクの部屋で俺なんかは馴染んじゃうけど、親父とお袋はこれ見たらきっと泣くよな」

「うっせーよ」

「しかも飾ってあるポスターがこのオッサンたちだもの」

賢次が指したポスターはそれぞれ映画監督のものだ。一人はスティーヴン・スピルバーグ。そしてもう一人はデヴィッド・リンチ。

「これがアイドルやAV女優とかのポスターなら健全な不良中年なんだけどなあ」

「いいじゃないか。二人とも俺にとっては目標であり、憧れの人たちなんだから。朝、目が覚めたらまずこの二人に向かって一礼する。そして映画屋の一日が始まる」

「けど、何でこの二人なのさ。スピルバーグにリンチってえらく両極端じゃない。かたやアカデミー賞常連のポピュラー監督、かたやフリークス大好きの変態監督」

「そういう分類の仕方するからだ。第一、スピルバーグがポピュラー監督なのは異存がないが、あいつも結構鬼畜な監督だぞ」

「『E.T.』の監督を鬼畜呼ばわりかよ」

「つとにお前って表層的にしか映画観ないのな。あいつは人道主義の皮を被った残酷王なんだぜ。出世作だった『ジョーズ』然り、「インディ・ジョーンズ」シリーズ然り、そして『ジュラシック・パーク』然り、健全娯楽映画と思われてる作品にすら尖んがった残酷表現が毎回洩れなくついてくる。映画のカラーに誤魔化されて目立たないけどな。一番、その傾向が顕著なのは『プライベート・ライアン』さ。ライアン家の生き残りの兄弟を救出するため一個小隊が戦地を駆け巡る、なんてのは単にストーリーの上っ面でしかない。スピルバーグがやりたかったことは冒頭二十分間のオマハ・ビーチ戦闘シーンだけだよ。あいつは徹頭徹尾表現欲の塊で、自分の映したいものだけを撮っている。その点はリンチと全く一緒なんだ」

「でもリンチの受け方とは差があり過ぎる」

「それはスピルバーグの映したいものを観たい観客と、リンチの映したいものを観たい観客が百倍違うからさ」

言っている最中に気がついた。自分と同じ数だけ映画を観続けた男がスピルバーグとリンチの共通点に気づかないはずがなかった。そして自身の表現欲のままに映画を撮り、それでも多くの観客を動員してしまう男——そんな監督は日本では大森宗俊だけなのだ。

「……お前、結構狡猾《こうかつ》になったよな」

「何のことかなー」

「こんな時間に訪ねてきて、わざわざ俺と映画談議したい訳じゃなし。それとなく話を事故の方に持っていこうとしてるだろ」

「バレたか。まあ、事件の関係者、しかも身内の人間にいきなりストレートな質問するのも芸がないと思ってさ」

「それがお前の仕事じゃないか……って、おい。賢次何つった？　今、事件て言わなかったか」

「兄貴鋭いね」

「じゃあ、警察はこの件を事件として」

「いや。調布署の方では事件性はなしってことで進んでいるようだな」

「だったらどうして」

「俺個人が事故だとは思ってないからさ」

賢次は涼しい顔でそう言った。

「重さ六十キロのライトが設置されていたのは天井近くで熱気が籠り易いから寒暖の差が激しく、固定されていたネジは膨張と収縮を繰り返して自然に緩んでいた。それが偶然、真下で日がな一日ビジコンを眺めていたプロデューサーの頭上に落下してきた……素人にはらしく聞こえる説明だよなー」

「警察は素人じゃないだろ」

「調布署が事件性なしと判断したのは、あいつらが撮影現場ってものを知らないからだよ。歴史と結束力の固さで知られる大森組だろ。そういうチームの現場というのは誰かが言わなくても自然に統制が取れていて、どこに誰が配置されているのか、どこにどんな道具が置いてあるのかが決まっている。ライトの落下してきたビジコンの位置だってそうだ。大森監督をはじめ、組でビジコンを重宝がっていたスタッフはいたかい？」

いや、と映一は渋々首を振る。

ビジコンはカメラが捉えている映像をモニターに送るものだが、機器自体は撮影所の備品だった。最近ではカメラを覗かずビジコンばかり見て演出する監督もいるらしいが、大森には全く無用の代物だった。

「カメラを覗いていいのはキャメラマンと監督に与えられた特権だからな。大森組では誰もそんな大それたことをする奴はいないよ」

「だろうな。だから曽根プロデューサーのいいオモチャになった。大森監督の嫌う機器だから、自ずと設置される場所も決められる。つまり標的は固定される訳だ。その頭上からライトが落下したのが偶然だと？　そんなもん、どんだけの確率だよ」

「確率が低いから偶然ていうんじゃないのか」

「低過ぎる確率は作為的というのさ。被害者に狙われる理由があるなら尚更だ」

「お前この間も犯行は計画的で、その犯人はスタジオ関係者に限定されるって言ったよな」

「ああ。言った」

「じゃあ、問題のライトから特定の人間の指紋でも検出されたのか」

「いいや」

「だったら……」

「大道具さんを含めて、全く誰の指紋も検出できなかった。まるで細工をした後で拭き取ったかのようにね」

「曽根をそんなに憎んでるような奴はいないよ」

「いくら気心知れたスタッフでも、その人間の私生活全てを知ってる訳じゃないだろ。皆が知りようのない男女関係や恨みつらみがあったかも知れない」

「そんなのは全部お前の想像じゃないか。まさか警視庁捜査一課の刑事が、そんな想像だけで事件性を指摘するのか」

「違うよ、兄貴」

不意に賢次の声が刑事から弟の口調に変わる。「俺は心配してるんだ」

「何をだよ」

「いいかい。今回が何者かの意思による事件だったとしてだ。その目的が曽根雅人という個人だったのならまだいいんだよ。一応、彼が重傷を負った時点で目的は達成しているんだから。だけどそうじゃなく、曽根を狙った原因がたとえば大森さんの障害を排除するためだったとしたらどうだ？」

映一は口を噤《つぐ》んだ。それこそは映一自身も薄々と考えていたことだったからだ。だが、改めて第三者の口を介して聞いてみると、ひどく禍々《まがまが》しいものに響いた。

「大森映画、言い換えれば大森さんの思惑に反旗を翻すような存在が現れたら、犯人はまた動き出す」

「妄想もいいところだ」

映一は自らの疑念を振り払うように言う。

「たかが映画の撮影ごときで、そんな物騒なことをするもんか」

「たかが映画の撮影？　そのたかがに人生賭けてる奴はいったいどこの誰だよ。大森宗俊の新作をあれほど待ちわびていた奴はいったい誰だよ。いや、これは兄貴のことだけを言ってるんじゃないよ」

賢次はいったん二大監督のポスターに視線を移した。

「大森宗俊は日本では数少ないカリスマ監督だ。そしてカリスマの下には当然信者がいる。兄貴以上に大森監督を崇拝している奴もいるだろう。そういう人間にとって、撮影ごときなんて常識は通用しないよ。どこでも同じなんだろうけど、閉鎖された世界の中では常識が非常識になり非常識が常識になる」

「おい、非常識ってなあ」

「さっき話の出た『プライベート・ライアン』は俺も好きで二回観た。だから現場にマット・デイモンを初参加させた際のエピソードも知ってる。メインの出演者たちに海兵隊と同様の訓練を十日間受けさせ、皆が疲労でささくれだった時に、ライアン役の新進マット・デイモンに事情を知らせないまま参加させたんだよな。当然、両者は険悪な雰囲気になったけど、それがストーリーの流れと一致してとんでもないリアリティを醸し出した。この演出方法は映画的には常識だ。でも、同じ現場で働く者同士をわざと険悪にするなんてのは一般の社会では非常識だ。これに類する話は俺より兄貴の方が詳しいだろ」

「だから非常識な仲間を疑えって言うのか」

「勘違いするなよ。今日ここに来たのはスタッフの誰かを疑えということじゃない。逆だ」

「逆だと」

「まさか忘れちゃいないと思うけど、俺だって大森監督のファンだ。知っているか？　曽根雅人の事件が報道されて世間がどう反応しているかを。決していいイメージじゃない。俺じゃなくても、事故の発生した現場には或る種の非難が集まる。現場の安全管理は充分だったのか。撮影進行が優先されて従業員たちの人権が軽視されていないか。お馴染みの良識ある意見てヤツだ。今後、こういうことが続いたら、カリスマ信者の思惑に逆行して映画製作の障壁になりかねない。だから兄貴には現場を監視して欲しいんだ。大森さんに対して妙な抵抗勢力がないか。それを憎悪する信者がどう動くのかを」

　意外な申し出だったが、大森とその映画製作を助けるという点で映一に異存のあるはずはない。一応は承諾の意を示して賢次を帰らせた。

一日の終わりに香盤表《こうばんひょう》と総合スケジュール表、そして日々スケ（日々のスケジュール表）を並べる。香盤表はシーン順に場面と場所、内容、S／L（スタジオかロケか）、D／N（デイシーンかナイトシーンか）、登場人物が列記されている。助監督はこの香盤表から総合と日々、二種のスケジュール表を作成し撮影の流れを把握しながら明日以降の予定を立てていくのだ。

スケジュールを確認すると電気を消し、くたびれて悲鳴のような軋《きし》みを上げるベッドに倒れ込む。月が欠けているのか、窓から差し込む光は朧げで暗い。

明日の撮影も朝が早い。一刻も早く眠ろうと固く目蓋《まぶた》を閉じるが、その度に賢次の言葉が脳裏に甦る。

閉ざされた世界の中では非常識が常識になる。

大森に存分に映画を撮らせるために、その障壁となる人間を除外していく——この業界で大森映画に魅せられた者には至極真っ当に思える行動だが、それは世間から見れば非常識なのだと賢次は言う。それが正しいジャッジなのかどうか、長年撮影現場の空気を吸い続けてきた映一には判断がつきかねた。逆に長年犯罪捜査に関わり、世間の表と裏を見続けてきた賢次の言葉にはそれなりの信憑性《しんぴょうせい》がある。だから、恐らく賢次の言説の方が正しいのだろう。

では、いったい誰が曽根を狙ったのか。

そこまで考えて映一の思考は停止する。大森の映画を希求し、その完成のためならどんな犠牲も厭わない人物――映一の周辺でその条件にあてはまらない者を探す方が難しい。大森組のスタッフは新参者の吉崎を除いて全員が容疑者になってしまう。いや、それどころか、大森への傾注度合いが大きいほど犯人の可能性が高いというのなら、各々が自分を最大の容疑者と思い込むだろう。

犯人が明らかになった時、その人物は間違いなく世間から、そして司法から糾弾される。だが、映一たち大森組のスタッフは彼または彼女をどう扱うべきなのか。自分と同じ動機と同じ境遇の人間に対してどんな感慨を抱くのか。

その夜映一はとうとう一睡もできなかった。

2

こうして内部に一つの疑念を抱えたまま撮影は進行していたが、賢次の恐れていた次なる障壁は予期せぬ方向から到来した。

その報《しら》せをもたらしたのはサードの苫篠で、撮影の始まる直前、ノートパソコンを抱えてあたふたとやって来た。普段は大森の怒声にさえおっとり構える男が、緊張の面持ちなので映一もおやと思った。

「どうしたよ。珍しく血相変えて」

「どうもこうもないっスよ。まずこれ見てください」

言葉にするのももどかしい様子で慌しくパソコンの画面を開く。映一の目に飛びこんできたのはYouTubeのサイトだ。

「お前さー。仮にも映像の仕事に携わる者が、いくら趣味でもこんな劣悪なソフト見てんじゃないよ。そのうち審美眼が腐ってくるぞ」

「ご託は後でたっぷり聞きますから」

言われるまま、苫篠の示した画面のタイトルに視線を移し——そして、口をあんぐりと開いた。

タイトルにはこうあった。

『大森新作映画　災厄の季節　最終稿』

瞬《まばた》くこともできなかった。

大森の新作が『災厄の季節』を原作としているのは製作発表から明らかにされている。しかし、その脚本が公表されたことは初稿段階でもなかった。五社が必要以上の情報開示を嫌っていたせいもあるが、観客サービスを至上主義としている大森が脚本の事前流出を決して許さなかったからだ。

それが今、静止画像として小さな画面の中に収まっている。脚本の表紙は日頃から見慣れているそれと寸分の違いもない。

熱狂的なファンの捏造《ねつぞう》によるものか？　映一は数秒間隔でページアップしていく画面をしばらく見続けていた。

そして二十分経過後、ひとしきり呻いた後に思わず声が出た。

「誰だ……」

もう疑う余地はなかった。投稿された原稿は一字一句に至るまで、スタッフとキャストに渡された現物そのものだった。

「誰だ！　原稿を流した奴は」

「基本、投稿者は匿名ですからね。警察でもない限り犯人の特定は無理です。ただ……」

「ただ？」

「宮藤さんも知っての通り、情報流出を牽制する意味でスタッフとキャストに手渡される脚本は全てナンバリングされてます。画像、よく見てください。表紙の左肩に付箋が貼ってあって番号が隠されてます。信じたかないけど、やっぱり関係者の仕業なんですよ」

映一の声を聞きつけて周囲のスタッフが集まって来る。仕方なくパソコンの画面を見せると、一同は映一と同様に呻いた。

衝撃の第一波が収まると、まず六車が手近にあったパイプ椅子を蹴った。

「よくもやってくれた。しかもこれは、俺が現場で朱入れした直後の版だ」

六車は手にしていた自分用の脚本を丸めて畜生、と呟いた。

「脚本なんて本来は世間に出回るものじゃない。出版して出回るとすれば大抵は書籍化か何かの特典としてだ。それ自体は悪いもんじゃない。しかしネットに流出なんて……最低だ」

誰もが口を閉ざしていたが、誰もが察知していた。脚本をネットに流出させた犯人は今この中にいるのだ。

俄にどんよりとした疑心暗鬼が立ち込める。折角、醸成されていた現場の一体感に水を差された形だった。

だが、話はこれだけで終わらなかった。

翌日はいよいよ澤村扮する御前崎教授初登場の撮影だった。他のシーンで手を抜くということではなかったが、それでも日本映画界の重鎮を迎えるとなれば相応の緊張感が漂う。リハーサルも終わり、竹脇と三隅がセットの脇に待機している。スタッフは息を殺し、全員が大森の発声を待っている。そして、大森が声を上げようとしたその時だった。

「困るんですよ、今入られちゃ。ほら、赤いランプが点いてる時は同時録音の撮影中で」

「撮影中なら尚更だ。我々はこんな差別映画の撮影など絶対に認めん」

「いや、それなら私の事務所で話を」

「あんたたち製作委員会じゃ埒《らち》が明かないから、わざわざここに来たんだ」

本来、赤ランプ点灯中は決して開けられることのない防音扉を開けて入って来たのは、十数名の一団と五社だ。今しがた交わされた会話だけで、両者の剣呑《けんのん》な空気はすぐに察知できた。少なくとも撮影に協力的な面々とは思えない。

こういう時はまずチーフ助監督が対応するものと決まっているが、当の吉崎はこうした経験がないのか早くも及び腰になっている。とすれば、当然セカンドである映一が矢面《やおもて》に立つべき場面だろう。

先頭に立つリーダー格の男が進み出る。四十代前半で押し出しは強そうだが、強欲そうな目と厚い唇が下卑た印象を放っている。弁護士というよりは欲深な商売人といった風采だ。

「監督の大森宗俊氏にお会いしたい」

「何ですか、いったいあんたたちは」

誰何《すいか》すると男は名刺を差し出した。表を見て少し驚いた。

〈弁護士　宝来兼人《ほうらいかねと》〉——何気なく裏面を引っ繰り返すと、東京弁護士会会長候補、市民オンブズマン代表補佐、消費者問題研究会幹事、クレサラ問題対策委員などの肩書が九つほども並んでいる。まるで自己顕示欲の塊のような名刺で、眺めているだけでくらくらしてきそうだった。

「弁護士さんが監督に何の用ですか」

「君では話にならん。監督を呼びたまえ」

最初から居丈高な態度がまず癪に障った。

「用件くらい言ってもいいでしょうに」

「あんたに言う必要はない。とにかく大森を出したまえ」

氏から監督、そして今度は呼び捨てときた。第一印象で人を判断することは危険だが、中にはわずかなやり取りで底の知れる卑俗さもある。映一は急に宝来を大森に会わせたくなくなった。

「あんたね、弁護士か何だか知らないけど今本番中なんだ。いきなり現場に押し入って監督に会わせろだどうだのヤクザみたいなこと言ってんじゃないよ」

「失礼なことを言うな！」

「まあまあ、何もこんな所で揉めなくても」

折衝《せっしょう》役の五社は努めて紳士的に宝来をとりなす。「そもそも作品の責任については我々製作委員会に帰するもので」

「あなたが傀儡《かいらい》だということは、ちゃんと知っている。あなたは大森監督を裸の王様にして、向けられた抗議を聞かせようとしない。今までは海外の評価を盾に好き勝手なことができたが、今回はわたしたち『障碍者の未来を考える会』がそうはさせない」

いささか芝居がかった台詞に他のメンバーが拍手を被せる。自己陶酔たっぷりの様子は大根役者もかくやの名演技で、映一は嘆息しそうになる。

「脚本に問題があるというんなら俺が話を聞くぞ」

六車が臨戦態勢で前に出る。

「あんたはいったい誰だ」

「あんたが見た脚本は俺が書いたものだ。だからあんたの抗議とやらを聞く権利がある」

「ふん。しかし最高責任者ではないんだろう。私は決定権のある人間としか話をしない」

「おい。カチンコ鳴ってるのにいったい何の騒ぎだ、馬鹿野郎」

もう一度映一は嘆息しそうになる。いくら五社や六車が護《まも》ろうとしても、この老兵は砲弾の聞こえる場所に必ず顔を出す。車椅子を押して来た大森の姿を見て、宝来は一瞬息を呑むが、気を取り直した様子で相手を見下ろして言う。

「あなたが大森監督ですか」

「ああ、俺が大森だが」

「実は先日明らかになったあなたの新作映画に関して、問題となる部分が散見されたので製作委員会に抗議したのですが、一向に明確な回答が得られないのでこうして参上しました」

「ほう。どこがどう問題かね」

「まず残虐極まりない一連の事件に精神障碍者を絡めている点。刑法三十九条を軽率に取り上げている点。そしてラストシーンではその障碍者を……」

宝来は脚本の中で障害者に関する記述の一つ一つを挙げ、それが人道上決して許される表現ではないと大森を断罪した。

「ここに集まったのは精神障碍者を家族に持つ人たちです。この映画は精神障碍者を不当に扱っており、私たちはこの映画が脚本のまま完成することに大いなる憤りを持つものです。是非、私たちの指摘する部分をカットするか速やかに修正していただきたい」

大森はしばらくの間、傲然と言い放った宝来を眺めていたが、やがて「はん」と鼻を鳴らした。

「何を言い出すかと思ったらそんなことかよ、くっだらねえ。塩撒かれる前にさっさと帰れ、この偽善者」

「なっ、何が偽善者だ。私は障碍者の人権のために」

「やかましいっ。障害者は事件の容疑者にするな、刑法三十九条を取り上げるなだと？　ふざけるな。だったら障害者は殺意を持ったら悪いのか。他人を憎んじゃいけないのか。憎むのだって恨むのだって、まともな人間なら当然のことじゃないか」

大森はぐいと車椅子ごと身を乗り出す。

「身体のどこかに障害を持っている者は確実に存在する。俺もその一例だ。だがテレビドラマやアニメはそれを映そうとしない。障害者にも喜怒哀楽があることを映そうとしない。視聴者がそれを見たら不快になる、お前らみたいな奴らから抗議を受けるのが鬱陶しいから自粛と称して画面から消し去る。お前らのしていることは障害者の人権を護ることじゃなく、障害者の当たり前の思いを世間から隠してしまうこった。それが偽善でなくて何だってんだ。大体だな、たかが一本の映画、一冊の本で世間様の見方がころりと変わるものか。あんまり大衆ってのを馬鹿にするな。百歩譲ってそんなことで変わるものなら、あんたらが抗議すべき相手は一個の作品より別にあるはずだ。それをしようとしないのは、よほど物が見えていないか、さもなくば最初から闘う気がないかだ。それなのに与《くみ》し易しと思う相手だけを狙い撃ちするのは、ただの矮小《わいしょう》な自己満足か浅ましいプロパガンダに過ぎん」

大森は尚も前に前にと進む。気圧《けお》される形で宝来たちはじりじりと後ずさる。

「『野のユリ』でシドニー・ポワチエがアカデミー賞を獲ってから映画界における黒人の地位は変わった。俺はこの映画で、同じように映画界での障害者の立場を変えてやるつもりだ。無論、批判は受ける。しかし、それは彼らを映画の題材として取り上げたことじゃなく、彼らの描写が浅薄《せんぱく》だった時に限るがな。分かったか、このスットコドッコイ」

まさか世界に名立《なだ》たる巨匠から罵詈雑言《ばりぞうごん》を浴びようなどとは予想もしていなかったのだ

ろう。宝来弁護士はすっかり大森の毒気に当てられた様子で口をぱくぱくしていたが、「こうなれば上映禁止運動も視野に入れざるを得ない」と捨て台詞を残して立ち去ってしまった。

「いや、オヤジ面目ない。事前に抗議文は受け取っていたんだが、まさか現場にまでやって来るとは思わなかった」

長年タッグを組んでいても今回のようなことは初めてだったらしく、五社は平謝りだった。

「何者だ、あの弁護士。オンブズマン代表にしちゃあ、えらく脇が甘かったが」

「ああ、あれは弁護士仲間でも鼻つまみ者らしいな。人権人権と煩《うるさ》いが、元々借金の整理だけで事務員を増やしたような輩《やから》だ。昨今、法律の改正でそっち方面では食えなくなったんでカネの臭いのする所なら、どこへでも鼻を突っ込んでくるって話だ」

「何だ、要するにゴロツキかい。そんなのに金蔓《かねづる》と思われたんなら、いよいよ俺もお終《しま》いだな」

大森が冗談めかして言ったが、五社はくすりともしない。

「そんなゴロツキが市民オンブズマンの代表になったり、撮影現場に堂々と乗り込んでくる。それはオヤジのせいじゃない。世の中が変わっちまったんだよ」

耳打ちでも小声でもなく普通の音量だったので、これは大森にというより周囲にいる者に対しての愚痴だ——そう判断して映一は安心して二人の会話に耳を傾ける。

「一言で言えば素人が増えたんだよ。素人評論家、素人人権家、それから素人監督。昔は評論にしても相応の教養や経験がなければ名乗ることもできなかったが、今は面白かった面白くなかったのと印象を書くだけで批評家面《づら》ができる。そしてそういうヤツに限って相対評価しかできないのに星を並べて絶対評価したがる。そうやって採点すると自分が偉くなったような気がするんだな。挙句の果てには自分でブログを開設し、タダ同然で借りてきたレンタルビデオの感想を書き散らして悦に入るのもいる。あの宝来もそのクチだよ。あれは素人運動家だな。オヤジの映画を観、ある程度の下調べをしたらこの映画がただ扇情的に障害者や刑法三十九条を扱ってないことぐらい分かりそうなもんなんだが」

「商売でもないのに、人の作ったモンを批評して何が嬉しいのかね。俺にはさっぱり分からん」

「それは大森監督が根っからの映画監督だからだよな」と、横にいた六車が映一に小声で囁く。

「モノ作りしている連中はそれに一生懸命で、他人の作ったモノにあれこれ口出しするような暇なんてない」

ああ、この物言いは表現者ならではのものだと映一は思う。世にウンカのごとく存在する素人評論家たちが聞けば激怒するような言説だが、大森や六車と接しているとその言説の重みにも気づく。

大森にしても六車にしても作品一つ一つに命を賭けている。命というのは大袈裟かも知れないが、少なくとも新しい作品に向き合っている時はそれぞれに作家生命を賭けている。だが、それを批評する者はいったい何を賭けているというのだろうか。

現場に闖入してきた宝来たちにしてもそうだ。あれがいけないこれが許されないと声高に叫ぶ前に、まず自分たちに製作者と同等の覚悟や矜持《きょうじ》があるのか。大森は宝来にそれがないのを見抜いていたからこそ軽々《けいけい》にあしらったのだ。

「やりにくい世の中だよ」と、五社は溜息を吐く。「映倫に劇場確保、拡がる一方の広告媒体だけでも頭が痛いのに、昨今はああいう雑音まで拡大の一途だからな。この国で尖ったホンペンが創りにくい訳だ」

「まあ、そんなにボヤくもんでもないさ」

対して大森の口調は不思議に鷹揚《おうよう》だった。

「どんなシャシンにだって何らかの縛りはあるさ。それに、そういう制約があれば何とかしようとしてまた新しい工夫が生まれる。俺に限らず、映画監督ってのはその工夫する過程が一番楽しいんじゃねえかな」

車椅子の身の上でも、その言葉は如何にも大森宗俊のものだったので、映一には心強かった。

だが、この直後に起こった事件は縛りとか制約で片づけられるものではなく、やはり時代が尖ったモノを創りにくい環境であることをスタッフに教える形となった。

3

新人、ベテラン、重鎮と層の厚いキャストたちの中でも一際異彩を放っているのが精神障害者を演じるいづな太郎だ。

当初、その役柄にいづな太郎をオファーしたと聞いた時には意外でしかなかったが、こうして彼の演技を目の当《ま》たりにしていると大森の人を見る目はやはり的確だと思えてくる。

いづな太郎はまださほど知名度の高くないピン芸人だが最近は深夜のバラエティ番組に準レギュラーとして顔を出し始めた。大森は偶然その番組を見ていて、彼に強い印象を受けたのだと言う。

偉丈夫《いじょうふ》で肉《しし》太り、がっしりとした肩に乗る顔は五分刈り。笑うと目が細くなって愛嬌があるのだが、大森の「スタート！」の声と共に無表情になった途端、異様な雰囲気を発散する。とにかく一挙手一投足から目が離せない。まるで生きた時限爆弾を見ているような危ない気分にさせられる。

「彼、いいよなあ」

六車が惚れ惚れとした口調で言う。

「碌に台詞もなし、オーバーアクトもなし。それなのにいづなちゃんが入るだけで画面が緊張する。全く、オヤジさんはとんでもない逸材を発掘してくれた」

スタッフの一員となって数週間、いつしか六車も大森のことをそう呼んでいた。

「また書き直さなきゃな、脚本。当真勝雄役があんな役者だったら、あざとい演出はむしろ控えた方がいい」

「書き直すって……いづなさんの出番、これからラストまでずっと続くんですよ」

「うん。続く続く。だっから大変なんだよなー」

嬉しそうにそれだけ言うと、六車は書き物机の方に向かった。スタジオ隅、わずか二メートル四方の場所にちょこんとスチール机が置いてあり、そこが六車の作業スペースになっている。今を時めく人気脚本家に対して何とも屈辱的な扱いに見えるが、当の本人は嬉々として机に向かっているので誰も口を挟まない。

映一は視線をいづな太郎に戻す。いづなは脚本通り、そして大森の指示通りに動く。芸人として舞台経験が長いために勘が良く、大森から一度受けた指示を忘れない。そして自分では一切アレンジを加えない。スタッフやキャストがいづなに好感を抱いているのはこの生真面目さで、大森映画に出演することは光栄だとしながらも、役者に転向する気などは全くないと潔く公言している。

大森映画にはこういう人間が多く集まって来る。それを人望ゆえと言ってしまうのは容易《たやす》いが、誰が見ても馬が合わない者同士がこと大森映画の中では不思議な化学反応を見せる。名作が生まれる瞬間はこれ以上ないキャストとスタッフ、そしてこれ以上ないタイミングが重なるものだが、大森宗俊はよほど映画の神様に愛されているのだろうと思う。だが幸せな時間は長く続かない。今回もその第一報をもたらしたのは苫篠だった。

「宮藤さあん」

情けない声を出しながら抱えてきたのは、やはりノートパソコンだ。

「どうした。また六車さんが書き換えたばかりの脚本がアップされたのか」

「いや、今度は脚本どころの話じゃなくって……」

そして苫篠の開いた画面は相変わらずYouTubeだったが、タイトルを見て映一は仰天した。

『災厄の季節、撮影絶好調！』

静止している画像は今まさに目の前で演技をしているいづな太郎のアップではないか。慌てて再生ボタンをクリックすると画面が再生を始めた。

啞然とした。

それは二日前に撮られたショットだった。シーン18アクト5、古手川刑事がピアノ教室で最初に当真勝雄と出逢う場面。勝雄が保護司の有働さゆりと二台ピアノで即興演奏するカットだ。

メイキングでも劇場に流される予告編でもない。そこに映し出されていたのは、紛れもなく小森のカメラが捉えた本編の一部だった。

「オヤジさん！　小森さん！」

映一は我知らず大声を上げて大森と小森の許に駆け寄る。本番前のカメラテストに余念のなかった二人が煩さそうな顔を向けるが構ってはいられない。

「何だ、映一。お前まで泡食って」

つべこべ前置きをするよりも見せた方が早い。映一は開いたままの画面を二人の眼前に向けた。

小森は「うっ」と呻いて固まった。

大森はパソコンのキーボードに平手を叩きつけた。

「誰だあっ、俺のショット盗んだ奴あっ」

この身体のどこからそんな声が出るのか、大森の怒声はスタジオ中に響き渡った。リハーサルをしていた俳優と作業途中のスタッフ全員が押し黙る。

最初に動いたのは小森だった。他のスタッフたちが金縛りに遭っている中、スタジオを駆け抜けてカメラに覆い被さると、真横に接続されていたビジコン用の小型カメラを外した。

「畜生。こんなもの、最初から外しときゃよかったんだ。苫篠、ついて来い。編集室行くぞ」

呼ばれて苫篠が飛んでいく。

小森の一連の動きは映一にもすぐ理解できた。今まで撮ったシーンはまだフィルムのままで現像さえされていない。そんなシーンがアップロードされるとしたら、カメラと同じ場面を捉えているビジコンの映像しかない。しかもその映像はデジタル信号なので編集しやすく、即座にサイトへ投稿できる。小森が編集室に向かったのは、恐らくその痕跡を調べるためだ。

二人の背中を目で追いながら、映一は犯人でもないのに後ろめたくなる。

映画館では本編の始まる前に必ず海賊版撲滅キャンペーンのCM『NO MORE映画泥棒』を流す。これは「映画の盗撮の防止に関する法律」第三条が努力義務を謳《うた》っているからだが、三十年前ならいざ知らず今や劇場でビデオカメラを回すような猛者《もさ》はどこにもいない。巷間出回っている海賊版のほとんどは、現場スタッフの不心得者が編集段階の素材をアップロードしているのが実情だが、身内の恥なのでそれを声高に叫ぶ者は誰もいない。かく言う映一もその一人だ。しかし、いざ大森組の中でその実害を蒙《こうむ》ると、改めて罪の深さを思い知る。

パソコン画面ではいづなのバストショットが流れ続ける。弾いているピアノの音が外れているのはアフレコではなく同時録音の証拠だ。いつの間にかパソコンを囲む者たちの中にいづなの姿があった。

「俺だ」

胸から搾《しぼ》り出すような声だった。

「音が、すごく貧弱だ」

同時録音だからそれも当然なのだが、その沈痛な口調に誰も口を差し挟めない。

「こんなの完成品じゃない……。誰だよ、こんなの流した奴は」

誰も答えられない。

「お笑いでも、お客さんの前で披露するまでには何度も何度もネタ合わせして、完成した形でやっと出すんです。不完全な状態をベストだなんて思われたくないし、第一、お客さんに失礼だから。これは……これは本当にひどいです。冒瀆《ぼうとく》です」

語尾は怒りに震えていた。

やはり誰も何も言わなかった。

皆が言いたいことの全てをいづなが代弁していたからだ。

大森組にとって不都合だったのは、流出した映像が選《よ》りにも選っていづなの登場シーンだったことによる。アフレコ前とはいえ、テイク自体はＯＫだった。大森の出したＯＫテイクだから当然のことながら訴求力は抜群だ。狭小なコンピュータスクリーンの中でもいづなの異様さは健在だった。
問題はそのシーンが全編の中の一部ではなく、それ単独で流出してしまったことにある。しかも脚本のように読む者の想像力を必要としない、直截《ちょくさい》的な映像だ。たちまちその日のうちに再生回数は一万件を超え、映像に対する無責任で浅薄な感想が山のように寄せられた。
曰く「本物の精神障害者を出演させているのか」
曰く「いくら大森宗俊の演出でもあざとすぎる」
曰く「この場面だけで十八禁」
曰く「ある意味エログロよりタチが悪い」
そしてまた、当然のように宝来率いる市民団体が製作委員会に対して上映中止を求めた。前回、大森の一喝に気圧された恨みもあるのだろう。届けられた抗議文からは怨念らしきものまで滲《にじ》み出ていた。

抗議要請文

災厄の季節製作委員会

五社和夫殿

私たち「障碍者の未来を考える会」は先日、『災厄の季節』の決定稿がネット上で公開された際、その中に精神障碍者を危険人物とみなす記述があることを知り、製作委員会に質問状と記述内容の一部修正をお願いしましたが、貴会は「脚本に書かれている内容と実際に上映される内容が同一とは限らない」旨の答弁で明確な回答をされませんでした。

ところが先日、やはりネット上に公開された映画の一シーンを見て、私たちは驚愕しました。私たちが正に問題部分であると指摘していた場面がそのまま映像化されていたからです。

日本国憲法第二十一条第一項においては表現の自由が保障されていますが、当然、それは人権に配慮した上でのものに規定されるはずです。しかるに貴会が製作しようとしている作品は護られるべき人権に全く配慮しないばかりか、刑法三十九条問題や受刑者の更生実態を扇情的かつ面白おかしく娯楽に供するものです。決して表現の自由とすり替えられるものではありません。

私たちはこの事実に対して厳重に抗議するとともに、貴会の製作される『災厄の季節』上映に際しては事前に関係団体に試写をすること、その上で指摘される問題個所が修正されない限りは一般上映を差し控えていただくよう要請するものです。

尚この抗議要請文は「障碍者の未来を考える会」のホームページに掲載し、マスコミ各社に配布する予定です。

障碍者の未来を考える会
代表委員　弁護士　宝来兼人

「何が事前に試写をするように、だ」

映一はプリントされた抗議文をくしゃくしゃに丸めると、床に投げ捨てた。

「あのクソ弁護士、自分が検閲官にでもなったつもりか」

「そう、なりたいんだろうな」

六車は仏頂面で、丸められた抗議文を向こう側に蹴飛ばす。

「まるでマンガみたいに分かりやすいキャラクターだけどさ、それとは別に大義名分とかがあると人間ってのは、どこまでも無自覚になれる。自分のしていることが間違っているなんて毛先ほども考えない。その上、そういう奴らの尻馬に乗ろうとする奴まで出てくる」

自分よりも年下なのに、この男の言説には妙に説得力がある。優れた脚本家はやはり優れた観察眼の持ち主なのだろう。

そのしゃくった顎が指し示す防音壁の向こう側には、芸能レポーターたちが大挙して押し寄せていた。彼らは宝来の抗議文が送られてくるや否や撮影所に乗り込んできたのだが、すんでのところで足止めを食らったのだ。

防波堤になっているのは五社だった。本音を言えば彼らがICレコーダーを向けたい相手は大森のはずだが、製作委員会の責任者である五社が出てくれば話を聞かない訳にはいかない。

ただし五社が防波堤になっているからといって波濤全てを封じ込められるものではない。防音壁から洩れ聞こえるざわめきが、スタジオの中に不協和音となって響いている。この中の誰かが映像を盗んだという不信感が空気を澱ませている。

「さて五社さんが彼らに何と弁明しているか……宮藤さん、予想つくかい」

「ええ、まあ。多分、流出したのはNGテイクで既に撮り直している、ぐらいのことは言うでしょうね」

「え？　だって、あれダビング前だけどちゃんとOK取ったテイクじゃん。そんなことレポーターたちの前で発表したら後で」

「NGだったけど、他のテイクはそれ以上に使い物にならなかったから、やむなく本編に採用した。それなら嘘にはならない」

「ははあ」六車はにやにや笑い始めた。「ちょっと卑怯臭いかも知れんが、こんなことで聖人君子ぶってたらオヤジさんと長年タッグは組んでられんよな」

「聖人君子どころか、五社さんは舌なめずりしながらインタビューに答えに行きましたよ」

「へ？　それはまた……」

言葉を続けようとした六車は、少し考えてから合点したように「ああ！」と頷いた。

「五社さん、この一件を宣伝に使うつもりなのか」

「だと思います。五社さん、禍《わざわい》転じて何とやらって呟いてたから。映画って製作発表で会見した後は試写までは話題もないけど、今度のことでまた一般の耳目を集められる。しかも女性誌、スポーツ紙、ワイドショーが頼みもしないのに、わらわらと集まってきて勝手に書いてくれる。宣伝効果としては何千万単位でしょう」

そう説明されると、六車は愉快そうに忍び笑いを洩らした。

「ひどいねえ、大人の世界ってのは。ああ、ひどいひどい」

「こういう話、嫌いですか」

「大好き」

六車は悪戯《いたずら》が成功した子供のような顔をする。だが一方、映一の方は六車ほど事態を愉しめない。

「あれ。さすがに大森組三作目ともなるとこういうのは慣れっこですか」

「いや、そういうんじゃなくって……」

本心を告げていいものか迷ったが、勘のいい六車には要らぬ心配だった。映一の顔色を覗き見ると、すぐにこちらの心情を読み取ったようだ。

「ははあ、分かった。禍転じてじゃなくて、動画を投稿した犯人は最初から話題作りを狙ってたんじゃないか。そうすると、犯人は必ずしもオヤジ憎しの人物とは限らない……そう考えてるんでしょ？」

図星だった。全ては大森の映画を成功させるための手段——そう考えると、先の脚本の流出事件も今回の布石と勘繰ることもできる。つまり事件全体が、賢次の危惧した通り大森の信者による犯行である可能性が高いということになる。

「宮藤さんの心配も分かるけどさ。もし犯人が大森組の誰かだったら、多分とっくの昔に名乗り出てると思うよ」

「そうでしょうか」

「新参者の俺がそう思うのはやっぱり大森組の結束の固さと言うか……いや、違うな。これは一種の疑似家族なんだな。だから悪さをしたと思ったら、すぐ家長であるオヤジさんか女房役の五社さんに報告するはずだよ」

実は映一も薄々そう考えていた。だが、それは余りにも身贔屓《みびいき》な見方であり、公然と言い放つには抵抗があったのだ。

その言いにくい言葉を代弁してくれた六車に礼を言おうとしたその時だった。

「おおいっ。お前ら何をぼおっとしてやがる！」

澱んだ空気を一気に吹き払うような怒声。皆の視線がスタジオ中央の大森に注がれる。

「いいか。心配や調整ごとは五社の仕事だ。お前らの仕事じゃない。じゃあお前らの仕事はいったい何だあっ」

さすがに語尾は擦れていたが効果は覿面《てきめん》だった。大森の声を聞くなり、停滞気味だったスタッフの動きがすぐに従来の活気を取り戻した。それを見た六車は目を丸くしていた。

「……何と言うか。本当に家内制手工業だよなあ。家長の一喝で空気が一変しちまうんだから」

「でも、こういうのは完全に昭和テイストですよ。今日びの撮影所であんなことしてたら俺ら含めて若い連中は拒否反応起こすか逆に萎縮するだけだ」

「だから碌なモノが創れない」

六車は即座に切り捨てた。

「モノ創りの現場に民主主義も平等も必要ない。要るのは才能と根気と、それから運だけだ」

この物言いはどこかで聞いたことがある。そうだ、最初の本読みで大森が曽根に告げた言葉と酷似しているのだ。

「映画なんて共同作業の産物みたいに言われるけど、結局は監督のイマジネーションを実体化させるためにその道のエキスパートたちが補助するだけであって、そのためには多少非人道的だったり無理強いがあっても取るに足らないことだよ」

その言説を聞きながら、映一は類は友を呼ぶという諺《ことわざ》を思い出す。この六車もまたモノ創りの神に魂を売り渡した一人だった。

「でもさあ。本来だったらあの一喝に代わって、チーフ助監が場を引き締めるもんでしょ。オヤジさん、あんな身体なんだから。吉崎さん、どこで油売ってんのさ」

この男は一本筋が通っているようで、反面筋を通さない人間には滅法厳しいところがある。

「チーフはスタジオの外です」

「何だ。殊勝に五社さんのアシストしてるのか」

「いいえ。記者さんとの会見をそのまま撮ってるんです。メイキングの良い素材になるかららって」

「メイキングの素材？　くっだらねー。そんなの単なる露悪趣味じゃん」

六車は一刀両断に切り捨てる。しかし、大声だったにも拘らずそれをたしなめる者は誰もいない。すれ違ったスクリプターの亜沙美などは堪らず噴き出している。いたら目障り、いなくても誰も気に留めない。哀れ帝都テレビ期待の新鋭ディレクターもこの現場ではすっかりお荷物に成り下がっていた。

おっと、そんな人間のことを気にしている暇はない。チーフが別の用件で不在なら監督の補佐はセカンド助監督の仕事だ。

「シーン25、行きまあす」

映一の声で竹脇とマキが立ち上がる。シーン25は初稿段階で六車が書き足していた場面だ。竹脇扮する古手川刑事が犯行現場である工事現場に向かうと、頭上から建築資材が落下してくる。古手川は難を逃れるのだが、たまたま同行していた指宿梢が負傷する。刑事と被害者遺族との関わりを濃厚にする重要な部分だ。

落下する角材はもちろんフェイクだ。角材を模した発泡スチロールで、触らない限り本物にしか見えない。落下シーンはスローモーションになるため、重量の違いによる落下速度の差は判別できない。

三度のリハーサルで角材の落下地点は把握できている。マキは足首から先を負傷するように予《あらかじ》め指定された場所に倒れれば良い。リハーサル自体は順調で、二人の演技とタイミングも合っていた。それを見計らって大森が「うん」と深く頷く。

ちらとセットから離れた場所に視線を移すと、いつもマキの影法師のように佇んでいる麻衣がやはり祈るように両手を組んでそこに立っていた。二カメはスタジオの三重から真下に二人を捉え、小森は移動車にカメラを備えて待機している。落下する角材を二カ所から交互に繋げる撮影のためだ。

「シーン25、本番行きまあすっ」

映一の声でスタジオのざわめきが潮の引くように消えていく。皆が、続く大森の一声を待ち構える。

「ヨーイ、スタート！」

二人の演技が始まる。角材の落下する音はアフレコだが、周囲で言葉を交わす者はいない。

『君がこんな所までついて来る理由はない』

『被害者遺族なのよ』

『だから余計にだ。どうして家でじっとしていない？』

『じっとしていても犯人は捕まらない』

『少しは警察を信用したらどうだ』

『だったら、信用できるような成果を上げてみて』

『ここは君のお爺さんが殺された現場だぞ』

『家族の死んだ場所に身内が出向くのは当然でしょ』

今だ。

傍らで待機していた土居が天井の大道具係に合図を送る。フェイクの角材を固定していた二つのアームが外れ、二人めがけて落下する——。

それに気づいたのはアームが外れた瞬間だった。

ばらばらと落ちてくるフェイクの中で、それだけがわずかに早く落ちていた。物理の法則に逆らうような話だが、確かにそう見えたのだ。

危険を察知したのが映一だけでないのは周囲の空気で分かった。誰かがはっと息を呑む音が聞こえたような気がした。

角材の塊がマキの頭上を襲う。

フェイクにしては派手な落下音がスタジオ中に響いた。マキの叫び声も聞こえた。音から少し遅れて映一の足は走り出していた。頭の中では最悪の事態が既に明確な映像になっている。

落下地点では果たしてマキが角材の下敷きになってうずくまっていた。その苦痛に歪んだ顔は、もし演技ならオスカーものだ。

「退かせえっ」

いつの間にいたのか小森が声を張り上げた。顔面蒼白となった土居があわあわと手に触れる角材を排除にかかる。

「何をぼやっとしてる。みんな手伝ええっ」

その声を合図に、集まった者全員が角材に手を掛けた。そのほとんどはフェイクだったために、片手だけで軽々と弾かれていく。

一本また一本と排除されていくと、最後にその一本が残った。色も大きさもフェイクと同様、ただし重さは違っていた。

「畜生、本物が混ざってやがった」

小森がその角材に触れた途端、マキが「ぐうっ」と呻いた。見れば角材はマキの右足首の上にある。

「骨を砕いてるかも知れん。映一、そっち側持て。そっとだ。そっと上げるんだ」

「はい」

小森と呼吸を合わせて角材を持ち上げる。腕にかかる荷重は十キロか二十キロか、相当な重さだ。二人で持ち上げてこの重さなら総重量はこの倍ということになる。傍目から重さが窺えたのか、持ち上げると土居と照明の末永が力を貸してくれた。

「お姉ちゃん！」

すぐに駆け寄ろうとした麻衣を小森が手で制する。

「まだ触るんじゃない」

気を利かせて末永がマキの全身に照明を当てた。呻き続けるマキは右足首に手を伸ばそうとしていた。

足首に斜めに入った傷口からはじわりと血が滲んでいた。

大袈裟にしないでくれという本人の訴えを無視して、映一たちはやって来た救急車にマキを放り込んだ。有名女優としての特権が効いたのか、診察と治療は小一時間ほどで終了したという。診断結果は右足関節外《がい》果《か》骨折だった。

翌日、演技指導していた大森をいきなり五社が訪ねてきた。

「キャスティングの件で話がある。来てくれないか」

「悪いが、俺はこの若造に演技仕込んでいる最中だ。こんな身の上であちこち移動するのも難儀だしな。話ならここでしてくれ」

「重要なことなんだ」

「こいつらの前では重要な話ができないってのか？」

五社は周囲を見回すと、やがて諦めたように溜息を吐いた。

「忘れてたよ。大森組は良くも悪くもそういうチームだったんだよな」

「で、話ってのは何だ」

「今、病院に行ってきた。山下マキの骨折は全治二カ月だ」

二カ月……というざわめきがスタッフの中から洩れた。

「マキの出番はまだどれだけ残ってる」

「三シーン、いや五シーンだな。どこぞの脚本家が、この方がずっと面白いからって場面増やしやがった」

「二カ月間、山下マキ抜きで撮影を続行できるか」

「無理だな。梢はラストを含めてこの後のシーンにも絡んでくる。可能な限り順撮りでやってるから一カ月半は間が空く」

「マキの出番を全て後回しにできないか」

「それができるくらいなら最初からやってる。キャストはベテラン揃いじゃない。新人のテンション上げさせるための順撮りってのはプリプロの時に説明したよな」

「そこを何とかならんか」

「なるんだったら今日からやってる」

「……そうだよな」

五社はがくりと肩を落とした。

五社が肩を落とした理由は映一にも理解できた。要は人件費の問題だ。

大森組のスタッフは全員が優秀で、他の撮影所からも引く手数多《あまた》だ。そういうスタッフを一つの現場に拘束するためには期間限定の契約が必要になる。その期間は製作の進行によって多少延長も可能だが、逆に言えば作品が完成するまで撮影があろうとなかろうと人件費が発生することになる。製作費の大半を占めるのはこの人件費であり、撮影の休止期間が長くなればなるほど製作費が嵩《かさ》むのは自明の理だった。

「そんなに危いのか、製作費」

「今回に限ったことじゃないがな。製作委員会方式だって無尽蔵に資金が調達できる訳じゃない。こうもアクシデントが続いたら幹事以外の会社が腰を引いても不思議じゃない」

「カネが足りなくなってもクオリティ落とすことはできんぞ」

「それが分かってるから困るんだよ」

映画を撮る側とその資金を作る側。

どちらの都合も、そして理屈も知っている映一には判断のつきにくい問題だった。喩えて言うなら映画を撮影するのはロマンチシズム、資金を捻出するのはリアリズムの領域であり、両者が折り合える地点はクランク・アップまで判然としないのが常だ。

五社が再び深い溜息を吐いた時、後ろから映一の肩を叩いた者がいた。振り返ると、メイクの端春がスタジオの向こう側を指している。

「身内が来ている」

遠目からでもすぐに分かった。賢次が両手をポケットに突っ込んでこちらを見ていた。

映一が自分の姿を認めるのを確認すると、賢次は勝手知ったる場所のようにスタジオを直進してくる。

「何の用だよ」

「また事件だって？　救急病院から調布署に連絡が入った」

「事件じゃない。事故だ」

「落下予定だった角材のフェイクの中に本物が混じってたんだろ。そういうのは事故って言わないよな」

「……ちょっと、こっち来い」

「望むところだ」

少なくとも、スタッフを前にして話す内容ではない。映一は賢次をスタジオの外に連れ出した。

「いったい何のつもりで顔出した。刑事のお前がいるだけで、どれだけ現場の空気に水を差すか」

「どうして俺の忠告を聞いてくれなかった？」

賢次は答えるより先に上半身と言葉を被せてきた。弟とはいえ上背がある分、滑舌の良さと相俟《あいま》ってその言葉には力があった。

「大森信者が妙なことをしないよう、現場に目を光らせてくれって頼んだはずだけど」

「調布署も事件性を疑い出したのか」

「いいや。表立ってそんな動きはない。ただ、勘の鋭い何人かは怪しんでるよ。まあ同じ場所で二度も事故が続いたのなら、疑ってかかるのがまともな刑事だけどね」

それはそうだろうと思う。現に素人の自分でさえが疑心暗鬼に囚われているのだから。

「本物の角材というのは簡単にすり替えが可能なのか」

質問の内容はともかく、口調は身内のそれだ。映一は警戒心を緩めることにした。

「角材は垂木《たるき》にも使えるからな。ここに限らず撮影所には普通に置いてある。普通に置いてあるくらいだから別に管理もしていない。もし元々、角材が三重に放置されていたのなら、フェイクが用意された後ですり替えるのは可能だったはずだ」

「おいおい。フェイク用意した小道具さんがそこにいたら不可能だろ」

「どこもぎりぎりの人数でやっている。小道具だって一つ用意したら、すぐ次の用意に移らなきゃいけない。ずっと同じ位置に待機してる訳じゃないんだ」

「現場で動いている人間のアリバイは分単位で証明できるかい」

「監督とカメラ以外は無理だろうな。それ以外は絶えず中をあちらこちら移動している。全員が動かないのはカチンコが鳴った瞬間からカットの声が掛かるまでしかない」

「じゃあ兄貴。今回も容疑者は山のようにいるってことだな。ただし、この中限定で」

賢次の言い分はいちいちもっともで反論する隙もない。それでも撮影仲間を容疑者扱いすることに抵抗があり、反証を挙げようと考えを巡らせている時だった。

「遅く、なりました」

背中越しの声に振り向いて驚いた。

「マ、マキさん？」

「迷惑かけたけど今から復帰します」

マキはそれだけ言うと、松葉杖を片手に右足を引きずりながらスタジオの中へ入って行った。見ればその右足にはまだ真新しい包帯が巻かれたままだ。

「お姉ちゃん！」

続いて向こう側から現れたのはやはり麻衣だった。

「お姉ちゃんを止めてください、宮藤さん。まだ歩けるような状態じゃないのに、勝手に病院を脱け出して……」

聞き終わらないうちに映一はマキの後を追った。

勝手に病院を脱け出した？　担ぎ込まれたのはつい昨日のことだというのに？

だが、映一が止める前に端春が彼女を見つけていた。

「監督う！　山下さん、来ましたあっ」

スタジオ内が驚きの声に包まれ、すぐにマキは大森と五社の面前に連れて行かれた。これでもう映一の出る幕はない。背後をちらと見ると、麻衣が恨めしそうな目でこちらを見ていた。

「監督。ご迷惑かけましたけど、たった今退院してきました」

「退院ってお前……全治二カ月じゃなかったのか」

「だから自主退院です」

「何をそんなに慌ててるんだ。怪我だろうが病気だろうが、無理しても後々碌なことはねえぞ」

大森がそう言うと、マキは途端に不安そうな表情を見せた。

「監督……まさか、まさかもう代役が決まったんですか」

「代役どころかまだ何も決まっちゃいねえよ」

「代役なんて立てたら、監督のこと一生恨みますからね」

「しかし全治二カ月なんだろ。この映画一本出たために足に後遺症が残ったりしたら女優生命も危うくなって、それこそ俺が恨まれる。な、悪いことは言わねえからもう一度病院に戻れ」

「嫌」

マキは胸を反らせて言った。

「絶っ対に嫌！」

「嫌ってお前、何を子供みたいな……」

「あれだけ無理難題吹っかけておいて、今更人の好《よ》さげな言い方しないでよね。もう何シーンもあたしで梢を撮ったんだ。代役立てたりしたら撮り直しも含めて製作費に穴が開くんじゃない？」

「それは製作委員会の問題だ。いちキャストに心配されるようなことじゃない。第一、君は帝都テレビの看板だろうが。もしものことがあったら、きっと帝都テレビは」

五社なりの援護射撃だったが、マキはそれさえも片手で薙《な》ぎ払った。

「女優生命だろうと帝都テレビだろうと、そんなもの関係ないっ。あたしが出るって言ってるんだから出せばいいじゃない。監督こそこんな女優の将来より、自分の映画の完成を優先させるべきでしょ」

「お、お姉ちゃん」

「悪いけど麻衣。ここは我が儘通させてもらうわよ。このスタジオでとことん絞られてから、やっと芝居の面白さっていうか深さに気づいたんだ。こんなこと今までなかった。この映画を途中で降りたりしたら一生後悔する。この先に見えかけたものもずっと見えなくなる。お願い、監督。あたしに梢を演らせて」

マキは大森の目を正面に見据えて微動だにしない。

大森はふん、と鼻を鳴らすと了解を求めるように五社を見た。五社は眉間に縦皺を刻んだままふるふると首を振る。

そしてしばらく考え込んだ後、大森は亜沙美を手招きで呼び寄せた。

「なあ……この後、梢が歩いたり走ったりするシーンて残ってたか」

三　アクシデント

1

「まあだ分かんねえのかあっ、この大根野郎っ」

今日も大森の怒声がスタジオ内に響く。すっかり怒鳴られ役が定着した感の竹脇が、それでも一向に慣れない様子でびくりと肩を上下させる。竹脇に絡んでいる三隅は駄目出しを予想していたのか、顰《しか》め面一つするでもなく自然体に戻る。

竹脇の度重なるＮＧに嫌気が差さないものかと映一が気を使ったこともあったが、このベテランは「しかし、そのＮＧにしても初日に比べれば半分ほどになったしなあ」とまるで気にする風がなかった。

「大森監督は初めてじゃないからな。最初からこうなることは織り込み済みさ。元より映画というのは、こういうことに手間をかけるから時間が掛かるようになっている」

三隅の口からそう聞かされた時、映一は少なからず安心した。三隅のような役者がいる限り、まだまだ日本映画は健在だと思えたからだ。

正午を少し過ぎた頃、五社がスタジオを訪れた。

「みんなお疲れ様。今日は陣中見舞だ」

五社の後ろに隠れていた人物を見て映一は驚いた。何とさつき夫人が袋包みを下げてそこにいた。

「皆さん、お疲れ様ですねえ、暑いスタジオの中で。安物だけど、これでも召し上がって」

さつきが広げた袋の中身は都内有名店のアイスクリームだった。季節は既に秋だったが、スタジオの中は何本ものライトを浴び続けるので数時間いるとそれだけでうっすらと汗が滲んでくる。冷たいものは大歓迎だ。数えてみるとちゃんとスタッフとキャストの数に合っている。

「アイスクリームの差し入れえっ。人数分ありまあっす」

映一が大声を出すと、早速行儀の良くないスタッフが我先にと手を出しに来た。そんなことは映一にでも任せればいいのに、さつきは一人一人に労《ねぎら》いの言葉を掛けながら手ずから配っている。細かいところだが、こんな気配りが若手から母親のように慕われている所以だろう。

五社と三つ違いだからそろそろ七十歳に手が届くはずだが、声は未だに艶っぽくとてもそんな齢《とし》には見えない。小顔なのに目だけはくりくりと大きく、若い頃はさぞかし美人だったのだろう。在りし日の大森と五社が彼女を取り合ったのも成る程と頷ける。

その、昔の美人がこちらを向いた。

「大森さんは？」

「あそこです」

映一は苦笑しながらスタジオ中央を指し示す。そこではまだ竹脇相手に大森の熱血指導が続いている。それを遠巻きに眺めてさつきもまた苦笑する。

「あらあら。あれが始まったら休憩は当分後ね。まあいいわ」

さつきは二人分のアイスクリームを保冷剤と共に袋に戻し、しばらく大森の姿を見ていた。

「退屈じゃないですか、あんなの見てて」

「ちっとも。大森さんは変わらないなあと思って。最初に会った時のことを思い出しましたよ。あの人、わたしにもあんな風に怒鳴ったっけ」

「え。あなたにもですか」

「もう四十年も前ですけどね。当時はまだ映画とテレビの間には見えない壁みたいなものがありましてね。映画俳優とテレビ俳優は何となく棲み分けしてたんです」

さつきの目が懐かしそうに笑う。

「プロデューサーになりたての頃はわたしも功名心に逸《はや》っていましてね。当時人気の出始めた映画女優さんをテレビドラマの主役に起用したんです。そうしたら大森さんが局に怒鳴り込んで来ましてね。俺が折角見つけたダイヤの原石をガラス玉にするつもりかあって、それはもうえらい剣幕。当時、映画は娯楽の王様、テレビはまだまだ黎明期《れいめいき》だったから大森さんの言い分も理解できない訳じゃなかったけど……」

「けど？」

「わたしも若かったから、何よその言い草はって大ゲンカ。間に五社が入ってくれて何とか事なきを得ましたけど、まあその時からのお付き合い。さすがにこの齢だからわたしなんてつるんつるんに丸くなってるのに、大森さんは本当に昔のままなのねえ」

「何がつるんつるんだ」

いつの間にか五社が映一の背後で耳をそばだてていた。

「お前は今だって十分に尖ってるよ。キャスティングで俺と大森が渋ってた時、散々頭ごなしに説教垂れたのはいったいどこの誰だよ」

「あぁら。あれはテレビ業界に疎《うと》いあなたたちにレクチャーをしてあげただけじゃない。昔と違って今は局が最大のスポンサーなんだから、もっと上手に使えって。大森さんもあなたもねえ、情熱が変わらないのはいいことだけど認識だけは改めて欲しいわ」

「これだよ」

五社は訴えるように言う。

「間違っても映画の製作者なんかになるもんじゃない。家の中じゃこいつに突《つつ》かれ、外じゃマスコミに叩かれ、現場じゃ大森に詰《なじ》られる。心の休まる場所なんぞどこにもありゃしない」

「マスコミ？」

映一はその一言を聞きとがめた。最近は忙しくて碌に新聞やテレビも見ていなかったので、世間が何を追って何に騒いでいるかなど全く知らなかった。

五社はいよいよ渋面になって腰から新聞の束を引き抜いてみせた。どこのスポーツ新聞かと思っていたら、何と三大紙だった。

急いで社会面を開くと、どれも結構なスペースで『災厄の季節』を取り上げていた。

〈大森作品　撮影現場で相次ぐ事故〉

〈新作映画　撮影難航〉

〈撮影妨害か　警察事情聴取へ〉

十二日正午過ぎ、調布撮影スタジオで女優山下マキさん（三十）が落下してきた資材で右足を負傷した。関係者の話によると用意されていた発泡スチロール製の大道具に木材が混入されていた。現場は大森宗俊監督の新作映画を撮影中で山下さんは出演者の一人だった。同撮影所では七日にも同様の事故が発生しており、調布署は両事故の関連を調べている。

記事の内容は三紙ともほぼ同様で事実のみを記述しているが、立て続けに二件起きた事故に何らかの人為が働いていることを匂わせている。

「最後なんか笑うだろう。別に事情聴取なんか受けてないが、いつの間にか事件扱いになってる」

「あの……これだけ読んでると、まるでこの現場が祟《たた》られているような印象なんですけれど」

「まるでどころか、そのままだよ。ほら、こっち見てみろ」

五社が次に取り出したのは今日発売されたばかりの女性週刊誌だ。該当のページを開くと、いきなり〈呪われた〉だの〈疑惑の〉だのといった仰々《ぎょうぎょう》しい太字が目に飛び込んできた。記事の内容は読む気にもならなかった。

「オヤジには見せるんじゃないぞ。自分のシャシンがキワモノ扱いされてるのを知ったら、また血圧が高くなる」

血圧が高くなるだけならまだしも、大森だったら車椅子のまま出版社に怒鳴り込みに行きそうな気がする。

「こんな風に媒体が騒いでくれる分には一向に構わないんだがな」

「ねえ」

五社とさつきは顔を見合わせて言う。

「三大新聞やら女性週刊誌に書かれたんだ。認知度は前回の動画流出とは比べものにならない。今度の宣伝効果は換算したら億単位にもなる。それだけじゃない。これだけ騒いでくれたら賛否両論あっても必ず客は入る。初日の出足さえ良ければ乗ってくる劇場は多いだろうから、すぐに拡大ロードショーが打てる。それより何より大森作品だ。好奇心でやって来た観客が口コミで次の動員に繋げてくれる」

五社の言葉にさつきはいちいち相槌《あいづち》を打つ。それを微笑ましいと見るか、夫婦揃って計算高いと見るかは判断の分かれるところだが、いずれにしてもショービズ界の人間ならではの言説には頷くより他にない。

「それじゃあ、今回の騒ぎは製作委員会にとっちゃ万々歳ですね」

「いや、ところが一概にそうとも言い切れないんだ」

五社の口調がわずかに落ちる。

「何事も程度問題でな。現段階に騒ぎが留まってくれればさっき言った通りの効果も期待できるが、話が深刻になり始めると潮目が変わる」

「潮目？」

「ああ。社会的に弾劾《だんがい》されるまでになると観客よりむしろ興行側が拒否反応を起こすようになるんだ。所謂《いわゆる》、上映自粛というヤツだ。作品自体が反社会的でなくとも、政治的な側面がクローズアップされて興行主がビビってしまう。古くはジョン・フランケンハイマーの『ブラック・サンデー』、最近じゃ『ザ・コーヴ』なんてのもあったし、別の理由で『Mishima』も上映されなかっただろ。話題性を考えればヒットしそうな作品だったのに、興行側が自粛しちまったから国内の興行収益は惨憺《さんたん》たる有様だった」

この言葉にも映一は頷かざるを得ない。『ブラック・サンデー』は国際テロリストとイスラエル軍特殊部隊との攻防を描いた純然たるアクション大作にも拘《かか》わらず、諸般の政治事情から日本では上映中止となった。『Mishima』は主人公の遺族の申し出と思想的な問題からやはり公開されず、『ザ・コーヴ』はアカデミー賞長編ドキュメンタリー賞を獲得していながら、その内容から抗議活動が活発になり上映中止や延期が相次いだ。こういうのは「低俗番組」を放映するなという意見に似て、観たくないなら観なければいいと映一は思うのだが、映画興行の世界ではそう簡単に割り切れるものではない。

だが、これらの作品は海外で収益を稼いでいたからまだ傷は浅くて済んだ。もし、これが邦画であったら目も当てられない結果になっていただろう。日本映画は外国の映画祭で賞を獲らない限り、マーケットは国内に限定される。どんな製作形態を採ろうが、上映中止や延期になってしまえば収益は見込めず、製作費は丸々損失に計上されてしまう。

また、上映中止の要件が政治的な背景に留まらないことも「映画興行は水もの」としている原因だ。主役の途中降板、更には出演者が犯罪者に堕ちることによってお蔵入りした映画は枚挙に遑《いとま》がない。

「とにかく、これが単に連続した事故であることを願うばかりだ。製作委員会の中には早くも怖気づく奴らが出始めたからな」

「どこですか、それ」

「帝都テレビさ。曽根さんのバックにいた人間が本当に大丈夫なのかって打診してきた。まあ、テレビ屋にはテレビ屋の縛りがあるから慎重になる気持ちも分かるが、もう少し泰然としてられんものかね」

「まさか製作委員会から抜けたいとか？」

「幹事会社として現時点でかなりの出資をしているから後戻りはできんさ。ただ資金の追加要求は難しくなるだろうな。旗振り役の曽根さんがあの状態ではな」

「本当に大森さんの映画はいつもおカネがかかって」

さつきは、まるで大森の保護者のような言い方をする。

「それでも出資した分以上の素晴らしい映画を撮ってくれるから文句はないわ。それにおカネの心配はこの人の専管事項だし」

「またお前は人のプロデュースだと思ってお気楽なことを。我が家が抵当に入っているのはいつも通りなんだぞ」

「お気楽も何も。わたしは大森さんの純然たるいちファンであろうと心に決めたんですからね。気難しい巨匠のプロデュースなんて寿命を縮める元よ」

「もう十分縮まってる」

五社は軽く溜息を吐きながら妻を睨んだ。

「帝都テレビからの追加出資が望めない現段階で、これ以上スケジュールが押したら資金不足になる。それなのにオヤジは未だに妥協することを知らない」

「だからねえ宮藤さん」

さつきは小さく手を合わせた。

「スケジュール通りにクランク・アップできるかどうかは助監督さんの手腕にかかってるの。くれぐれもお願いね」

撮影スケジュールを把握し調整を図るのはチーフ助監督の仕事だが、吉崎がメイキング・フィルムの撮影にかまけている今は自動的にセカンドである映一の役目になる。少々トウがたっているとはいえ、女性から頼りにされて発奮しなければ男ではない。

「宮藤映一、頑張りますっ」

任せてくださいと大見得を切れないのがやや寂しいところだが、一介の助監督が確約できるのはこれが限度だ。さつきもそれは承知しているのだろう。「よしっ、百点」と言って笑ってくれた。

大森の熱血指導が尚も続いたため、五社とさつきは邪魔にならないように現場から立ち去った。映画製作者とその細君としては充分以上に気配りの利いた訪問であり、それで終わればスタッフ・キャストにも幸せな一日だったのだが、残念ながらそうはならなかった。

五社たちが辞去して間もなく、今度は見慣れない女がカメラマンを引き連れて防音壁の隙間からするりと入ってきた。スタジオを見回して大森の所在を確認すると、ＩＣレコーダーを手にそのまま向かおうとしたので慌てて止めた。

「ちょ、ちょっと待って。あなたどなたですか」

「あ、あたし？　あたし、レポーターの宮里《みやざと》、こっちはカメラマンの池谷《いけたに》。どうぞよろしく」

名前を聞いてようやく女の顔が記憶の底から甦った。珍しくワイドショーの芸能ニュースを見ていた時、その押し出しの強さが印象に残っていたのだ。

髪はショートボブ。切れ長の目に滑らかな鼻梁《びりょう》と条件は揃っているのに、物欲しげな表情が器量を台無しにしている。確かその番組では、火災で四肢が不自由になりながらもピアノコンクール出場の決まった少女にインタビューをしていた。その少女が富豪の相続人であることからずいぶんと意地の悪い質問をしていたのだが、その臆面のなさを売りにしているところが尚更鼻についた。

「監督に何か用ですか」

「あんた馬鹿ぁ？　レポーターの用事なんてインタビュー以外に何があるのよ」

「アポは」

「ある訳ないじゃない。突撃レポートなんだから」

これは通す訳にはいかない。映一は宮里の行く手を遮った。

「インタビューなら製作委員会の広報を通してからにしてください」

「ああ、いいの、いいの。あたし、そーいうの関係ないから」

「いや、関係はあるでしょ。一応テレビ局の仕事だったら」

「そーいうのに構ってたら人と違う仕事はできないの」

映一の制止など歯牙にもかけない風の宮里を、再度押し留める。

「仕事って何だよ。どうせ下世話なゴシップ記事だろ」

相手の無遠慮さに敬語も外れた。その甲斐あってか宮里の足も止まった。

「そーよ。下世話で好奇心丸出しで節度なんてかなぐり捨てたゴシップ記事よ。でも、世のお嬢様方奥様方というのはそーいうのが大好きなの」

何と。反論するどころか宮里は堂々と開き直ってみせた。

「テレビやスマホの前でね、眉を顰めているけれど画面からは決して目を離さない。耳はダンボになっている。そーいう婦女子様たちで芸能マスコミは成り立ってるの」

誰かが女の敵は女だと言っていたことを思い出した。その通りだ。

「カンヌかどこかで賞を獲ったお偉くて高尚な映画になんて誰も興味ないわ。グロシーン満載で各関係団体から誹謗《ひぼう》され、謎の怪我人続出の映画には飛びつくけどね。あたしはそーいう映画の宣伝をしてやろうというの。分かったら退いて」

「オヤジのホンペンをゴシップ記事と同じ扱いにしようってのか」

「おたく製作発表もしたでしょう？　宣伝する時はＦＡＸ一本でこちらを呼びつけといて、都合の悪い話はシャットダウンなんて虫が良過ぎると思わないの」

まるで借金を返せとでも言わんばかりの口調に呆れた。今までこの業界でヤクザ紛い詐欺師紛いの人間も多く見かけたが、これほど臆面のない物言いをする者は初めてだった。

たとえどんな間柄であろうと最低限のルールがある。初対面なら尚更だ。ところが、この宮里にはその当然であることが通用しないらしい。今まで映画の仕事をしていても、運よくこういう手合いとお近づきにならずに済んだが、傍若無人ぶりや恥知らずを武器にするような人間はやはり脅威だった。

「オヤジは今、忙しい」

どうあっても、この女を大森に会わせる訳にいかないと思った。

「こっちだって忙しいのよ」

「忙しさの意味合いが違う。オヤジは一分一秒、命をすり減らして仕事しているんだ。あんたは他人のスキャンダルほじくり返すのに、別に命を賭けてなんかいないだろう」

「昭和よねえ」

宮里は鼻で笑ってみせた。その仕草もひどく挑発的に映った。

「今どき仕事に命燃やすだなんてアナクロもいいとこ。あのね、映画屋さん。ご存じないようだから教えてあげるけど、今の子たちはね、そーいう暑っ苦しいの大嫌いなの。巨匠が命を削っただとか、何百人もの想いが込められているとか、そーいう重たいのは流行らないのよ。もっともっとスタイリッシュで、軽くって肩が張らず、泣かせて欲しい場面で思いっきり泣かせてくれるような分かりやすいのがいいの」

「……ひょっとしてあんた、オヤジの映画を観たことがないのか？」

「興味ないもの。だからさー、世界の大森って言っても日本では所詮その程度なのよ。そんな映画でも今回は危ないテーマを扱ってるし現場も呪われてるみたいだし、第一、主演が竹脇クンだから宣伝してやろうって言ってるのよ、こっちは」

「その程度とは何だ。オヤジの映画はな」

「もうやめてよ、その大層な言い方。たかが映画じゃないの」

もう駄目だった。

「出て行ってくれ」

これ以上話していると手が出そうだった。大森ならもっとだ。今、宮里と会わせたら、あのカミナリオヤジのことだ。いつもの灰皿どころか車椅子を投げつけるかも知れない。

「あらあ。あなたの指図は受けないわよ。報道の自由が保障されてるんだから」

「こっちにも取材を拒否する自由がある」

「そんなもの、ないわよ」

宮里は切って捨てた。

「こっちを利用して映画の宣伝をした時点で、そっちも取材拒否はできなくなったのよ。そんな単純な理屈がまだ分かんないの」

言葉や理屈ではこの女を止めようがない。映一は宮里の二の腕を捕まえたまま、ぐいと引き戻した。

「痛っ。ちょっと、何すんのよ」

「出て行ってくれ。これ以上先に進んだら、こんな程度じゃ済まなくなる。あんたに怪我をさせても別段罪悪感はないが、余計に面倒なことになるのが嫌だ」

「ふん。脅しのつもり？」

「ただの脅しなら、もう少しこっちの気も休まるんだけどな」

「おい、横暴だぞ」

カメラを担いでいた池谷が映一の手を見咎《みとが》めて言った。この男が口を利いたのも意外だったが、それ以上に横暴という言葉が出たのにはもっと驚いた。自分たちの取材態度は横暴ではないとでも思っているのだろうか。

「その言葉そっくり返したいところだが、それでも横暴だというのなら警察にでもどこにでも訴えりゃいい。とにかくあんたたちとオヤジを会わせる訳にはいかない」

「だから、あんたの指図は受けないってーの！」

池谷が一緒になって揉み合いになると、さすがに分《ぶ》が悪くなってきた。

有難いことにすぐに加勢がやって来た。

「おう。何してんだよ、お前」

向こう側から駅弁売りよろしく箱を抱えてきたのは美術監督の土居だ。

「見れば妙齢のお嬢さんを相手に押し問答かい」

「そんなんじゃないですよ。この人たちが勝手に」

「何が勝手よ。取材するのに、いちいち許可なんか要らないでしょ」

「ああ、取材の方でしたか。これはとんだ失礼をしましたね」

土居は箱を抱えたまま頭を下げる。物腰は柔らか、見てくれもロマンスグレーの紳士であるせいか、宮里の表情もわずかに緩む。

「あら。監督のインタビューにご協力いただけるのかしら」

「それはもう。この世界は持ちつ持たれつ。宣伝あってこその興行、ネタがあってこその報道」

「全くその通りですねー」

宮里は我が意を得たりとばかりに相好《そうごう》を崩す。

「じゃあ早速、大森監督にインタビューを」

「もちろんもちろん。しかしね、いきなり本丸を攻めるというのもいささか拙《つたな》い。視聴者にお見せするのでも、やはり前振りがないとね」

「前振り？」

「本丸に会わせる前にね、今度の映画じゃオヤジがどれだけ本気なのか、ちょおっと見て欲しいんだ」

「いったい何を……」

「これ」

土居はいきなり抱えていた箱を宮里の前に晒した。

中には両目を抉《えぐ》られた少年の頭部と四肢、そして心臓や胃といった臓器が満杯だった。

ぷん、と異臭がした。ライトの熱で腐り始めているのだ。

宮里は目を剥いてひぃと息を呑んだ。

「いいでしょ。しかもまだ温かい」

土居は中から拳大の肉片を摑み上げると、宮里の頬にべちゃりと粘着させた。

「きゃあああああああああっっっ」

宮里は持っていたＩＣレコーダーを宙高く放り投げて、崩れるように尻餅をついた。

それを見た土居が、あれあれと言いながら同じ目線まで屈み込む。

「お嬢さんには気に入らなかったかなあ。それならこっちの方を」

頭部をずいと目の前に差し出されると、それが宮里の限界点だった。

「ひいいいいいいいいいいっっっ」

這うように向きを変えてからは脱兎の勢いだった。ＩＣレコーダーを放置したまま、宮里は今来た道を駆け出して行った。残された池谷もその後を追っていく。

土居はその背中に掛ける言葉を忘れない。

「ちゃんと宣伝してくださいよお」

何が紳士然としたロマンスグレーだ。

「これ、何っスか」

「第三の被害者の遺体」

頭部と四肢を観察する。見た目にはとても作り物とは思えないが、もちろんシリコンとラバーで拵《こしら》えたダミーヘッドだ。それでもくり抜かれた眼窩《がんか》はぬめぬめと赤黒く、慣れない者なら吐き気を催すこと請け合いだ。

「しっかし、よくできてますねえ、これ」

「だろ？　最近はCG使うことも多いが、オヤジはデジタルカメラ嫌いだからな。編集の手間を考えたら手作りの方が後々楽だ」

土居の言うことはもっともで、確かにCGを使えばどんなシーンも作れるが、編集でオプチカル合成するよりは現場で実物を撮った方がいい。ただしそれができるのも、土居の特殊造形の腕が半ば芸術の域に入っているからだ。土居自身も出来には満足しているのだろう。ダミーヘッドを撫でる手つきもどこか誇らしげだ。

「でも、この肉やら内臓は」

「本物の豚のだよ。もう本番済んだから用済みだ。食うか？」

「いいですよ。それにしても土居さんもタチが悪いなあ」

「タチが悪いのはあっちだ」

「それはまあ」

「大体、お前がヘタレなんだよ。あっちがゴシップ屋式で攻めて来るんなら、こっちは映画屋式で脅してやりゃいいんだ」

「助かりました」

「お前を助けたんじゃないよ」と、土居はスタジオの中央を顎で指す。そこでは、相変わらず大森が役者たちに指示を出している。

「オヤジ、元気そうにしてるが、相当無理している」

映一は無言で頷く。

「といって、安静にしてろといって聞くような人じゃない。俺たちにできることはあの人に監督以外の仕事をさせないことだ。ところが、あの吉崎ってのがクソの蓋にもならないときている。だからよ、映一」

土居は映一の肩にぽんと手を置いた。

「お前はもっと図太く、賢くなれ。少なくとも、あんな女ぐらい鼻先であしらえるようにはな」

2

呼び出しを掛けると賢次は二つ返事で応じてきた。忙しくないのかと兄貴風を吹かせてみると、「救難信号なんだろ。だったら最優先だ」と、こちらの内心を見透かしたようなことを言う。

映一から官舎に赴くのは気が引けたが、賢次の方から来てくれるらしい。これも映一の立場を慮《おもんぱか》っての言葉として良くできた弟と誇るべきなのか、それとも優秀な刑事の配慮として一目置くべきなのか。

「何か進展でもあったのか」

アパートのドアを開けるなり、賢次は開口一番に訊いてきた。

「いや、逆に警察の方で何か判明したかと思って」

「あのさ、兄貴。俺を誰だと思ってる？　三十年以上も弟やってて、しかも警視庁捜査一課の刑事だぞ。今更そんな誤魔化しが通用すると本気で考えてるのか」

「悪かった」

映一はすぐに降参した。どの道、隠し事は苦手な上に、相手は昔からはしこい弟だ。そう言えば、近所が宮藤兄弟を評価した呼び名はいつも賢弟愚兄だった。

「実は今日、こんなことがあった」

映一はマスコミ攻勢によって現場に影響が出始めていること、そして五社さつきと土居の二人から大森を護るように頼まれたことを話した。

「へえ。兄貴、ずいぶん頼りにされてるんだ」

「そんなんじゃない。便利屋として重宝されてるだけだ」

照れ隠しにそう言ってみたが、賢次にはやはり見透かされているだろう。

「それで、俺に話したいことって何さ」

「便利屋には便利屋の仕事があって、この場合、俺がやらなくちゃいけないのはスタッフやキャストが心置きなく仕事ができるような環境を整えることだ」

「で？」

「誰が撮影を妨害しようとしているのか明らかにする必要がある。でなけりゃ疑心暗鬼が続いてどうしようもならなくなる」

「実際にスタッフ同士、腹の探り合いでもしているのか」

「まだ、そんな雰囲気じゃない。俺の目が節穴なのかも知れんが、長年一緒にやってきた家族みたいなチームだからな。だが、こうも災難が連発するとな。だが、警察は明確な事件性がないと捜査しないんだろ」

「ああ。この間話した通り、同じ場所で二度も同様の事故が起きたのを偶然で済ます刑事なんてロクデナシなんだが」

「だから、俺が調べようと思う。誰が、ということだけでも目星がつけば、そいつをマークしていればいいんだからな」

賢次はくい、と片方の眉を上げた。

「それを俺に言うってことは、つまり俺にも手伝えってことだよな？」

「う、うん」

「まだ事件性も明確じゃないのに、所轄飛び越して警視庁捜査一課の刑事を巻き込もうって？　しかも身内のコネで」

「……悪かった。この話は忘れてく」

「乗った」

「え」

「犯罪捜査はもちろんだが、犯罪を未然に防ぐのも警察官の役目だからな。いいよ。協力する」

「いいのか」

「ただし本格的な捜査じゃなく助言程度しかできないけどな。それともう一つ。助言をするためには直《じか》に現場を見る必要がある。だから必要に応じて現場に立ち入らせてもらう。ひょっとしたら大森監督以下、スタッフやキャストに細々と質問をさせてもらうかも知れない」

忘れていた。

この弟は自分と同じくらい映画ファンで、しかも撮影現場に過大な憧憬《どうけい》を抱いているのだ。

「おい。本当の目的はそっちか」

睨むと、賢次は澄ました顔で「とんでもない」と言った。

「俺は兄貴思いの優しい男だから職務権限の許される範囲で協力しようと」

「……交換条件ってことか」

「そういう言い方もある」

これはもう、こういう身内を持ったのが運命だろう。映一は条件を呑むしかない。

「まず初歩的なことから訊くけどさ。山下マキは現場で邪魔者扱いされているのかい」

「邪魔者というよりは異分子だな。キャスティングもオヤジじゃなくて帝都テレビからの横槍だったし、脚本家も最初は別の女優で当て書きしていたからな」

「異分子なら排除しようという奴が出てきて当然だよな」

「いや、それがな……」と、映一は注釈を加える。最初の頃こそ異分子には違いなかったが、足の怪我を押してまで現場復帰しようとしたこと。そして大森の熱血指導に恭順してからは、徐々に大森組に馴染んでいることを説明した。

「ふうん。じゃあ、次に考えるべきは経済的な観点だな」

「経済的な観点?」

「山下マキが怪我をする、若《も》しくは死亡することで得をする奴は誰なのか」

言われて映一は考え込む。大森映画のヒロインに抜擢されれば、その演技力と存在感を大森に認められたというお墨付きをもらったも同然だ。当然、その直後から他のオファーも舞い込んでくる。つまり何某《なにがし》かの演技賞を獲ったのと同じ効果が期待できる訳だ。

「だからステップ・アップを図っている女優の誰かが代役狙いで山下マキを降板させようとする、か。でも、そんな三文小説みたいな話が実際に有り得るのかい」

「この業界に入る前は絵空事だと思ってた」

映一は溜息まじりにそう言う。

「女優なんて基本、美人だしカメラ向けるとにこにこ笑うんだが裏に回ってみろ。主役争いや共演者の足を引っ張るなんて日常茶飯事で、百年の恋もいっぺんに冷めるぞ」

「……そんなに？」

「男優にもそういう面当てがない訳じゃないけど分かりやすい分、陰湿さがない。しかし女優となると、用意していた衣装がハサミでズタズタにされてたとか、台本開いたら極太のマジックで悪口書き連ねてあったりとかな。そういう過当競争を生き抜いて女優生活ン十年なんてのは、もうヌエみたいなもんだ」

「うえ」と、賢次はうんざりしたように舌を出した。

「しかし、その話を動機に絡めると外部犯行説になるな。状況だけを見ると今回は限りなく内部犯行の可能性が強いから、直接の動機としては弱い。それじゃあ第一の事件はどうだ。曽根雅人という人物を亡き者として何か利益を得る人間はいるのか」

「色々と横槍を入れてきたが、それでも幹事会社のプロデューサーだからな。それを亡き者にしたいと思うのはエキセントリックというか何というか」

「じゃあ、曽根プロデューサーを一番邪魔に思っていたのは誰だ」

それは——と言いかけて止めた。

「言いかけて止めるなよな」

「いや、しかしそんなのは有り得ない」

「兄貴の考えてることぐらい察しがつく。曽根プロデューサーを一番嫌ってたのは大森監督じゃないのか？」

どうしてこいつは言われたくないことを言い、知られたくないことを突き止めてしまうのだろう。弟でなければ首を締め上げたいところだ。

「俺だって知ってるが大森監督は完璧主義者だ。役者の演技はもちろんとして照明、露光、衣装、セット、果ては自然光の当たり具合まで自分の思い通りでないと撮影を進めないそうだな」

「ああ」

「そんな撮り方をしていたら当然スケジュールが押してくる。予算だって足らなくなる。長年タッグを組んできた五社プロデューサーならともかく、予算とスケジュール最優先の外様《とざま》プロデューサーは大森監督にとって天敵みたいなものだよな」

「だからといってライトを落とすような、ケツの穴の小さい人じゃない！」

「ケツの穴、見たのか？」

「お前な！」

「冗談。だけど今の意見は兄貴の人物評であって少しも論理的じゃないぜ」

「オヤジの性格だったら、こそこそ罠を仕掛けるより先に殴ってる」

「あ。そういう見方か。うん、それなら納得。ただ、明確な動機を持つのが大森監督だけだったとしても容疑者にはしづらいな」

「何故だ」

「この間は遠くから見ただけだったけど……監督の具合、どうなんだよ。ひどく悪いのか」

「正直言って、あの怒鳴り声は誰かの腹話術じゃないかと思う時がある。そのくらい悪い。五社さんの話じゃいつ倒れてもおかしくないそうだ」

「そんな身体で、しかも車椅子常用の人間が人目のない時を見計らって三重まで駆け上がり、ライトに細工してまた下りてくるなんて不可能だよ。だから容疑者からは外れる」

映一は内心で安堵の溜息を吐く。

「いずれにしても現場を監視しなきゃならない。兄貴は以前にも増して。そして俺は刑事として。明日も撮影あるんだろ？」

「あるけど、多分お前は来られない」

「どうして」

「八王子市の郊外でロケだ」

そう告げると、賢次は悔しそうに舌打ちした。どうやら遠距離の出張が可能なほどには暇ではないらしい。

午前三時。まだ朝には遠く、カラスさえ塒《ねぐら》に引っ込んでいる。

映一は撮影所に待機していたロケバスに乗り込んだ。すると偶然小森と隣り合わせになった。アカデミー賞撮影賞にもノミネートされた名キャメラマンだが、映一にとっては身内同様の親近感がある。自然、口に出るのは大森の話題になった。

「オヤジさんはロケが好きなんですかね？」

「お前にしちゃ今更の質問だな」

「いや、以前ならともかく今回は車椅子じゃないですか。そんな身体なのに敢えて遠出のロケをするなんて」

「ロケが好き、というよりは自然光が好きなんだろうな」

小森はバスの天井を見上げながら言う。

「映一、三灯照明については知ってるよな」

三灯照明は映画撮影の基本だ。照明が正面からだけだと被写体は平面的にしか映らない。そこで人物の斜め四十五度から当てるキーライト、それを補正するフィルライト、そして背後から当てるタッチライトの三照明で対象を立体的に捉える。

「現場では三灯照明を駆使して撮影に臨むが、それでも自然光に勝るものはない。特に太陽が地平線に隠れた直後の数十分、所謂マジック・アワーというヤツだが、これはスタジオで再現することができん。ＣＧでも無理だ」

　自然光を考えればロケ撮影が一番なのは言うまでもない。しかし、自然は撮影スケジュールを考慮してくれない。望み通りの天気を維持してくれる保証もない。

　完璧主義者の映画監督が晴れ待ちやら雨待ちをするというのは半ば伝説となった感があるが、完璧主義を更に押し進める監督はその自然すらもコントロールしたい欲望に駆られるらしい。いい例がフランシス・Ｆ・コッポラで、彼の撮った『地獄の黙示録』は世界中で大ヒットしたもののロケ地を襲ったハリケーンや思惑通りにならない天候でスケジュールと予算は大きく狂わされた。この一件でロケ撮影に懲《こ》りたのか、コッポラは次回作の『ワン・フロム・ザ・ハート』では全編をスタジオ撮影でやり通し、全てのライティングを自らの監視下に置いた。

「もちろん予算を考えればスタジオ撮影とＣＧでやりくりするべきなんだろうが、このシーンだけはどうしてもロケでってのがある。たとえば、それがシーン50の廃車工場だ」

「でも廃車工場なんて、それこそスタジオでだって再現できるじゃないですか」

「オヤジはただ積み上げられた廃車の山を映したいんじゃない。広漠と広がる廃車工場をカタコンベに見立てて無常観漂う空間を演出したいんだ」

「廃車の山なんてシーンこそＣＧの出番じゃないんですか」

「フィルムってのは恐ろしいもんでな。対象物だけじゃなくて空気感まで映しちまうのさ」

「空気感を、ですか」

「現場の暑苦しさ寒々しさだけじゃなく、緊張しているとか弛緩しているとかの空気感だな。難しい理屈は俺にも説明できないんだが、どうも性能の良いカメラとフィルムは空気の粒子まで焼き付けちまうみたいなんだ」

大森の映画をラッシュ時から観ている映一には十分過ぎるほど納得できる話だった。大森映画に映し出される冬は本当に寒い。クーラーの力を借りずとも、凍てついた空気が肌に刺さるような錯覚を覚える時さえある。もちろん暗めに階調を落とすなどの工夫はしているが、それ以前にしんしんとした空気がスクリーンの奥から漂ってくるのだ。

「お前の言う通り、CGを使えばそんなシーンは造作もないが、その空気感だけは作れない。そしてなあ、こういう違いを目の肥えた観客は見逃さないんだ。たった数カットを真面目に作っているかどうか。それで作り手の本気度が分かる。オヤジはそれを知っているからロケに拘る。自然光に拘る」

本気度という言葉が胸に残る。大森に出逢う前の自分なら耳に痛い言葉でもある。バラエティ番組のADをしていた頃は与えられる雑用をこなすのが精一杯で本気も何もなかった。大森の映画から離れた後は他の現場で働いたが、そこで作られる映画にはやはり本気度が感じられなかった。テレビドラマのスペシャル版としての、または局の企画通りの映画製作。マーケティングに沿い、確実なヒットの見込めるストーリーとキャスティング――それは映一にとって映画という名前の工業製品だった。

「オヤジを完璧主義者だと言うヤツは多い。だが、そのうちの何人が本当の完璧さを理解しているのかと思う」

ひょっとしたら自分は相当に粗忽者《そこつもの》なのだろうか。映一はひやりと小森の言葉を聞く。賢次にしても小森にしても、まるで自分を見透かしたようなことを言う。

「オヤジは完璧な映画を目指している。それはその通りだ。しかし完璧な映画なんてのは、な、俺に言わせりゃ映画監督の見果てぬ夢だ」

「どうしてですか」

「完璧なテーマを表現するための完璧な物語。その物語を構築するための完璧な脚本、音楽、芝居、衣装、録音、照明。そして百人が百人とも溜息を吐く完成度……そんな物がひょいひょいできる訳がない。できたとしても百年に一本あるかないかじゃないのか」

その百年に一本と言われるような映画を、映一は指折り数えてみる。確かに少ない。だが、それも当然だと思う。そんな映画はスタッフやキャストを含め、映画製作の様々な要素が奇跡的に融合した上で映画の神様が微笑んだ時に誕生する。それはもはや人智を超えた出来事のようにも思えるのだ。

「見果てぬ夢。それでもオヤジはそれに近づこうと台詞の一つ、小道具の一つに至るまで妥協しようとしない。それが本気って意味だ。そしてその本気を観客は必ず感じ取る。いつだって何だって、本気で作らないモノに誰が感動なんかするものか」

本気、という言葉がまた胸に落ちてくる。本気で作らないモノには誰も感動しない。大人の説教には違いないが、逆らう根拠はない。特にモノ作りの現場にいる者にとっては真理なのかも知れない。では己の今までを顧みて、本気になったことが何度あったのだろう。どこか物事に対して斜《はす》に構え、本気ではないことを免罪符にしてのらりくらりしていただけではなかったのか。

しばらく揺られていると、やがてロケバスは目的地の廃車工場に到着した。八王子市郊外、現在も操業を続ける廃車工場を借りてのロケだった。ロケハンの際、ひと目で大森が気に入った場所でもある。

時刻は午前四時五十分。設定では朝のまだ早い時間に、従業員が廃車のトランクから死体を発見するシーンだ。このシーンの寒々しさをより際立たせるために、早朝の淡い光で廃車工場を映し出す。

「レフ板持って来おいっ」

小森の号令で撮影スタッフが四散する。従業員役の李《り》は既に衣装替えを済ませて待機している。廃車工場を一望するシーンのすぐ後に、死体発見のシーンが待っているのでくつろいでいる暇はない。

東の空が薄紫から白みを増してくる。スタッフたちの吐く息の白さが克明になる。空を見上げれば厚い雲が垂れ込めている。そのせいで空が低く、圧迫感があった。

「よし……この空だ」

コートと襟巻で防寒した大森がぼそりと呟く。小森はカメラの露光調節に余念がなく、その他の撮影スタッフは日の出の瞬間を今か今かと待ち続ける。

午前六時を過ぎた頃にようやく陽が昇った。

薄日がほぼ真横から廃車の山を照らし出す。霜の降りた草叢《くさむら》が朝日に煌《きら》めくが、張り詰めた空気が廃車のカタコンベを冷たく覆う。レフ板係が板を高く掲げ、小森はファインダーから目を離さない。そして大森は息を殺してカメラの捉える光景を凝視する。

文明のなれの果て。無常観の象徴。廃車の群れは見事にそれを体現していた。

「カット」

大森の声で途端に場の空気が弛緩する。

「よし。続けてシーン50いくぞ」

直ちに美術部の拵えた廃車が運び込まれ、三方締めの廃車プレス機にセットされる。大森が李に動線を確認する。

「まず空を見上げて大きく背伸びをする。もうすっかり手慣れた仕事だ。鼻歌混じりでプレス機に近づいてスイッチを入れる……」

李は大森からのオファーではなくオーディションで選ばれたキャストだが俳優ではない。本職は自動車製造業でアルバイトをしている素人だ。にも拘わらず大森が彼を選んだ理由は、プロの俳優が決して見せることのないリアクションを期待してのことだ。

大森が映一を手招きする。

「いいか。一発テイクでいくぞ」

「はい」

狙いは分かっているから理由を尋ねる必要もない。この安心感が堪らなく心地いい。

「ヨーイ。スタート！」

苫篠のカチンコでカメラと録音が同時に始まる。大森組では今までナグラの6ミリテープを使っていたが、今回からはＤＡＴのデジタル録音を採用している。音はアフレコになる可能性もあるが、大森としては映像同様に現場の音をそのままフィルムに定着させたい考えらしい。

素人の強みかそれとも元々の性格がそうだったのか、李はカメラもスタッフも意識することなく、大森の指示通りに動く。厚手の手袋を装着してプレス機に向かう。プレス機の下には緩衝材代わりのマットが敷いてあるが、李には念のための保全処置と説明してある。

電源のスイッチを押すと途端にプレス機は目を覚まし、ぶううんという低い起動音を轟かせる。一分待つとパネルのランプがオールグリーンとなった。

スタートボタンを押すと盛大な破砕音と共にシリンダーが動き始めた。プレス機に収まっていた廃車が縮小を開始する。このトランクには既に土居の手による人体のダミーが収められてあり、トランク内部が収縮するに従って切れ目から血液と脂が噴出する仕組みになっている。もちろん外見も本物そっくりで、全方向から均等に圧縮された死体をリアルに再現してある。

不意に破砕音が変わった。柔らかで水分を多く含んだものが潰れる音だ。李が怪訝《けげん》そうな顔でプレス機の真下を見ると、赤い液体が漏れている。これは一定の圧力を加えるとやはりダミーから噴出するようにできている。

李は慌てた様子でシリンダーを止める。傍らのツールボックスからバールを取り出すとトランクの隙間に挿し込み、一気に押し上げた。前もって外されていたカバーが外れ、装着されたピアノ線によって高く弾け飛ぶ。このピアノ線は編集段階で消される予定だ。

トランクの中身はただのマネキンだ、と李には説明してあった。マネキンという言葉は嘘ではないが正確でもない。特殊造形の職人である土居が精魂込めて作り上げた傑作だ。腐りかけて死斑の浮いた肌のあちこちが裂け、その隙間から赤黒い肉と組織、そして黄色い脂肪がはみ出ている。まるで臭気まで漂ってきそうな出来栄えだ。おまけに頭部からは白い頭蓋まで露出している。

「ひいいっ」

案の定、李は一声呻くなり台座から転落した。その身体は無事マットの上に落ち、擦り傷一つ負うことはなかった。

「よおしカットおっ」

大森の声で場の緊張が解かれ、映一は李の落ちたマットに駆け寄る。李は真っ青な顔で空を仰いでいた。

「あ、あ、あれ何。本物？　本物の死体？　ワタシ聞いてないヨ」

「ご苦労さん。一発ＯＫだよ」

起き上がると、李は恨めしげに映一を見た。

「中国も田舎行くと人の命安いけど、日本も同じだナ」

「安心しろ。あれは本物じゃない」

「え」

「あれは本気っていうんだ」

3

第二の死体発見シーンは撮り終えたが、まだ廃車工場を舞台としたシーンが残っているので、ロケ隊はそのまま次の撮影に移行した。

次に撮るのはマキによる本編唯一の刺殺シーンだ。といっても、これは竹脇扮する刑事の夢想シーンであり、ほんの一カット挿入されるだけなのでさほど手間は掛からない――はずだった。

「ストーップ！　駄目だ。全っ然駄目だ」

大森が両手を振ってダメ出しをする。この仕草は「惜しい」とか「もう少し」ではなく、OKテイクにはほど遠いという意味だ。

「梢えっ、刃物持って相手に突っ込んでいくだけのことが何故できねええっ」

「足が」と、マキは言いかける。言わずともギャラリーには分かっている。怪我をしている足を引き摺りながら相手に向かっていくので、どうしてもタイミングが合わないのだ。

「足の具合が悪いせいにするな。それでも撮影を続けろと直訴したのは、いったいどこの誰だ」

そう言われれば返す言葉はない。マキは唇を噛んで後の言葉を呑み込んだ。

「よし。もう助走はつけなくていい。至近距離から爺ちゃんにぶつかれ。身体ごと体当たりするようにやればいい」

そしてテイク12。だが、それでもOKは出ない。そろそろ光の当たり方が変わってきたので、このシーンは明日以降に持ち越されることになった。順番からは外れることになるが、刑事の夢想シーンなので順番を変更しても特に支障は出ない。

「はーい、小道具は全部こちらでえす。シーン51が終了したら、またこの箱に戻してください」

小道具係の抱えて来た箱に出演者がわらわらと集まる。

シーン51は県警による現場検証の場面だ。このシーンは死体の詰まった廃車を渡瀬警部と古手川刑事他数人の警察官が囲み、少し離れた規制線の前を報道陣が取り囲む構図になっている。使用されるカメラは計五台。小森は撮影部の助監督に指示を飛ばし、助監督はそれぞれのカメラが捉える位置と露光が適切かどうか小森に報告する。

「てか、本来はウチのチーフ助監督にもっと動いてもらわんと駄目なんだよなあ」

カメラ五台ともなると事前の調整項目は膨大な数になる。あまりの煩雑さについそう洩らすと、チェックを手伝っていた撮影部の助監督が苦笑しながら言った。

「映一さん、それ言いっこなし。もう誰もあのチーフ当てにしてないから。最初からいないものと考えたら腹も立たないよ」

「で、その吉崎さんは」

「あっちあっち」

彼が指差す方を見ると、スタッフたちからかなり離れた廃車工場の入口に吉崎がいた。どうやら現場で働くスタッフ一同を望遠で捉えているらしく、手持ちのカメラから片時も目を離そうとしない。

いい気なものだと思う一方で、吉崎は吉崎なりに懸命なのかも知れないと思う。後ろ盾になるはずの曽根が戦線を離脱してからは大森からも無視され続け、スタッフからも邪魔者扱いされている。今やメイキング・フィルムだけが己の存在理由になってしまったが、言い方を変えればこのメイキング・フィルムは吉崎一人の手になるものであり、仮にDVDの特典にしかならなくても彼自身の作品なのだ。

そこだけを考えると、未だ自分の名前で作ったものが一つもない映一などは羨ましい気持ちにもなる。

果たして自分にはそんな機会が訪れるのだろうか——そんなことを思っていると、メイクの端春がこちらにやって来た。

「宮藤ちゃん。お客さんだよ」

「え。俺に？　こんな所で？」

「そおよー。こんな所までやって来させるんだからヒドい男よねー。とにかくトレーラーに待たせてるから」

まさか賢次がはるばるここまで足を延ばして来たのか。まごつきながらトレーラーまで足を運んだ映一がドアを開けると、意外な人物がそこにいた。

「やあっと捕まえた」

「絵里香……」

「へえ。しばらく見ないうちにずいぶん血色が良くなったじゃない」

絵里香は半分意外そうに、そして半分腹立たしげにそう言った。

「あたしと会わない期間中、健康的になるってどういう了見よ」

「撮影所やロケじゃ決まった時間に弁当食べるからだよ。酒も呑めないし」

「どうだか」と、絵里香は映一を睨む。険のある眼差しは元々の吊り目と相俟って、ひどく冷酷に映る。同じベッドの中で横から見た時はこの吊り目が魅惑的に見えたのだが。

「映画、どう？」

「どうって？」

「当たりそう？」

「そんなことが今から分かるかよ」

「じゃあ次回作の見込みは」

「それだってどうなるか分かんないよ」

「だったら映一の生活もどうなるか分かんないってことだよね」

「関係ないだろ、そんなこと」

「ねえ、そろそろテレビ局のADに戻ってよ。ADならちゃんとお給料入って、昇進だってあるんでしょ」

まるで古女房のような口ぶりだったが、可笑《おか》しさよりも煩わしさが先に立った。

「もう局の仕事は嫌だ。俺には撮影所の方が向いてる」

「実入りや将来性より好きな仕事って訳？　贅沢ね」

「安定なんて年寄りの考えることさ」

「三十四なんて、もう年寄りの部類よ」

絵里香は冷たく言い放つ。

「知ってる？　中途採用も最近は上限三十五歳までなんだって」

それが本当なのかどうか、映一には見当もつかない。

「何が言いたいんだよ」

「もう遊びの時間は終わったってこと。映一、今まで本気になったことってある？　ないでしょ。だから、当たるのかどうかも、続くのかどうかも分からない仕事にあくせくしてる」

別にあくせくしている訳じゃない——そう言おうとしたが、本気云々《うんぬん》の言葉が喉に刺さって邪魔をする。反論したいところは山ほどあるが、本気になったことがないというのはその通りだった。

「あたしのこと、真剣に考えてる？」

急に話が飛んだ。

「真剣だよ」

「じゃあ、あたしと映画とどっちが大事？」

また、この台詞か。いったい女という生き物は何だって——。

「そんなもん比べるものじゃないって言っただろ」

「あたしは比べるわ。だって人生なんて選択の連続なんだから」

絵里香の視線がすっと落ちた。

「別の人からプロポーズされたの」

唐突だった。

「映一の知らない人よ。だからずっとケータイに連絡入れてたのに」

「……返事したのか」

「保留している。映一にちゃんと話してから返事しようと思って」

「何やってる奴だよ」

「公務員。厚労省勤め」

絵里香は製薬会社に勤めている。ならば厚労省の役人と接点があっても不思議はない。厚労省勤めとしがないセカンド助監督。将来性という要素で比較すれば優劣は自ずと明らかだ。

劣等感を表に出しても碌なことがない。だが、そんな単純なことさえ今の映一には抑えられなかった。

「ふん、あの悪評ふんぷんの厚労省様か。そりゃあいい。国民から搾り取った税金で将来設計は万全だ」

「どんな人か、訊かないの」

「訊かなくたって分かる。どうせガキの頃から試験対策に明け暮れて、小説の一冊、映画の一本もまともに愉しんだことのない寂しい野郎さ。官僚仕込みの閉鎖的なルールと猫の額ほどの常識しか頭にない世間知らずで、おまけに正常位しか知らない」

「生憎《あいにく》だけどそんな人じゃないわ」

絵里香は真正面から映一を見据えた。

「あの人は……やめた。どちらにしても映一には関係のない話よね」

「ああ。知りたくもない」

「さっきも言ったけど、もう遊びの時間は終わりよ。ノリや冗談でやり過ごせる時間も終わり。さっさと決めて。まともに給料の出るＡＤに戻る？　それともこのトレーラーの中で夢を食べて生き続ける？」

「それはお前を選ぶかどうかって話と同じになるのかよ」

「そうね」

「すぐに白黒つけなきゃいけないのかよ」

「結論を先延ばしにしていいことなんてあまりないわ」

「じゃあ答えはノーだ」

告げる瞬間に目を逸らした。

「俺がいなくても、お前にはその男がいる。だけど、この現場に俺がいなかったら皆が困る。スケジュールの調整が利かなくなって完成が危ぶまれる」

「マジな答え？」

「もうノリや冗談は利かないんだろ」

しばらく絵里香は無表情で映一を見ていた。

映一はその正視を避けるように目を逸らしていた。

やがて絵里香が目を伏せた。

「分かった」

トレーラーのドアを開け、外に出る寸前に一度だけ振り返った。

「どうして本気にならないの。本気になって自分の力をさらけ出すのが怖いの」

「うるさい」

「さよなら」

その声を映一は背中で聞いた。ドアが閉められた後も、ずっと背を向けていた。

現場に戻ると、早速大森に怒鳴られた。

「何やってたんだ。もうリハは始まってるぞ」

「すいません」

「つたく、シャキッとしろい。たった今、女に振られたばかりみたいな顔しやがって」

思わず大森から顔を逸らす。

どうして自分の周りには、こうも人の顔色を読むのに長《た》けた人間ばかりいるのか。それともあまりに自分が無防備に過ぎるのか。

シーン51は大森の意図で長回しと細かいカットの併用になる。つまり死体を眺める渡瀬警部と古手川刑事の絡みを一カットで収め、その他警官と報道陣の反応を短いカットで繫いでいくという手法だ。映倫の指摘に鑑《かんが》みれば残虐なカットは極力なくすのが常だが、大森はそうしない。

「潰れた肉塊と頭蓋は一カットでじっくりと撮る」

「グロくて女性客が引きませんか」と、映一が尋ねる。

「こういうのは女の方が耐性あるもんだ。血に弱いのはむしろ男だな」

「趣味が悪いって叩かれませんか」

「この程度はほんのアクセントみたいなもんだ。大体な、性描写も暴力描写も規制の対象だが、だからと言ってお座なりに済ましてたんじゃ映像表現が停滞しちまう。今回は特殊造形の職人技をたっぷり見せつけてやる」

横で聞いていた土居が含み笑いを洩らす。多少、残虐なカットがあっても大森映画に通底する格調高さで相殺《そうさい》できるという読みがあっての撮影プランだ。いや、大森だからこそ許される表現というものもある。

「とにかく人間の残酷さと愚かさをこれでもかというくらいに見せたい。でなけりゃ、対峙する優しさや崇高さが嘘っぱちに見えかねん」

更に次のシーンでは、祖父の亡骸《なきがら》を確認しようとする梢を渡瀬警部が制止する場面が加えられている。マキの動の演技に、三隅の静の演技を対比させようというのだ。マキにしてみれば重鎮との初めてのカラミであり、己の演技力を測る試金石にもなる。

「よろしくお願いします」と、マキが殊勝に頭を下げると三隅は、

「ああ、こちらこそよろしく」と、優しげに笑う。

「ちょ、ちょっとお、三隅さん」

横で見ていた竹脇が不満そうに洩らした。

「俺とえらく対応が違うじゃないですか。俺と初めての時は、もっとつっけんどんで」

「そりゃあお前、野郎とご婦人とで対応が違うのは当たり前だよな」

「ふうん。それが日本映画界重鎮の言葉ですか」

「これくらい助平じゃなかったら長生きなんてできねえよ」

竹脇は軽くいなされるが、傍目から見れば結構いいコンビになっている。

「シーン52、行きまあす」

台座に乗せられた廃車を前に、三隅と竹脇、そしてマキがスタンバイする。

「ヨーイ、スタート！」

マキが廃車に向かおうと駆け出す。その身体を三隅が押し留める。

『おじいちゃんに、おじいちゃんに会わせてください！』

『やめとけ、お嬢さん。あれは女子供の見るもんじゃない。肉親なら尚更だ』

「ストーップ。梢、駄目だ。もう一回」

大森のダメ出しに、映一の横にいた麻衣が溜息を吐く。

「いいか。じいさんが死んだのは、もう自宅で聞かされてる。現場では、それを確認したくて堪らない。ところが刑事たちの取り囲んでいるのは三分の一に圧縮されたクルマだ。大抵の人間には死体がどうなってるのか想像がつく。だから半狂乱になる。その取り乱し方が全然足りない」

「はい……」

「今まで、気も狂わんばかりに恐ろしかったことはあるか。もしもあるのなら、それを思い出してみろ」

灰皿こそ飛ばなくなったものの、大森のマキに対する指導はいささかも緩まない。マキはその後もNGを連発し続けた。

撮影初日こそ帝都テレビの顔であるという自負がマキを支えていたようだが、今やそれは木端微塵に吹っ飛び、下から現れているのは見知らぬ場所でおろおろしている迷子の顔だ。

その迷子に、三隅がついと歩み寄る。

「あのな、山下さん」

「は、はい」

「あんた、演技プランとか立ててるのか」

「はい。一応……」

「そんなもん、どっかに捨てちまいな」

「え。だって」

「デビューしたての時はとにかく一生懸命。曲がりなりにも演技力や存在感が評価されると、老いも若きも自分で考えるようになる。どうすれば、もっと演技を生かせるようになるのかってな。当然だ。そういう向上心がなかったら俳優なんてやってられん」

「はい」

「だがな、こと大森さんの映画じゃ、それは余計事になるんだ。大森さんはたとえば役者がビジコンで自分の演技を確認することを良しとしない。あの監督は役者を、映画を構成する一つの部品としか思っていないところがある。そんな感じ、しないか」

「……します」

「大森さんが指示する演技は俳優にとって過剰だったり、逆に淡泊過ぎたりする。だが、後で全編を観ると、その演技はまるで計算したかのようにぴたっと画にハマっている。自分が自分以上に映っている。癪な話だが、大森さんの映画だけは単なる駒になった方がいいんだよ」

三隅はそれだけ言うと、マキの肩をぽんと叩いて背中を向けた。

「あれは、三隅さんの助言……ですよね？」

麻衣は念を押すように訊いた。答える者は自分以外にいなかったので「当然」と映一が受けた。

「ベテランからの有難いアドバイスだよ」

「だったら、マキには悩ましい問題ですね。今まで考えろとはよく言われましたけど、考えるなと言われたのは初めてだから」

麻衣の言葉通り、三隅のアドバイスは却って本人を混乱させたようで、マキのNGはそれから二十三回続いた。ようやくOKをもらうと、マキは精根尽き果てた様子で自分のトレーラーに戻って行った。

正午を回り、ちょうどそれが昼休憩の合図になった。弁当を取りに来た小森もNGの連続でさすがに疲労の色は隠せない。

「彼女、どうですか」と訊いてみる。監督の目線も然《さ》ることながら、カメラを通して被写体を見る撮影監督の目は冷徹そのものだ。

「ありゃあ、かなり緊張してるな。適度じゃない。過剰な緊張だ。だから同じ箇所でトチる。舌を嚙む。まるで素人同然のミスをする」

「緊張……変ですねえ。彼女、カメラが初めてのはずじゃないのに」

「あら。そうかしらね」

映一たちに声を掛けたのは通りかかったベテラン女優だった。

「夏岡さん」

「彼女、まだ初めてで慣れないはずよ。あのサイズのカメラではね」

その指摘で、小森がああと合点したように頷く。

「そういうことかい」

「何がそういうこと、なんですか」

「わたし、テレビドラマに出た時に実感したんだけど、テレビのカメラってもっとコンパクトなのよね」

それで映一にも納得できた。テレビはフィルムカメラよりもずっと小さなビデオカメラを使用している。殊に最近はデジタルカメラの普及で更に小型化が進んでいる。

「それに比べたら撮影所のカメラは凄く大きくって。慣れないうちは存在自体がプレッシャーになるのかもね」

「あんたもそうなのかい、夏岡さん」

「やだ。わたしは逆にあの大きなカメラの方がいいわ。名人小森千寿に撮られてるという緊張感はもちろんあるけど」

「へっ。よせやい」

「あの大きなカメラの前に立つとね、ああ今から自分の姿がフィルムに焼き付けられるんだなって自覚するわ。ビデオでも同じじゃないかと思うけど、ビデオなんてすぐ消してしまえるじゃない。その点、フィルムに焼き付けられるんだと意識すると、身体がしゃんとなるのよ。だからリハーサルとかカメラテストでは小さいので構わないけど、本番ではやっぱりあのカメラでないと本気が出ないわ。ま、もっとも、それをあのタレント女優さんに期待するのは酷《こく》というものかしら。それじゃ」

言いたいことだけ言うと、そのベテラン女優は向こうに行ってしまった。その背中を追っていた小森がくっくと笑う。

「素直じゃねえよなあ。あの女傑も」

「何がですか」

「それとなくマキに伝えとけってことだよ、馬鹿。カメラを意識するな。単純なことだが、多分マキはそれを忘れてる。後でそれとなく言っとけ」

「了解」

そう答えてから、映一は撮影用のカメラに近づく。

パナビジョン社製ミレニアムXL、35ミリフィルムカメラ。確かにADだった頃、肩に担いでいたビデオカメラよりも数段大きくて重い。カメラというよりは巨大な鉄の箱だ。その大きさと重量ゆえに手持ちができず汎用性も限られている。だが、この威容が役者たちの本気を引き出しているというのなら、汎用性のなさは相殺できる。そして、大森や小森が敢えてこのカメラに固執している理由も想像できる。

機能性とクオリティは大体において相反関係にある。機能が増えればクオリティは落ち、クオリティを上げようとすれば機能は削られていく。一例を挙げれば、大抵のカメラにはズーム機能が付属しているが、それを使うとミリ数を無視した遠近感がばらばらの画になってしまうので、ショットが変わる毎にレンズを交換するのが常道になっている。

完璧主義者の大森が求めているのは常にクオリティだ。だからデジタルカメラやCGの機能性に頼ろうとしない。

それは古い形であるものの、大森の本気度を示すものだ。アナログと言われようが時代遅れと言われようが、そのシーンの空気感までもフィルムに定着させようとする執念の所産だ。

遠巻きに大森を見る。

大森は皆が弁当を突《つつ》いているこの時も土居と言葉を交わしている。べらんめえ口調の暴君だが、それでもスタッフやキャストからの信頼が厚いのは、作るものがいつも本気に溢れているからだ。

それに比べて俺は――。

映一は不意に居たたまれなくなった。

4

制作部の樋口《ひぐち》部長が押《お》っ取《と》り刀《がたな》でやって来たのはロケも中盤を迎えようとした頃だった。樋口は予算管理や費用配分を担当しており、現場に顔を出すことは滅多になかった。現場で対応したのは今や完全にスタジオ内御用聞きとなった映一だ。

「どうしたんですか、樋口さん。何か借金取りに追われてるみたいな顔して」

「似たようなもんだよ」

樋口は映一をひと睨みした。

「映ちゃん。チーフ助監督は？」

映一は無言でロケバスの方を指差す。バスの横には、相変わらず撮影中の俳優たちをカメラに収める吉崎の姿があった。

「……何やってんだ、アレ？」

「メイキング・フィルムです」

「フィルム？　ビデオじゃないのか」

「オヤジがビデオ嫌いなのは樋口さんだって知ってるでしょう」

「ちょ、ちょっと待て。チーフ助監督が全然使い物にならないって噂は聞いてるが、まさかクランク・インからずっとあの調子なのか」

「ええ、まあ……」

「即刻やめさせろっ」

　樋口は唾を飛ばして言った。

「どうせ予告編の一部とＤＶＤの特典映像にしか使わんのだろう。そんなものビデオで撮らせりゃ充分だ」

「でも、いいオモチャだから好きにやらせとけってのはオヤジの意見で」

「もう、そんな大盤振る舞いなんかできなくなったんだよ！　今すぐ大森監督と脚本家に会わせてくれ」

　樋口は悲鳴のような声を上げた。よほど切迫した事情があるのだろう。映一はすぐに樋口を大森の許に連れて行った。だが、大森は折悪しく小森とカメラワークについて口角泡を飛ばしている最中だった。

大森は言うに及ばず、小森も斯界では重鎮とされるキャメラマンだ。その二人の会話に割って入るのはヤクザ者同士の喧嘩を仲裁するようなものだったが、樋口は二大巨頭よりも予算執行の方が怖かったらしい。

「何い。今すぐ撮影中止しろだとお?」

巻き舌で跳ね上がった声はまさしくヤクザ者のそれだったが、樋口は一向に怯《ひる》む様子はない。

「中止ではなく一旦停止です」

「一緒だろうが。折角スムーズにいっている撮影の流れを制作部が止めてどうするよ」

「この流れのまま撮影を続行したらクランク・アップ前、つまり十二シーンを残して予算は枯渇します。製作委員会はそれ以降、スタッフとキャストの人件費を捻出できませんっ」

上ずった声に周囲のスタッフが振り返る。

見渡すと辛そうな顔は見受けられるものの意外そうな顔はない。映一自身も薄々は予期していたことなので特に驚きはしなかった。

竹脇の演技が三隅のそれと化学反応を起こし、マキが演技に没頭して新生面を出し始め、そして六車が現場に参加して座付作家になった頃から大森はゆっくりと暴走していった。一つ一つのシーンが長くなるか、あるいはカットが増えていった。それはストーリーの起伏を作り、画に緊張感をもたらす追加となったのでスタッフの誰もが納得せざるを得ない暴走の仕方だった。当然、フィルムの尺は長くなり撮影時間も予定より長くなったが、どんどん膨らんでいく期待感で金銭感覚は封殺されてしまっていた。撮影機材も基本的に全てがレンタルだから、一日撮影が延びればそれだけ経費が増える。予算はどんどん目減りしていく。だから、驚くというよりは怖れていたものがとうとう到来したという諦めのようなものだ。

その口調から真剣さが伝わったのだろう、さすがに大森と小森が眉間に皺を寄せた。

「制作部としてはどこまで本気なんだよ」

「どこまでもあそこまでもありませんよ。十二シーン分、フィルム換算で二千七百フィートを削除して予定通りにクランク・アップするしかありません」

「えらくみみっちい話だな。今までだって日にちが足りないとかカネが足りないとか、散々言ってたじゃないか」

「だから監督。もう、この三年で撮影所を取り巻く環境はすっかり変わってしまったんですよ。五社さんだってもうこれ以上の資金提供は無理、幹事会社だった帝都テレビは曽根さんというアンテナを失ったんで追加出資には応じてくれないし……」

「それを何とか工面したりやりくりするのが制作部の仕事じゃないのかい」

「あのですね、監督。そういう工夫はとっくの昔にやってますって。ロケ弁当、以前は松濤《しょうとう》の仕出しだったのを今はホカ弁に落としてるでしょう? 機材やギャラが落とせない分、そういう細かいところを節約してるんです。でも、それで精一杯なんです」

「十二シーンも削って映画として成立すると思ってるのか!」

「制作部は限界まで削ってるんですよ!」

大森と樋口は睨み合いの状態になった。

フィルムを削るのと経費を削るのとでは訳が違う——大森だったらそう怒鳴る局面だった。製作の現場にいる映一も両者を同一に論じることはできない。しかし現場の経費が膨張しても製作費の中で調整できるのは、映画会社自らが映画製作していた時代だ。今度のように製作委員会方式を採れば配給手数料や宣伝広告費は固定化されてしまうため、人件費の膨張した分は他の経費を圧迫することになる。言い換えればシーン一つを増やして人件費が上がれば、それと同等のセットの材料費を削減することで補うしかないのだ。

その辺りの事情は大森も知っているので、樋口の訴えを一刀両断にすることができないのだろう。樋口を睨んだままずっと無言でいる。

そして、ようやく口を開いた。

「誰か。六車を呼んできてくれ」

この場合の誰かというのは大抵、自分のことを指す。急いで映一は現場の端でディレクターズチェアに座る六車を呼びに行った。

「話は大体、聞きましたけど」

六車は六車で人を殴りそうな顔でやって来るので、雰囲気は殊更剣呑になる。

「予算がないんですって？」

「安心しろい。そこらのテレビ屋じゃあるまいし、脚本代ケチろうなんてみみっちいことは考えもしねえよ」

「監督。本気で怒りますよ」

六車は気色《けしき》ばんだ。

「あのね、脚本代ケチられて怒るくらいだったら、他の理由でとっくの昔に怒ってますよ！　今この場で俺ができることは何なのか聞きたいんだ」

上から食って掛かる脚本家に、車椅子の老監督は視線を一時も逸らさない。

不意に目尻が緩んだ。

「俺としちゃあ、ここで激怒して欲しいんだがな。何せ、頼むことは脚本代の値切りなんかよりお前さんを苦しませるかも知れん」

「苦しむのは嫌じゃない。楽しくないのが一番嫌だ」

「尺、大幅に切れ」

「……やっぱり、そうきましたか」

「ラスト十二シーンといったら約三十分だが、あそこで削る訳にはいかん。ラストは脚本通りに確定させ、全体のリズムを上げた上で前後に矛盾が生じないように三十分削れるか」

「最初に熱くなって損した」

六車は心底後悔したように洩らした。

「まさか、そこまで要求されるとは思っていなかった」

「そうか、駄目か。残念だが仕方ない。それじゃあ、映一。今すぐ編集の高峰を呼んで来て……」

「誰もできないとは言ってないだろ！　宮藤さん、亜沙美さん呼んで。スクリプターと確認しながらの作業になる」

「もう来てますよ」

映一が振り返ると平嶋亜沙美が腕組みをして立っていた。

「平嶋さん、用意いいなー」

「そんな大声で自分の名前呼ばれたら、嫌でもやって来るわよ。で、どこを削るって？」

「シーン59と60、古手川の夢想部分。つまり、桂木《かつらぎ》が絞殺するシーンと梢が刺殺するシーンは全部切っちまおう。その方がテンポも良くなるはずだ」

六車はまるで半分自棄《やけ》になったかのように指示する。自分の心血を注いだ脚本を思いきりよくカットできる潔さは見ていて爽快だったが、一方で同情心も湧く。決定稿であったはずの脚本は、六車本人が現場に参加してから乗りに乗って差し込みしたものだ。大森と他のスタッフと共に練り上げたという思い入れが強く、それを敢えて削るのは苦渋の決断だろう。

「あ。でもそこをカットするとシーン23との整合性が取れなくなるよ」

「よし、じゃあシーン23もカットしよう。その代わりにシーン28を挿入すれば整合性も取れるだろう」

「だけど、そうするとシーン29が唐突な感じにならない？」

「ええい。亜沙美さん、向こう行って作業するよ」

「あのう」

樋口がおずおずと口を挟む。

「さっき言ったように、スタッフとキャストを拘束できる時間がもうスケジュール上……」

「どうせもうすぐ昼飯だろう！　監督、待ってろ。一時間でケリつけるから。さあ、行くぞ亜沙美さん」

六車は半ば亜沙美を拉致するようにしてトレーラーの中に消えて行った。

後に残された格好の大森と小森は顔を見合わせて笑う。

「最近の若い奴にしては動きが速いな」

「何言ってるんだい。あからさまに焚きつけたくせに」

「それは向こうだって織り込み済みさ。まあ、ノリがいいっていうか……見かけよりずいぶん真直ぐな男だねえ、あれは」

「オヤジと一緒に仕事するんだ。あれぐらい臨機応変でなきゃ、やってられないよ」

「何だい。俺のせいかよ」

「とぼけちゃ駄目だよ。大森組のみんなは、ああいう風に鍛えられて今に至ってるんだからさ」

二人の会話を聞いていて、映一はその狡猾さに改めて舌を巻く。どう見ても六車が大森の口車に乗せられた格好だが、表向きは六車から申し入れた自主的な改稿だ。脚本家を自ら崖っぷちに立たせるには最適の手法と言える。

果たして皆が昼食を終えた頃、六車は疲労困憊《ひろうこんぱい》の様子でトレーラーから出て来た。

「これで、いけるはずだ」

大森に差し出した脚本は修正跡で真っ赤になっていた。

「念のために三千フィート分削った。ラストシーンに五分くらいの余裕は必要になるだろうから。亜沙美さんチェックもオーケーだ」

大森は渡された脚本を繰り、しばらく読み込んだ後で「えらく筋肉質になったものだ」と感想を洩らした。

「余分なエピソードは一つとしてない。だがその分、膨らみもなくなったな」

「もう、それが限界です」

六車は片手を挙げて言う。どうやらそれが降参の意思表示らしい。

「後は監督の采配に任せますよ。五分ばかり余裕空けときましたから。じゃあ、俺ちょっと寝させてもらいます。何か一週間でやる仕事を一時間でやったみたいだ」

「ああ、ご苦労さん」

六車は頭を振りながらまたトレーラーに向かう。ただし、今度は休むために。

その後ろ姿を見送りながら、小森は同情するように言う。

「見なよ。まるで搾り切った雑巾みたいな風情だ。きっとあれでひと山越えたと安心してるんだろうが……オヤジ。どうせ、二、三日撮影続けたらまた書き直しさせるつもりなんだろ」

「クランク・アップまでは常に脚本通り進むとは限らんからな。第一な、乾いた雑巾を搾るのを努力って言うんだ」

当然のように嘯《うそぶ》く大森の横で、小森は「まあなあ」と同意する。

映一はせめて今だけは六車の仮眠が安らかであるように祈った。

何気なく眺めると、吉崎が相変わらずフィルムを回していた。恐らく樋口からの伝言を誰も伝えていないのだろう。やむなく映一は吉崎の許に向かう。

「チーフ」と、一応は相手を立てて声を掛けると、吉崎は遊びを中断された子供のような顔で映一を睨んだ。

「何?」

「済みませんがもうフィルムは使えなくなりました」

「……どういうことだよ」

「制作部からのお達しで予算が逼迫《ひっぱく》しています。メイキング作るんだったら、これ以降はビデオにしろって」

「い、今更何言ってるんだ。そしたら今までフィルム撮りした画はどうするんだ」

「樋口さんの言うことには撮影済みの中で使用できる部分から三十分をテレシネして、後はキャストのインタビューで埋めろと」

「それじゃあ、本当にDVDの付録じゃないかよ! 俺はこれを一個の作品として撮ってたんだ」

「そんなこと俺に言われたって」

「おおお、俺はな。帝都のディレクターなんだよ。お前よりずっとキャリアもあるんだ。それがどうして、こんな貧乏臭い現場でDVDの付録映像撮ってなきゃいけないんだ」

吉崎が珍しく声を荒《あら》らげたので、映一は少なからず驚いた。曽根がいた時から借りてきた猫のようにしていたので気にも留めなかったが、現場から邪魔者扱いされていたことはやはり相当に自尊心を傷つけていたらしい。

「制作部に直訴してくる」

そう言って吉崎は映一に背を向けた。

「もう樋口さん、出て行きましたよ。製作委員会に報告してくるからって、今日は会社にも戻りません」

離れ始めた背中にそう告げると、吉崎は憤怒の顔で振り返った。

「もういい！　どいつもこいつも馬鹿にしやがって」

そして映一を押し退けるようにしてトレーラーの中に入って行った。

自身の存在を蔑《ないがし》ろにされた気持ちは分からなくもない。脚本が大幅に変更されたことを言いそびれたが、明日でも構わないだろう。映一は六車と同様、吉崎もそっとしておいてやろうと、その場を立ち去った。


六車が必死に改稿してくれたお蔭でロケの日程は二日短縮できた。人件費やロケバスをはじめとした機材のレンタル料を考えれば、二日間の短縮は殊勲賞ものと言える。

吉崎にフィルムの使用不可を告げたその夜、映一はスタッフとキャストのスケジュール再調整に余念がなかった。二日間の短縮は結構なことだが、それでまたそれぞれの予定を変更しなければならない。特にテレビの出演時期が撮影と重なっているキャストの場合は、いちいちマネージャーと連絡を取らなくてはならないので面倒なことこの上ない。最初から形の合わないピースでジグソーパズルを作るような作業だ。

各々のマネージャーから皮肉と抗議を浴びせられた時はさすがに意気消沈したが、麻衣だけは逆に慰めてくれた。

「気にしないでいいですよ。お姉……山下マキはこの作品に賭けてますから、ドラマもバラエティも申し訳ないくらい眼中になくって」

「でも、今日の改稿で彼女のカットはかなり削られちゃったよ」

「でも必要だからカットしたのでしょう？」

「うん」と、映一は大きく頷いた。改稿された脚本は映一も読んだが、最初に渡された決定稿と同程度の分量でありながら、その内容は更に起伏に富み個々のキャラクターを浮き彫りにしていた。六車が現場の空気に感化されながら、それぞれのキャストを当て書きしたことが脚本に血肉を与えていたのだ。

「上映時間二時間以内に大森映画の全てが凝縮されている、と思う。完成すれば間違いなくオヤジの最高傑作になるだろうね。竹脇さんやマキさんも自信満々で自分のフィルモグラフィーに登録できるはずだ」

「それ聞いて安心しました。お姉ちゃん、あれだけ有名になっても、自分で代表作だって胸の張れるものがなかったんです……。じゃあ頑張ってください」

麻衣はそう残して自分のトレーラーに戻って行った。

我ながら単純だとは思うが、女に頑張ってと言われると不思議に馬力がかかる。しかし、モチベーションなどというものは案外こんな風に単純なものではないだろうか。

トレーラーの中でスケジュール調整が終わると、とっくに日付が変わっていた。相部屋の苫篠は早くも鼾《いびき》をかいている。さすがに頭が重くなったので新鮮な空気を吸おうと外にでてみた。

等間隔で並ぶロケバスはどれも明かりが消えている——と思われたが、真ん中の一台からはカーテン越しに淡い光が洩れている。

大森のトレーラーだった。

たった一台だけというのも気になったが、それよりもトレーラーの中には大森一人だという事実の方がより気懸りだった。発作を起こしてそのまま気絶した可能性が捨てきれない。

怒声でややもすると忘れそうになるが、何といっても大森は半病人だ。小森からも、その体調に始終気を配るよう厳命されている。

ここは本人にどやされてでも確認するべきだ。

映一はトレーラーのドアを叩いてみた。

「監督。起きてるんですかあ？」

もし本人が起きていたら確実に怒鳴り声が返ってくるところだが、返事があればよし、返事がなければ中に入る必要がある。

だがそんな心配をよそにトレーラーの中からは、

「おう、映一か」と、いくぶん間延びした声が返ってきた。

「いや、起きてるんならいいです」

「どうせ小森あたりから吹き込まれたんだろ。心配ついでに様子、見ていったらどうだ」

要は中に入って来い、と遠回しに命令されているのだ。逆らう訳にもいかず、映一はおずおずとトレーラーのドアを開けた。

壮観だった。

トレーラーの中の限られたスペースに所狭しと絵コンテが並べられている。壁、床、そして机の上と、ほとんど隙間なく配置されていて足の踏み場にも困るほどだった。

ふとその中の一枚に目が釘づけとなった。

三つ目の殺人現場のシーン。三角公園で男児の死体がロングで捉えられるカット。その死体が次第にアップになるよう矢印で指示がされている。まだ朝陽の昇る前、東雲《しののめ》色の下に色を喪《な》くした肉体のパーツがこれ見よがしに陳列されている。周囲の色彩が豊富であるのに、死体のそれは意図的に淡く色数が少ない。パステルで描かれたものだが、その色彩の対比が見る者に与える衝撃度は大きい。眺めていると心の温度が下がってくるような気がする。

隣の絵コンテに視線を移すと、それは四つ目の殺人シーンだった。このシーンは原作では敢えて省略していた部分を映像化している。遠目に人家の明かりが明滅している中、車椅子ごと被害者が炎上している。カメラワークの指定はないが、その画自体におぞましい訴求力がある。背景を淡く、主体を鮮やかな赤に染めることで、隣の絵とは真逆に業火の熱が皮膚にまで伝わってくる。

大森は背を丸めて新しい絵コンテに手を入れている最中だった。血の色をした夕陽を背に受けて頭を垂れる古手川と、それを見下ろす渡瀬の遠景。大森はそれらの輪郭を丁寧に、しかし躊躇なく描いていく。

大森の絵コンテはそれ自体が一個の作品だという者がいる。写実性とは程遠く一見ラフ画のようだが、色彩と遠近感で見る者を摑んで離さない。カメラを覗く前に、具体的な場面がそれこそ人物配置や露光具合に至るまで完璧に脳内で展開しているのだ。実際、フィルムになったものを観ると、絵コンテの雰囲気がそのまま実体化していることが多い。

そして、その画からは大森の執念が横溢《おういつ》している。このイメージを何としてもフィルムに焼きつけずにはおられない——そんな妄執《もうしゆう》めいた情熱が迫ってくる。

思わず溜息が出た。

「六車の野郎がよ」

大森は背を向けたまま口を開いた。

「脚本を書き直したもんだから絵コンテも変更だ。尺が減るのに仕事は増えた」

素っ気ない口調だが悪意はみじんも感じられない。むしろ新たな絵コンテ描きを嬉々として愉しんでいる風だ。

「何だか……鬼気迫るって感じですね。この二つのシーンだけでもR—15は必至ですよ」

「そうなったらそうなったで構わん。どうせ、最初っから子供向けにしようなんてこれっぽっちも考えてない」

大森は手を休めることなく話し続ける。

「ホラーでもないのに、ですか」

「ホラーじゃないから余計に残酷描写が必要なんだ。映一よ。最近、この映画みたいにやたら鬼畜みたいな犯罪が増えただろ」

「ええ」

「実際はそうじゃない。今は派手な事件が起きるとすぐに報道されるから目立っているだけで、こういう猟奇事件は戦争前も戦争後も一定の割合で起きていた。津山《つやま》三十人殺しがいい例だ。人間てのはな、いつの世でも残酷なものなんだ。ところが今の世の中はそれを認めようとしない。自分だけは違うんだと必死に言い繕っている。兇悪犯をさも人非人《にんぴにん》のように論《あげつら》うのはその一端だ。俺はな、そういう自分だけは善人でございますって顔をしている奴らにひと泡吹かせてやりたいんだ。ヒトという生き物がどれだけ残虐になれるのかをとことん見せつけてやりたいんだ」

　映一は大森の言葉をそのまま鵜呑みにはしなかった。前作で大森は生命の崇高さと、それを守ろうとする医療従事者の情熱を描いてみせた。残酷さと崇高さ。どちらも人間の本質であり、どちらか片方だけ取り上げるのを大森は良しとしないのだ。

「これ、絵コンテ集にしても売れますよ、絶対」

「ふん。五社もそんなこと言ってたがな。こんなもの商品じゃない。クランク・アップした途端にゴミになるんだ」

「じゃあ、どうせゴミになるんだったら俺にください」

「駄目だ」

「何でですか」

「俺の画は俺のものだ。お前の画はお前のものだ。見習ったり真似するものじゃない」

　大森には似つかわしくない、諭すような物言いだった。

「将来、自分の名前でシャシンを撮る気はあるか」

「……あります」

「だったら尚更だ。折角撮ったものが大森のエピゴーネンだとか言われてもつまらんだろう。第一、他人のシャシンに似たものを撮るなんざ、他人の人生を生きるようなもんだ」

映一は言葉を失う。今の大森から語られる人生という言葉は、ひどく切実で近寄りがたい響きがある。

「映画ってのは恐ろしいもんでな。そいつが本気で作ったのか、そうでないのか、観る奴が観れば分かっちまう。言い換えると、そいつが何を考え、どんな人生を歩いて来たかまでフィルムに焼きついている。純文路線だろうがエンタメ路線であろうが、そいつは一緒だ。だから映画を撮ることは、そいつ自身の生きた記録を撮ることでもある」

「作家性のことを言ってるんですか」

「はん！　そんな大仰なものじゃないさ。ただ、その時々で楽天的だったり悲観的だったり、そういう気分は如実に反映するよな。もちろんストレートな形とは限らんが。まあ、それだって俺の考え違いだという可能性がある」

ひと区切りついたのだろう。大森はようやく机から顔を上げて映一を見た。

「こいつは自信をもって言えるが、俺は多分給料取りにはなれん。自分で商売することも田畑を耕すことも魚を獲ることもできん。ゼニ勘定がまともにできた例《ためし》はないし、茶漬け以外のものを作ることも掃除洗濯もできん。世間で言うところの生活無能力者だな。だがたった一つ、映画を撮ることだけはできる。できることが一つきりしかないから、話は単純だ。大森宗俊は今この瞬間に映画を撮っているのか。そしてその映画は大森宗俊のものであるかどうか。それだけが俺を評価する基準だ。だから、こんな死にぞこないの身体

「でも……」

最後まで言葉は続かなかった。

大森は激しく咳き込んだ。しばらく咳《せ》く。しかし止まらない。大森は再び身体を丸めて机に突っ伏す。

「監督！」

映一が駆け寄ると、大森は机の抽斗《ひきだし》からピルケースを取り出した。

「水、くれ」

傍らにあったペットボトルからカップに水を移す。それを手渡すと、大森は苦しそうにえづきながら喉の奥に流し込んだ。

「監督」

「……ああ、いい。……治まった」

「病院へ」

「誰が行くか。病院は大っ嫌いだ」

「そんな子供みたいなことを」

「今、入院したら……当分出て来られなくなる。撮影は……ストップしちまう」

「だけど」

「さっきも言ったよな……。現場でメガホン握っているのが大森宗俊だ……。病院のベッ

ド で……うんうん唸ってるのは大森宗俊じゃない。……ただの肺病みの死にぞこないだ」

気息奄々《きそくえんえん》だが凜とした口調で、映一は口を差し挟むことができない。

大森は天を仰いで浅い呼吸を繰り返す。するとようやく人心地がついたのか、いくぶん穏やかな顔をこちらに向けた。

「恐らく、これが大森宗俊の遺作になる。だから、この一本に俺の映画人生の全てを叩き込む。遺作がデビュー作や代表作より見劣りしたらカッコ悪いだろ？」

映一は胸が詰まった。今まで大森はインタビューの度に「最高傑作は次回作」と嘯いていた。しかし、その言葉を吐くことはもうできないのだ。

「俺は、監督が無理や無茶をしないよう監視しろと言われてます。でも、それはきっと現場の人間全員がそう思っている」

「無理や無茶をやらない人間にどんな意味があるって言うんだ。映画を撮ることしかできない男の死に場所は現場でしかない。ずいぶん前からそう決めたんだ。だから、せめて好きなようにやらせろ」

「い、今までだって好き放題やってきたじゃないですか」

「そうだったか？　じゃあ今まで以上に暴君として振る舞うから覚悟しておけ」

大森はそう言うと、再び絵コンテに向かい始めた。

しゅうつ。

しゅうっ。

パステルを引く音が耳に届く。病床の上で小さくなったと感じたはずの大森の背中が、この時ばかりは異様に大きく見えた。

雄弁過ぎるほどに背中が語っている。

仕事に一生を賭けるとはどういうことなのか。

本気とはどういうことなのか。

慣れ親しんだはずの背中に畏怖を覚え、映一はそっとトレーラーの外に出た。

しゅうっ。

星一つない空の下、夜のしじまにパステルの音だけが洩れ聞こえる。

映一はせめて大森の生命力がクランク・アップ、いや、映画公開の日以降まで持ち堪《こた》えてくれるようにと祈った。

このまま何のアクシデントも起きてくれるな——。

だが、その願いも空しくアクシデントは起きた。

翌朝、一台のトレーラーから死体が発見されたのだ。

四 クランク・アップ

1

トレーラーがずらりと並ぶ中、その右端が吉崎の寝泊まりするものだった。本来、スタッフは一台のトレーラーに二人から四人が同居するが、吉崎は帝都テレビの威光を最大限利用して自分専用のトレーラーを確保することに成功していた。吉崎としてはそれが自身の存在価値を証明することだったらしいが、他のスタッフには逆に価値のなさを証明する結果になった。

そういう理由で、撮影五分前になっても吉崎が姿を現さないと知れた時、進んで呼びに行こうとする者は誰もいなかった。サード助監督の苫篠ですらすぐさま拒否反応を示したくらいだ。そしてこういう際は決まって映一が駆り出されることになっている。

「チーフ？　起きてますかあ」

返事はない。ドアは鍵が掛かっていない。

「開けますよー」

ドアを開けた瞬間にその光景が目に飛び込んできた。

吉崎は仰向けになって倒れていた。胸には登山ナイフが深々と突き刺さっている。

何かの冗談でないことは顔色で分かった。もはや生き物であることをやめた顔色だった。

それでも反射的に屈んで状態を確認した。

息は止まっていた。

心臓も停止していた。

映一は短く叫ぶと、その場に硬直した。日頃賢次から現場《げんじょう》保存という言葉を聞いていなかったら、無闇矢鱈《むやみやたら》に現場を荒らしていたかも知れない。とにかく何にも手を触れないようにしてトレーラーを出た。

現場で待っていたスタッフに事実を告げると、次に小森と土居が吉崎の死を確認して通報した。直ちに所轄の八王子署からパトカー数台が到着し、辺りは物々しい雰囲気に包まれた。曽根やマキの時のような事故ではなく、れっきとした殺人事件なのだ。捜査員たちの発散する緊張感も前とは比べものにならなかった。

「発見者はあなたですか」

強行犯係の仁熊《にくま》と名乗る刑事にあらましを説明すると、映一は賢次の名前を出した。後になって話がこじれるより、最初にこちらのカードを開いておいた方がいいと判断したからだ。

「何だ。警視庁のお身内か」

事情を聞くなり仁熊は落胆した風だった。

「今の話を聞く限り、警視庁が捜査本部を立てることになりそうだな」

警視庁との捜査になった場合、その捜査本部を維持する費用は全て所轄が捻出しなければならない――賢次の教えてくれたことを不意に思い出し、仁熊の渋面に納得がいった。

しばらく仁熊と話していると、予想通り賢次が駆けつけて来た。

「おい、兄貴」

映一を見つけた時から、その顔は憤懣やる方ないといった風だった。

「とうとうやってくれたな。こんな正式な形で関与したくなかったのに」

「あのな。別に俺が殺《や》った訳じゃない」

「それにしたって兄貴なりに予防の仕方もあっただろう」

「一般市民にそんな能力があったら警察なんて要らないじゃないか」

憎まれ口を叩くと、賢次はこれ見よがしに溜息を吐いた。

「おまけに今度は死体の第一発見者だって？　どんだけ出たがりなんだよ。あんた裏方なんだろ」

「放っとけ」

「とにかく事情聴取だ。八王子署まで同行してもらうよ」

その時、映一の背後から声がした。

「ちょおっと待ってくれないか」

賢次は凝然としてその人物を見た。

「大森監督……！」

「映一からかねがね話は聞いてる。弟さんだってな」

「は、初めまして。宮藤賢次と申します」

その瞬間、賢次は刑事からいち映画ファンに戻っていた。

「俺の現場でとんでもない不祥事が起きちまった。死んだ吉崎はもちろん現場のみんな、そして警察にまで迷惑をかけることになった。本当に申し訳ない」

車椅子の上から深々と頭を下げる大森を見て、賢次は慌てて首を振った。

「やめてください。事件は監督の責任じゃないでしょう」

「そう言ってくれるのは有難いが、こんな郊外の廃車工場で、死体はトレーラーの中で発見されている。信じたくはないが、どうしたって身内の犯行である可能性が高い。俺の組からそういう奴を出したのなら、やっぱりそれは俺の責任だ」

賢次は押し黙る。大森の理屈は素人考えながら間違ってはいない。

映一もまた黙り込む。身内の犯罪——曽根の事故からずっと頭を過《よぎ》ってきた問題がここに至って最悪の結果を生んだ。もう、昨日までと同じ目で仲間を見ることはできない。不謹慎の誹りは免れないが吉崎の死よりもその事実の方が悩ましいのかも知れない。

「ウチの連中から話を聞くんだろう」

「ええ。申し訳ありませんが」

「連中には協力を惜しまないように言っておく。だから事情聴取も何とか早めに済ましちゃもらえないかな。一日でも撮影が延びると痛いんだ。虫のいい話で悪いと思うが」

「最大限、努力します」

賢次はほとんど直立不動しそうな勢いで答える。畏敬の念を抱いていた人物から頼みごとをされたらそうならざるを得ないだろう。

「これだから身内の事件は嫌なんだよなあ」

そう言いながら、賢次の口元は緩みきっている。

「そんなに嫌なら担当替えてもらえばいいじゃないか」

「馬鹿言うなよ。この事件には最初っから首突っ込んでるんだ。今更引き下がれるか」

吉崎専用のものを含め、全てのトレーラーに鑑識が入っているため、映一はパトカーの中に連れ込まれた。狭い車内には二人の他は誰もいないので、兄弟としての話もできる。

「さすがに兄貴には他の刑事がつくと思うから先に最低限のことだけ確認しておく。まず、犯人に心当たりはあるか」

「死亡推定時刻はいつだ？　どうせ俺にもアリバイを確認するだろ。そのくらい教えてもらわなきゃ怪しい奴の絞り込みもできん」

「検視官の見立てでは昨夜午後十一時から十二時までの間らしい。凶器の登山ナイフで胸をひと突き、失血死だよ。真正面からの攻撃なのに抵抗した様子はほとんどない。だから顔見知りの犯行というのはこの点からも推測できる」

十一時から十二時までの間、映一はスケジュール調整に追われてトレーラーの中にいた。一緒にいた苫篠は既に寝入っていたので映一のアリバイを証明する者はいない。

一方、死亡推定時刻の十二時過ぎに外へ出ると、起きていたのは大森一人だけだった。

映一の泊まったトレーラーは吉崎のトレーラーから離れているので物音がしても気づかなかったかも知れない。しかし、大森のトレーラーには音が届いていた可能性がある。

「さっきも言ったが、被害者は抵抗らしい抵抗をしていない。だから言い争う声や物音が外に洩れなかったとしても不思議はない」

「ここまでは吉崎さんを殺すチャンスの話だ。だが、吉崎さんを殺す動機となると、皆目見当もつかないな」

「誰かから憎まれていた、ということはないのかい」

「そんな大層な感情もなかった。強いて言えば鬱陶しい、くらいのもんさ。その意味で被害者としてはひどく意外な人物だったな」

「意外？」

「つまりな。殺される人間には殺されるだけの存在感みたいなものがあるだろ。ところが吉崎さんは現場での印象が薄くてさ。いつも一人でメイキング・フィルム回しているだけだったからスタッフやキャストの誰とも接点がなかったんだ」

「殺される価値もなかったってことか」

「残酷な言い方だけどな。それに今、現場で殺人なんか起きてみろ。撮影の日程が延びてそれだけ予算が逼迫する。下手をしたら中止にもなりかねない。スタッフの中でそんなことを望んでいる奴は誰もいない」

ふむ、と賢次は少し考え込む。

「兄貴がスタッフさんたちを庇いたい気持ちは分かるけど、それでも状況は内部の犯行である可能性が強いよ。それに、これは経験則なんだけれど、他人を殺したいほどの気持ちは隠している人間が大部分だ」

賢次はトレーラーの並ぶ方向を指差した。

「今、被害者の持ち物やらパソコンの中身を検《あらた》めている。兄貴は被害者に関して殺されるだけの存在感がないと言ったけど、それは兄貴たちの見方が一面だけだからだ。人間てのは結構色んな面を持ってるものなんだぜ」

吉崎の殺人事件は今まで大森の動向を注視していたマスコミを昂奮の坩堝《るつぼ》に叩き込んだ。以前の二件の事故はこれによって故意によるものという見方がなされ、大森組を巡るマスコミ報道が一気に過熱したのだ。新聞、週刊誌、ワイドショーは争うように特集を組み、連日のごとく俎上《そじょう》に載せた。

その中でも特に熱を入れたのが帝都テレビだった。定番のワイドショーはもちろん、報道番組でも大きく取扱い、しかもそれとなく自社出費である映画の宣伝も忘れなかった。社員の死を悼《いた》む一方での宣伝広告は、映画の興行収益で稼ぐテレビ局の面目躍如とも言えた。

だが帝都テレビ以外は監督の大森と製作の五社に対して批判的な立場を示した。現場に不穏な動きがあったにも拘わらず、撮影を続行したことが今回の悲劇を招いたのではないかという論調だ。

さすがに車椅子の大森を名指しで非難することには自制力が働いたらしく、その舌鋒のほとんどは五社に向けられた。

映一はそのごく一部をニュース番組で目にしただけだが、たったの数秒間で今までのテレビ嫌いに拍車が掛かった。吉崎を殺した犯人でもないのに五社に対する詰問は一方的で、その上感情的だった。

曰く、撮影現場で殺人事件を発生させた責任をどう考えるのか。また社会的な責任をどう果たすつもりなのか。

曰く、今までの事故から今回の事件を予見することは可能だったのではないか。

曰く、それにも拘わらず撮影を続行したのは製作会社の利益至上主義の発露ではなかったのか。

曰く、こんな事件を起こしても尚、五社プロは映画製作を続行させるつもりなのか。大森の映画というのは果たして人命に優先するだけの価値があるのか。

曰く、そもそも東北の震災から人心の傷が癒えていない時期、『災厄の季節』などというタイトルを付けること自体が不謹慎極まりないのではないか――。

当事者として聞いているとはらわたの煮えくり返る思いだった。映画製作者としての五社は公的な立場にあるから私憤や個人的な反論は許されない。それを知悉《ちしつ》した上での揚げ足取りだ。不祥事が発生した場合、俗悪なマスコミが最初に食いつくのは、こうした発言を制限された公人であり、その図はまるで池に落ちた犬に石を投げる様に等しい。反論できない相手を罵るのは子供が見ても卑怯な振る舞いだったが、報道するレポーターやキャスターたちの顔はどれも正義感に酔い痴れていて一度も己を鏡に映そうとはしなかった。

また、マスコミの尻馬に乗る形で抗議に加わる者たちもいた。宝来兼人を代表とする〈障碍者の未来を考える会〉の面々だ。

『わたくしたちは以前より同製作委員会の製作意図には懐疑的でした。刑法三十九条や精神障碍者を面白おかしく扱う姿勢も然ることながら、わたくしたちの抗議に対する態度は不遜を越え、正に横暴極まりないものでした。そうした驕慢《きょうまん》が今回の事件を引き起こした遠因であるのは間違いのないことです』

宝来兼人の肩書が弁護士というのは何かの間違いだろうと映一は思った。カメラを前にして得々と語るその姿は弁護士というよりは、テントの中で観客に媚びる道化師にしか見えなかった。

ただ、少し頭を冷やしてみると腹立たしさとは別の面が見えてきた。いみじくも大森が語っていた人間の残酷さだ。人間が心底残忍になれるのは凶器を手にした時ではない。大義名分を手にした時だ。大義名分と己の正義を手中にした者は、誇らしげに人を刺す。それが刃でも言葉でも構わない。相手が言葉を持たぬ者でもかよわき者でも構わない。己を突き動かす熱情が冷めるまで延々と牙を剝き爪を立て続ける。

そして今更にして思い至った。大森が今度の映画で描きたかったのは、こうした「善人」たちが隠し持つ悪意に他ならないことを。『災厄の季節』の中に、市民たちが暴動を起こすシーンがある。閉塞空間で猟奇的な殺人が連続し、異様な緊張感に耐えられなくなった者たちが無能な警察に刃を向けるというものだ。善良が邪悪に、被害者が加害者に一転するにはほんの些細なきっかけで事足りる――脚本の中で最も刺激的なシークエンスの一つだが、一連の報道を見聞きしていると、それが全くの絵空事ではないことに気づかされる。ヒトという生き物の特性である残忍さ。大森はそれをサスペンスという寓話の中で観客に提示しようとしているのだ。

だが、こうしたマスコミの苛烈ともいえる洗礼を浴びながら、五社はスタッフやキャストたちの溜飲が下がるようなコメントを披露してくれた。

『現場で殺人事件が起きたことは確かに悲劇であり、わたしとしても慚愧《ざんき》に耐えません。しかし、世間様に対して恥じ入ることは何もありません。世間を騒がせたとあなた方は言うが、そちらが勝手に騒いでいるだけであって、視聴者の方々は半ば呆れ顔であなた方の醜態を眺めているんだ。道義的責任云々を仰《おつしや》るが、被害者でもない善意の第三者にあなた方は何の権利があって責任を追及されるのか理解に苦しむ。くだらない。あなた方は社会正義という錦の御旗の下で魔女狩りをしているだけではありませんか。もしわたしに責任があるとするならば、それは吉崎さんがやり残した仕事を完成させることだ。彼の遺志を引き継ぐことだけだ。だから視聴者の皆さんは、この作品が無事に完成することを祈っていて欲しい』

記者のインタビューに応えた形だったが、マスコミはこれを五社プロの正式コメントと捉え、より一層激烈な反応を示した。自分たちの批判に対して反省や恭順の意を示さないのはけしからん、という訳だ。

だが広告戦略に関しては彼らよりも五社に一日《いちじつ》の長があった。彼らが怒りに任せて騒げば騒ぐほど『災厄の季節』というタイトルが視聴者に浸透し、日を追って前評判が高くなった。「顰蹙《ひんしゅく》はカネを出してでも買え」という言葉があるが、こと今回の事件に関しては売られたものをそのまま買っただけであり、五社自身の労力は無きに等しい。

しかし一方で、警察の捜査に時間を割かれて撮影は遅々として進まなかった。いくら五社の裁量で宣伝効果が上がっても、本編が仕上がらなければまるで意味がない。

賢次がふらりと撮影所に現れたのは、ちょうどそんな時だった。

「どうだい、調子は」

「これがいいように見えるか。いったいいつまで事情聴取を続けるつもりだ。毎日五人ずつ持っていかれたんじゃ、まともに撮影できない」

「大声出すなよ。これでもお忍びのつもりなんだ」

「刑事が関係者の許にやって来て、何がお忍びだ」

「兄貴は二重の意味で関係者だからね。俺が直接会ったとなると色々面倒なんだ。分かるだろ、それくらい」

映一は賢次を小道具室に連れて行った。そこならあまり人目にはつかない。

「あー。そう言えばチーフ助監督に昇格したんだって？　おめでとう」

「ちっともめでたくなんかない」

映一は憮然として応える。

「吉崎さんがあんなことになったから繰り上がっただけの話だ。今更、平岡さんを参加させても浦島太郎だしな。どうせ吉崎さんのいた時から、あの人の仕事は全部こっちに回されたんだ。肩書変わってもやる事《こた》ぁ一緒だ」

正確に言えば全く同じという訳でもない。チーフ助監督に替わった途端、一挙に雑用が増えた。今までは遠慮がちにチーフの仕事を頼んでいた連中が、これ幸いとばかり堂々と押しつけてきたのだ。お蔭で撮影は進まないのに、身体だけは動かしているという日々が続いている。吉崎の撮っていたメイキングだけは小森が後を引き継いでくれることになったが、それでも全体の仕事量は間違いなく増えている。

「吉崎の別の一面が割れたよ」

賢次は静かに切り出した。

「別の一面?」

「この間、言っただろう。殺される人間にはそれ相応の理由があるって。鑑識がパソコンの履歴を洗っていて発見した。ほら、前に脚本の最終稿とかシーンの一部が動画サイトに投稿された件があっただろう。吉崎のパソコンからその痕跡が見つかった。投稿していたのは奴だったよ」

「そうか……」

「鑑識の話だと今年の初めに出た最新鋭のパソコンで、記録が全部残っていた。恐らく現場で取り込んだ画像をいち早く投稿したんだろうな」

映一は生前の吉崎に思いを馳せる。帝都テレビで順風満帆に出世し続けたものの、大森組では完全に無視されていた。その鬱屈した気持ちが一種の破壊衝動に向かったとしても不思議はない。

「どう思う？　やっぱり腹いせだったのかな」

「俺としては匿名での宣伝活動だと思いたい。確かに腹に据えかねることはあっただろうから半分は嫌がらせなんだろうが、後の半分は草の根のＣＭで盛り上げようとしたんじゃないかな」

「そう言や兄貴は昔っから性善説だったな……刑事にならなくて正解だったな」

「お前だってそうだったじゃないか」

「こんな商売をしていると、どうしたって性悪説に傾くよ。現に吉崎の暗黒面も証明されたしな。兄貴は受けつけないだろうけど、もしも吉崎が動画投稿したことをスタッフの誰かが知ったとしたら、そいつは吉崎に対して何を考えると思う？」

「しかし、それは」

「大森監督は間違いなくカリスマだよ。この前、直接言葉を交わして確信した。あの人の映画を完成させるためなら我が身を犠牲にしても構わないって人間は何人もいるんだろうな。そういう人間なら吉崎のしたことを妨害行為と見做すだろう。そして決して許そうとはしない」

賢次は敢えて感情を殺した声で言う。映一には反論の余地がない。大森の人となりを知り、スタッフの面々を知るがゆえに賢次の言葉が実感を伴って胸を刺す。

「殺人の動機は様々だけど煎じ詰めればカネと愛憎と狂気だ。この場合は愛憎の変格といったところかな。それに、そういう見方をするのは俺だけじゃない。一課の人間で同じ感触を得ている刑事もいる。その観点からすれば兄貴は依然、立派な容疑者の一人だ」

「俺たちはオヤジに映画を撮らせたいだけなのに」

「思うんだけどさ、兄貴。やっぱり大森監督にとって日本のマーケットというのは狭いんじゃないか。テレビ局の思惑と成熟していない観客層。弾ける寸前の邦画バブル。そんな中でいち監督が我を通そうとしたら軋轢《あつれき》が生まれるのはむしろ当然だ。元々、日本という国が天才を認めて奨励する国じゃないからね。この国は平凡が大好きだ。何よりも協調性を重んじ、枠を作りたがり、その枠からはみ出しそうな人間を無理やり押し込めようとする。それでも突出してしまった人間は努めて無視しようとする。どうせ自分とは違う種類の人間だってね。所詮、大森監督みたいな人間は住みにくい世界なんだよ。そして住みにくい世界だから、大森監督を愛する人たちはどこかで無理や無茶を通そうとする」

「それを聞くと、とても犯人を責める気にはなれんな」

賢次は黙っている。

「お前は刑事だから、やっぱりそいつを責めるか」

「都合の悪いことに兄貴と同様、そいつの気持ちも分かる。だけど俺の立場じゃ言えないことだってあるさ」

「教えろよ。捜査本部じゃ、いったい誰を疑っているんだ」

「そんなことを関係者に話すと思うか」

「話せよ。鑑識結果で何か出たのか」

「目新しいことは何も。殺害現場のトレーラーは吉崎一人が寝泊まりしていたが、小道具類の置き場所でもあったから日中に他のスタッフも出入りしている。彼らが靴の裏で色んなものを運び入れているから、吉崎以外の毛髪も多数検出されている。ただし車椅子の痕はない」

「つまりオヤジは除外しているんだな」

「動機はあるが、あの身体で殺人を行うには無理がある」

「それじゃあ誰だ」

「まだ誰か一人を特定した訳じゃない。凶器のナイフからは綺麗に指紋が拭き取られていた。トレーラーは二人から四人が同居していて相互にアリバイを補完する格好になっているが、全員が寝静まった後で抜け出れば気づかれなかった可能性もある。あの日は全員が疲れて、深夜十二時になる前には寝入ったと証言している。だから死亡推定時刻に起きていたのは兄貴と大森監督だけだが、それだけで容疑者を絞り込むのは困難なんだよ。おまけにナイフは死体に突き立てられたままだったから犯人が返り血を浴びた可能性も小さい。念のために全スタッフとキャストの衣類と撮影用衣装を鑑識にかけたが、血痕の付着は認められなかった」

「だったら俺が重要参考人じゃないってことだな」

「その言い方も違う。大森監督を除く全ての関係者が等しく重要参考人なんだよ」

2

シーン85、市民による警察署襲撃シーン。全編を通して最も派手な、そして最も細心の注意を払うべきアクション場面だ。一シーン当たりのカット数も突出して多く、エキストラを含めれば出演者は五十人以上に上る。どこかの警察署を借りることができればそれに越したことはないが、そんなことを許可する警察署があるはずもなく撮影はスタジオにセットを組むことになる。

この日、一番緊張していたのはやはり主演の竹脇だった。一階から三階まで狂気に駆られた市民の攻撃をかわしながら移動していく。技斗《ぎとう》では攻めるよりも防ぐ方の段取りが難しい。刃を受ける、切っ先を逸らす。どれも紙一重の所作がリアリティに直結しているので一瞬も気を抜けない。

だが竹脇が緊張している理由は他にもある。スタッフ一同の疲労度合いだ。

結局、警察の事情聴取は一週間に亘《わた》った。その間、呼び出されていたスタッフの仕事は中断する訳だが、予算の都合で撮影の延期はできないからすぐに遅れた分を取り返さなければならない。すると当然のように徹夜仕事になる。逼迫したスケジュールの中で休憩日は設定されていない。疲労は蓄積されるが回復させる余裕がない。

かくしてスタッフ全員が疲労困憊の状態で今回の撮影に臨むこととなった。相応の重量を持つ角材やバール、ゴルフクラブといった武器が飛び交う上に、足場が不安定な階段を後ろ向きに昇っていくシーンだ。スタッフがそんな様子では保安体制に不安が残る。演じる竹脇の緊張は見ているこちらにも伝わってくる。

見かねて映一は大森に耳打ちする。

「監督、いいんですか」

「何が」

「竹脇さん、完全にビビってます。撮影してヤバくないですか」

「あれくらい緊張していてちょうどいい。普段は鉄壁の城塞であると信じている警察署に市民が押し掛けるんだ。極度にピリピリしている方が自然だ」

大森の理屈は常識で計れば間違っている。

だが現場の判断としては正しい。

「みんなに余裕がないのは承知の上だ。しかしな。余裕があればいいってもんじゃない。大抵のミスはそういう時に起きる。逆に余裕のない時には気が張ってるから集中力が研ぎ澄まされる」

それは映一にも理解できた。準備に余念のないスタッフたちは疲れた顔をしているが目は死んでいない。いや、いつもよりも鋭いくらいだ。

「ただし、そんな集中力が長時間続く訳もない。普段より疲れているなら尚更だ。だからテイクを繰り返す度に精度が落ちていく。こういう時には一発テイクでないと意味がない」

大森は誰にともなく言う。分かっている。これは大森自身への警告だ。スタッフたちが陥っているのは単なる疲労だが、大森は病魔に蝕まれている。

病状というのは毎日見ていると、その進行に気づきにくいものなのだが、大森の場合はそれが顕著だった。まず声の擦れ方がひどい。怒鳴る度に語尾から掻き消えていく。そして身体からどんどん肉が削げ落ちていく。オールスタッフの際にはわずかに余っていた頬肉も今は既になく、逆に窪みができている。

本人は矍鑠《かくしやく》と振る舞ってはいるものの、肉体の衰えを隠しきることはできない。スタッフの誰一人として口にしないが、大森の背中には始終死神が付き纏っており、その呼吸が途切れる瞬間を今か今かと待ち構えている。

映画監督は見た目ほど優雅な仕事ではない。むしろ現場のどの仕事よりも激務だ。役者の演技は言うに及ばず、脚本の内容、照明の当て方、各々のカットのショットサイズ、衣装の選定、果ては小道具まで全てのチェックを行う。当然そこには予算と期間の縛りがあり、更にスタッフ同士キャスト同士の軋轢を回避しながら撮影を進めるという人心掌握術も求められている。神経的な疲労度もそうだが、体力が人並以上でなければ務まるものではない。それを大森は車椅子の身の上でこなしている。

一発テイクが必要なのは誰よりも大森なのだ。そしてスタッフが普段にも増して緊張しているのは、そのことを知っているからに他ならない。

映一がチーフ助監督に繰り上がったため自動的に苫篠がセカンドに昇格したが、今更誰かがサードに滑り込むという人事もなく、結局は演出部の雑用を二人でこなしていくことになる。

シーン85は徹頭徹尾アクションシーンで貫かれている。所轄署の四階に設置されている捜査本部に向かって群衆が押し寄せる。古手川刑事に扮する竹脇が傷を負いながらじりじりと階上に追い詰められていき、狂気の本質をアクションだけで描写する。

セットとは言え、大人《おとな》数人分の体重を支えなければならないので階段はコンクリートとまではいかなくとも相応の堅固さが必要になる。すると当然、その堅固さから身を護るため階下には緩衝用のクッションが置かれる。

また五十人にも及ぶエキストラたちが勝手気儘に動いたのでは収拾がつかないので、各人に行動表を渡して最終チェックをかける。エキストラの中には何とか一秒でも多くフィルムに収まろうとする不届き者がいるので、各々の動きを逐一本人たちと確認しなくてはいけない。

これだけの作業を苫篠と終えた後、ようやく撮影が開始された。

「シーン85、本番行きまあすっ」

「ヨーイ……」

大森の声でフィルムが回り始め、それと同時に苫篠のカチンコがフレームの中に出される。

「スタート！」

カチンコが叩かれ、その音を合図に役者たちが一斉に動き出す。

『責任者を出せえっ』

『サイコどものリストを寄越せえっ』

『皆さん、どうぞ落ち着いて！　落ち着いて』

『落ち着けたあ、どういう了見だ手前ェ。こっちは自分の生き死にが懸かってるんだぞ。

落ち着いてなんかいられるかあっ』

小森のカメラは群衆をバストショットで捉えて、そのままパン。別のカメラは竹脇の横顔をアップで、そしてもう一台のカメラがクレーンからフロア全体を俯瞰している。

『貴様たちに任せてたらいつまで経っても埒が明かねえ。現にもう四人も殺されたじゃないか』

『犯人が捕まってもどうせ頭がおかしいとかの理由で無罪になるに決まってる。犯人を捕まえられず、捕まえても有罪にできない警察に俺たちを止める資格があるかあっ』

そして最前列の男が一際、大きな声を上げる。

『四階だ。四階の捜査本部に上がれ！』

『ここを通せっ』

『どけよ、この野郎っ』

怒号はますます激しくなり、ジュラルミンの盾を素手で押し返す者も出てくる。警察側は一枚の盾を二人がかりで支えてこれに対抗する。

「よし。双方とも増員」

大森の言葉に反応して映一が合図を送る。すると二階から警官が、玄関から群衆が応援に駆けつける。ただし玄関から流れ込んでくる人数の方が圧倒的に多く、バリケードはじわじわと後退していく。

この場面が三台のカメラにそれぞれどう映っているのか。昨今のテレビ上がりの監督であれば三台のビジコンモニターと睨み合いをするところだが、大森はメインカメラの横にでんと構えて竹脇とエキストラたちの演技を注視している。

「群衆の攻撃開始」

また大森の言葉を合図で伝える。

群衆側のエキストラたちは手にした武器を盾に向かって振るい始める。鉄パイプ、金槌《かなづち》、スパナ、バールといった工具類。それから金属バットやゴルフクラブ。準備段階ではフェイクの使用も検討されたが、それでは演技力の乏しいエキストラたちの緊張感を引き出せないとして大森は実物の使用を主張して譲らなかった。そして本番に臨んでいる今、映一は大森の判断が正しかったことを知る。

充分に殺傷能力のある武器を手にしたことでエキストラたちは極度に緊張し、それが傍目からは正気を失くしかけているように見える。また竹脇の方も武器が本物であることを知っているので、本気で恐怖している。普通に眺めていても両者の緊迫感は肌を刺すほどに伝わってくる。これがクローズ・アップやカット割りなどで編集されたら、いったいどれだけ吸引力のある画になるのか。

「群衆、攻撃を強めろ」

群衆側のエキストラが武器で盾を叩き始めた。音は思いのほか軽い。これは実際の拳銃でも発射音が意外に軽いのと同様だ。だからダビングの際には特殊効果としてもっと派手で、それらしく聞こえる音を挿入する。

実際、撮影現場では台詞の明瞭な録音を主目的にしているため、周囲の雑音はカットされる傾向にある。カットされた雑音はダビング時に付加されるのだが、そこに演出効果が加わる。例えば『大殺陣』という時代劇では乱闘シーンに安保闘争の頃、学生たちと警官隊との間に交された怒号が使用されたことがあるが、これなどは格好のケースだろう。

「警官B、脱落」

警官役の俳優が膝を屈し、盾の一角が崩れ落ちる。すると、それをきっかけとして群衆が一気に押し寄せる。

群衆の一人から打ち下ろされるゴルフクラブ。それをすんでのところで警官Cがかわし、相手の肩に警棒で一撃を加える。さすがにこの警棒だけはゴム製だ。だが、それでも相当の衝撃だったのだろう。叩かれたエキストラは表情を歪めて倒れ伏した。

映一の合図で両者は一瞬、動きを止める。

『やりやがった!』

『殴りやがった!』

『お巡りが俺たちを殴ったぞ!』

怒りの声と共に群衆が雪崩《なだれ》打つ。

『やっちまええっ』

『殺せええっ』

戦線は一気に後退し始めた。縦方向に繰り出されていたバットや角材が横向きに飛んでくる。応戦一方を強いられる警官隊の真上から、人垣をよじ登ってきた男が飛び掛かる。前と上からの圧力で呆気なくバリケードが崩れる。

そして群衆の後方からフェイクの石が放たれ、竹脇のこめかみに命中する。

よし、タイミングは全て合っている——。

「カット！」

大森のひと声で、ふっと現場の空気が弛緩した。すかさずメイク担当の端春たちが警官役の役者たちに擦り傷や打撲傷のメイクを施す。竹脇のこめかみにも拳大の痣《あざ》と流血が描かれる。

一触即発の緊張感は緩んだものの、両者の間には澱にも似た憎悪が漂っている。それも当然だ。演技とはいえ、警官役は一方的に殴られても専守防衛を強いられている。恐らく感情の表層下では群衆エキストラに対して反感が醸成されている。

これも大森の演技手法の一つだった。意識するしないに拘わらず、相手に対する反感が迫真の演技を生む。

撮影再開。小森のカメラは竹脇のフルショット（全身）を捉えている。

「スタート！」

竹脇は人波に押されるようにして階段を後ろ向きに上がる。その背中を待ち構えていた援軍の一人が支える。

『大丈夫ですか！　額から血が』

竹脇は唇の端を歪め、情けなさそうに親指を立てる。

映一は思わず見惚れた。少しも向こう受けのする顔ではない。女性ファンからはブーイングの出そうなカットだが、しかしそれがいい。古手川というキャラクターの幼稚さとタフさがちょうど良い具合に調合されている。

上手くなったな、と素直に思えた。撮影当初は「竹脇裕也」を演じることに腐心していた竹脇が、今は六車と大森の意図するキャラクターを立派に体現している。

一段また一段と竹脇たちは階上へ後退していく。カメラは竹脇の足元アップと俯瞰でその様子を撮っていく。撮影助手は手持ちカメラで群衆エキストラたちの憤怒の顔をゾンビの襲撃シーンよろしくバストショットで収めていく。

「古手川、負傷」

左の爪先に鉄パイプが炸裂し、竹脇は天を仰いで苦悶の表情を浮かべる。このカットの直前には爪先が破砕される画が挿入されるはずだ。

次の瞬間、竹脇は野獣のように雄叫びを上げて盾を突き返した。盾にへばりついていたエキストラは悲鳴を上げながら階段を転げ、床に敷かれていたマットに落ちた。

それで群衆側の攻撃に火が点いた。

竹脇の真正面から金属バットの先が飛んできた。堪らず竹脇は後方に倒れる。双方とも殺気立ってはいるが殺陣《たて》の流れは段取り通りだ。

『古手川さんっ』

所轄の刑事Aが盾をもぎ取ると、竹脇の身体を背後に押し戻す。

『何を……』

『もう下がってろっ。あんた血だらけなんだぞ。これ以上、本部の人間に助けられたら所轄の名折れだ！』

「よおおし、カット！」

大森の濁声《だみごえ》が響く。

いい具合だ。ここまで全て一発テイクで進行している。映一は日々スケを繰りながら撮影の終わった部分に赤いバッテンを書き加えていく。

スタッフとキャストは二階フロアのセットに移動した。

既に竹脇の頭はメイクによって鳥の巣のようになり、ジャケットも脇の継ぎ目があらかた破られている。肩で息をしているのは演技でも何でもなく、リハーサルを含めて三十分以上に及ぶ乱闘シーンを続けていれば息切れも当然だった。そして、それを竹脇のみに課しているのも演出の一つだ。

だが疲弊しきっているのは竹脇だけではなかった。大森もまた己の限界と闘っている。周囲に気取《けど》られまいとしているが、通常の呼吸も不規則でカットのひと言を発するにも肺中の空気を振り絞っているのが分かる。

「スタート」

流血のメイクを施して竹脇は最前線に立っていた。手にした盾に容赦なく角材と金属バットの雨が降り注ぐ。竹脇にはもう盾を押し返すだけの体力は残っていない。持ち堪えるのがやっとだ。

上背のあるエキストラがバットを大きく振り被る。それを避けようとして竹脇が盾を掲げると足元に隙が生じる。

その無防備状態となった左足にバットが振り下ろされた。ここは後で、すっかり形の崩れた爪先のアップを挿入する。

再び竹脇は激痛に叫ぶ。これもまた全くの演技ではない。先刻もフェイクの鉄パイプとは言え、したたかに強打されているのだ。同じ場所を打たれて痛くないはずがない。

国民的アイドルをまるで大部屋役者のような扱いだが、これは元々竹脇からの提案だった。演技が稚拙なら、演技しなければいいだけの話だ——それは直訴に近いもので、どうせやるなら本物を使えとまで主張する本人を、マネージャーが必死の形相で思い留まらせたのだ。

竹脇の左の靴からは予め仕込んでおいた血が滴り落ちている。疲労と激痛で口は惚《ほう》けたように半開きになっている。

そこで竹脇は胸ポケットから携帯電話を取り出す。乱闘中に優衣演じる有働さゆりから救難要請を受ける設定だ。

『……分かりました。すぐに向かいます。だから有働さん、そちらも決して彼らを玄関に入れないでください。家の中でも必ず護身用の武器になる物を携帯して。勝雄くんを確保したら直行しますから』

そして苦痛に顔を顰めながらよろよろと立ち上がる。

立ち上がった竹脇は退路を断たれていることを知り、愕然とする。そして逡巡《しゅんじゅん》した挙句、今度は自分から渡瀬に電話を掛ける。この一連のシークエンスは竹脇のアップに終始する。表情だけで内心の脆弱《ぜいじゃく》さと憤り、そして未熟な正義感を表出しなければならない。

『……人を護る。そういう仕事だから俺たちは国から手錠と拳銃を与えられているんじゃないですか？　それなのに、その力を行使しないなんて、今この時にも危険に晒されている人間を護れず指を咥えて見ているだけなんて、そんな馬鹿な話があるかあっ』

映一は上手い、と叫びそうになった。男が見ても吸引力のある貌《かお》だ。

きっと演技なるものに開眼したのだろう。もっぱら演出する側でしかない映一に役者の内面など測りようもなかったが、間違いなく竹脇はこの映画を通して著しく成長している。役者にはそれぞれターニングポイントとなる作品が存在するものだが、竹脇にとってのそれが『災厄の季節』になるであろうことは疑問の余地がなかった。

『……俺は行かなきゃならないんです。俺以外にあの二人を救える人間はいないから。あの人の息子を俺は救えなかった。だから残された二人はどうしても俺が救ってあげなきゃいけないんです。後生です、班長。俺を二人の許に向かわせてください』

竹脇を無視して切れる電話。竹脇は後悔と解放感を綯《な》い交《ま》ぜにして天を仰ぐ。その表情も絶妙だ。階下を見下ろして覚悟を決めたかのように頷くと、一歩前に踏み出した。

「よし。放水」

大森の合図を受けて大道具係が放水のスイッチを捻る。

たちまちセットの真上から大量の水が放射され、下にいた竹脇やエキストラたちはあっという間にびしょ濡れになる。

「カット」

そのひと言でスタジオは弛緩した空気に包まれた。終わったことへの安堵ではない。一度のＮＧもなく撮り終えられたことへの安堵だ。

思わず映一は大森に「お疲れ様です」と声を掛け、すぐにしまったと思った。このタイミングでそんなことを言えば怒鳴られるのがオチだ。

だが、大森からは何の反応もなかった。

項垂《うなだ》れて一度だけごふっと咳き込み、そのまま動かない。

はっとした。

膝の上に吐かれた痰《たん》に赤いものが混じっていた。

急いで大森の前に回り込んで腰を落とす。

「……監督?」

俯いた大森の顔は色を失っていた。

「監督っ」

「……うるせい……騒ぐな……」

やっと洩れてきた声は擦れて碌に聞き取れなかった。

「オヤジ!」

小森も慌てた様子で大森に駆け寄る。異変を感じ取り、キャストとスタッフがわらわらと集まって来た。

そして間もなく大森は病院に緊急搬送された。

搬送先の病院には映一と小森が付き添った。付き添いと言っても当の大森は即座に何処かに運ばれて行ったので、二人はただ待合室でうろうろと歩き回るばかりだった。

何気なく壁の案内板を見ると、その階には集中治療室の文字もある。

「小森さん、集中治療室って……」

「見るな、そんなもの」

そうこうするうちに医師がやって来た。五十がらみの男で太い眉と低い声が印象的だった。医師は須崎《すざき》と名乗った。

「あんたたちは患者の家族か」

「いえ。ご家族は後から……」

「よくもあんな風になるまで放っておいたものだ」

須崎は二人をじろりと睨《ね》めつける。

「手術が可能ならすぐにでも執刀したいところだが、検査を前にして本人が暴れ出してな」

「あ、暴れるって」

「宮藤映一というのは誰だ」

「お、俺、ですけど」

「患者が話をしたいそうだ。話が終わるまで麻酔もかけさせせんとえらい剣幕だ。いったい自分のことを何と考えておるのか」

須崎は映一にぐいと顔を近づけた。

「特別に許可するが一分で話を切り上げろ。さもなければ患者の生命は保証せんぞ」

「行ってこい」

小森の声が後押ししてくれた。映一は須崎に引っ張られるようにして大森の許に向かった。

病室には意外にも数人の看護師たちが待機していた。皆、部屋に入って来た映一を胡散《うさん》臭《くさ》げな目で見ている。

大森はベッドの上にいた。その口には酸素マスクが被せられていたが、こともあろうにこの患者はそれを看護師たちの目の前で剝ぎ取った。

「……来たか……」

やはり声はほとんど聞き取れない。映一は看護師たちの視線をものともせず、大森の口元に耳を寄せた。

「……現場は……どうだ」

「まだ、みんな残ってます」

「情けない……話だ……クランク・アップまでは……保たせる……つもりだったんだが」

「おい。患者をあまり喋らせるな！」

「監督、もう話は」

「死ぬのはな……別に構わねえんだ」

ぎょっとした。長い間一緒にいたが、大森の口から〈死〉という単語がはっきり告げられるのは初めてだった。

「尊敬してた先輩たちは先に逝った……あの世とやらで再会できたら本望だ。だから死ぬのは怖かない……怖いのは未完成の作品を遺すことだ」

目だけがくるりと映一の方を向いた。

「……千ちゃんも……いるんだろ……」

「待合室に、います」

「だったら……今から俺が言うことを……そのまんま伝えろ」

映一は更に耳を近づける。

「アレの……エンドマークを見なきゃ死にきれん。あと九シーン……だったな」

「はい」

「お前がやれ」

「え？」

一瞬、聞き間違いかと思った。

「残りは、お前が……メガホンを取るんだ……ずっと俺の隣にいたなら……俺がどう撮りたいか、分かってるはずだ……絵コンテだって、ある……」

「そ、そんな。無理ですよ、俺なんかに」

「無理でも、やれ」

病床にあっても、やはり大森は大森だった。問答無用の物言いに抗《あらが》う術はない。

「死にぞこないの頼み断ったら……七代祟るぞ……」

「それまでだ」

須崎が二人の間に割って入った。

「これ以上の会話は許可しない。外へ出ていろ」

「オヤジさんっ」

「人工呼吸器用意！」

看護師たちに押し戻されるようにして、映一は病室から出る。最後に視界の隅に捉えた大森は力尽きたように目を閉じていた。

3

しばらくすると眞澄夫人と五社が到着した。もしも大森が目覚めていれば小森や映一がいつまでもここに留まっていることを快く思うはずもない。後を眞澄夫人に託して映一たちは撮影所に戻ることにした。

五社と主だったスタッフに大森からの伝言を伝えると、皆は黙り込んだ。

この沈黙は大森が自分を選んだことへの不信感だろう——映一はそう決め込んでいたが、小森が最初に口にしたのは意外な言葉だった。

「キャスティングと同様、相変わらず人の配置は間違わないよな」

「そうだねえ」と、土居が相槌を打つ。「ま、オヤジにしてみたらちょうどいい機会だと思ったんじゃないの？　あの人、転んでも絶対ただじゃ起きない人だから。きっと救急車の中で思いついたんだよ」

「あの人はできる人間にできる仕事しかさせませんでしたからね」と、これは苫篠が口を挟む。

「オヤジのカット割が分かってる宮藤さんなら俺は文句ないっスよ」

「そうですね。宮藤さんなら反対する人はいないでしょう」

今度は六車が尻馬に乗る。

「俺は途中参加ですけど、宮藤さんていい意味でアクがないからとっつきやすいんですよね。上手く纏められると思います。元々一枚岩の集団ならこういう人選もありですよ」

「ちょ、ちょっと待って」

映一は慌てて割り込んだ。

「あの、もう何か既定路線みたいな話になってるんだけど、俺なんかでいいんですか」

「お前自身はどうなんだよ」

小森は窺うように声の調子を落とす。

「お、俺は」

「言っとくが、ここで尻尾巻いて逃げたら二度と大森組には戻って来れないと思えよ。オヤジが指名したんなら、それにアヤつける奴はいないんだからな。要はお前にその気があるかないかだけだ」

何やらヤクザの跡目相続のような話になってきた。

「そりゃあオヤジの命令なら絶対でしょうよ。でも、あの大森宗俊のシャシンを引き継ぐんですよ。まだチーフになったばかりの若造が。それがどれだけ無茶なことかはみんなも承知してるでしょう」

「まず、お前は二つ間違えてる。一つ、俺たちはお前ごときがオヤジのシャシンそのものを継承できるなんて大それたことは考えてない。だが、この中で誰かが代役を務めなきゃならないのならお前はよりベターな人材ってことだ。二つ、今更無茶とか言うな。大森組はいつだって無茶と無理を重ねてホンペンを作っている」

「で、宮藤さんはさ。監督やりたいの？　やりたくないの？」

六車は眉間に皺を寄せた。ここしばらくの付き合いで分かった。この男がこういう顔をするのは決まって相手を挑発する時だ。

「あのさ。これは脚本家の世界でも一緒なんだけどさ。どこにも大御所というのがいて、その下の中堅とかもいて、椅子の数は大体決まってるんだよ。新人なんてよっぽどの運がなきゃ座ることができない。不謹慎な話だけど、大御所が病気で途中退場した時こそ千載一遇のチャンス。それをみすみす見逃すなんてのはどうしようもない馬鹿だ」

「本当に不謹慎な話だな。しかし事実ではある」

頃合いを見計らったように五社が口を開いた。スタッフの意見もそれなりに貴重だが、製作者である五社の言葉には決定権がある。もしも、この事態を回避するとしたら五社が何かを言う前に告げなければならない。

「みんな他人事だと思って。じゃあ聞くけどシューベルトの〈未完成〉に曲を継ぎ足すのは真っ当ですか。ピカソの絵の上に重ね塗りするのは正しいことですか」

「そんなのは作者がみんな死んでいる場合じゃないか。縁起でもないことを言うな。第一、残りを撮り足せというのは本人の希望だろう」

「気分は同じだと言ってるんです。巨匠なんて呼ばれている監督のカットの後にど素人のカットが混じるんだ。見劣りして当然だし、そもそも作品全体をフイにしちまう。そんな真似できるもんですか」

「お前はそれで自分を卑下しているつもりか」

突然、五社は語気を強めた。

「オヤジの横で何年も演出を見ていた奴がど素人だと？　ふざけるな。日本で一番の監督の薫陶《くんとう》を受けている人間のどこがど素人だ。お前が自分を卑下するのはオヤジを冒瀆するのと一緒なんだぞ」

「でも」

「でもクソもあるか。撮影途中で監督を代われと言わざるを得なかったオヤジの気持ちを少しは考えろ。あの負けず嫌いで完璧主義の男が、何を思ってお前に後を託したか。確かに責任は重い。このホンペンが完成しなきゃオヤジの経歴に傷がつく。わたしを含め、信用と財産を失くす者もいる。しかしな、責任の重い仕事をしない奴はいつまで経っても自分を越えられない」

五社は映一の両肩を摑んだ。とても七十過ぎの男の握力とは思えないほど、爪の先が深く食い込んだ。

「ここに並んだスタッフたちを見ろ。みんなオヤジの息子や娘たちだ。彼らがただ黙ってお前の見当外れな演出を見逃すと思うか」

つまり三十人近くのサポーターたちが、失敗には情け容赦なく指弾してくるという訳だ。

「強制はしない。だが、選べ。跳ぶのか、それとも留まるのか」

追い詰められた格好の映一はしばらく考えてから、やっとの思いでこう言った。

「明日まで、考えさせてください」

撮影が中断したとは言え撮影スケジュール自体は押しているので、その日の帰宅も深夜になった。

アパートの階段を上る足がいつもより重い。これは疲労の重さではなく過剰にかけられた期待の重さだ。映一は部屋に入るなり、ベッドに倒れ込んだ。日々スケの作成は今日から苫篠がすると言い出したので、映一に差し当たっての仕事はない。これもスタッフたちによる追い込みの一つだ。

午前零時三十分。

まだ賢次は起きているはずだ。映一はいったん携帯電話を取り出したが、少し考えて架けるのをやめた。吉崎殺しの捜査で忙殺されている最中に監督就任の相談などできるものか——。

いや、違う。

賢次ならどう答えるのか容易に想像できる。自分は弟から背中を押されるのを恐れているのだ。

降って湧いた監督代行の話。いち助監督の身であれば本来飛び上がって喜ぶべき話なのだろうが、映一は未だに逡巡している。

その理由も分かっている。自分は試されるのが怖いのだ。己の実力をあからさまにされることに怯えているのだ。

監督の仕事とは詰まるところ決定の連続だ。キャスティングに始まり、脚本、ロケ地、演技、カット、編集──その諸々について決定を下して一本の作品を完成させていく。だからこそ、その一つ一つの決定に責任がついて回る。

一方その補佐役である助監督も激務ではあるが、責任がない。何がしかの失敗があったとしても監督の段階で是正されることがほとんどだからだ。

責任のない者は気楽だ。何を言ったところで唾が返ってくることも、己の言葉で自身が縛られることもない。映一もその気楽さから大森以外の監督作品を腐したり、流行りのテレビドラマの出来を嘲笑したりと好き放題をしてきた。

それができたもう一つの理由は、誰にも自分の実力を晒していないからだった。第三者として、そして俄評論家としてなら思いついた罵詈雑言をいくら重ねても非難されることはない。もしも、お前にそんなことを言う権利があるのかと問われれば、こう答えればいいのだ。

俺が本気になれば、あんなのはメじゃないさ──。

そして、いつまで経っても見せることのない〈本気〉とやらを盾にのらりくらりしていればいい。

だが自分の名前を掲げてメガホンを取れば、もう一切の言い訳は効かない。失敗も力量不足も全て自分の評価となって跳ね返ってくる。無責任という穴に逃げ込むこともできず、未熟で凡庸な自分自身と絶えず向き合う羽目になる。他人を見下すことは劣等感の裏返しだ。今まで他人の作品を腐してきたのは己の劣等感を隠したいがための虚勢だったに過ぎない。

映一はそれを認めることが堪らなく怖かった。生温《なまぬる》い自尊心が堪らなく恋しかった。寒風吹き荒ぶ外に飛び出すために身体を温めていた湯はいつしか冷え、このままではゆっくり凍死しそうだったが、外に出て即死するよりはマシに思えたのだ。

跳ぶのか、留まるのか――。

そう迫った五社は映一の怠惰《たいだ》を知っていたのかも知れない。

三十四歳、独身。資産なし、肩書なし、恋人なし。

別段、失うものなんてないだろう？と、誰かが言う。

いや、失うものはちゃんとある。自尊心と平穏だ。才能のある奴には決して分からないだろう。惨めったらしい自尊心と見せかけの平穏。それすら取り上げられたら自分にはもう何も残らない。

不意に視界がぼやけた。

馬鹿か。この齢になって。

ぼやけた視界の中にスピルバーグのポスターがあった。

若き巨匠は笑っていた。

自分を憐れんでいるように見えた。

(あんたは特別なんだよ)

嚙みついてみるがポスターの彼は何も答えない。

その時、ドアをノックする音が聞こえた。

誰だ、こんな時間に。

無視したが、二度、三度とノックは続いた。

絵里香とは別れた。幸い借金もない。だから追いかけられるような覚えはない。

「おい。起きてるか」

小森の声だ。映一はベッドから跳ね起きて急いでドアを開ける。小森は申し訳なさそうな顔で立っていた。

「悪いな。こんな遅くに」

「いったい、どうしたんですか」

「眞澄夫人から預かってきた」

小森はそう言って小脇に抱えていた紙袋を差し出した。

「オヤジからの預かり物だそうだ」

「オヤジから？」

その場で封を開ける。

中から出てきたのは分厚く束ねられた絵コンテだった。

「これは……」

「つまり、そういうことだ」

小森はぶっきらぼうに言った。

「六車は椅子取りゲームみたいなことを言ったがな。案外、オヤジ本人はリレーだと思ってるんじゃないか。これは、その……バトンみたいなものだ」

「で、でも俺は」

「オヤジとの付き合いは俺の方が長い」

映一を無視して喋り出す。

「とにかく、あんなに身勝手な男はいない。天上天下《てんげ》唯我独尊、映画についちゃあ自分の判断が唯一絶対だと信じている。自分のシャシンを完成させるためなら、長年連れ添ってきた五社さんが破産しようがどうなろうが構ったこっちゃない。だからよ、このバトンも別にお前にチャンスをやるために渡したんじゃやない。あくまでもオヤジが自分のシャシンを完成させたいがためにお前に命令している……そう考えれば肩も凝らん」

命令、という言葉が不思議に腑に落ちた。それはそうだろう、と一人で合点する。あのヘビースモーカーの偏屈者には禅譲《ぜんじょう》や期待よりも、よっぽどお似合いの言葉だ。

「じゃあな」

素っ気なく残して小森は帰って行った。

映一は手にしていた絵コンテを一枚一枚繰ってみる。

無謀な車線変更を繰り返しながら勝雄の許に覆面パトカーを走らせる古手川。

歯科医院のカルテ室で重要な手掛かりを発見するシーン。

古手川と容疑者の乱闘。

クリスマスの夜、華やかな街中を不自由な身体で歩く古手川。

そして、ようやく現れた犯人との格闘――。

いつしか映一は座り込んで絵コンテに見入っていた。トレーラーで見た時もそう思ったが、こうして改めて子細に見ていくと、静止している画が今にも動き出しそうな錯覚に陥る。描線に躍動感があり、背景に詩がある。描かれていないはずの表情と声、街中のネオンと雑踏。それらが次々と脳内に展開していく。

脚本が設計図なら、この絵コンテは作例見本だった。的確なアングルと完璧なビジュアル。後はこの画をそのまま映像化するだけだ。

絵コンテを眺めていると、やがて胸の奥がざわついてきた。

眠気はとうに吹っ飛んだ。

自分でも不安になるほどの昂揚感がせり上がってくる。まるで巨峰群を目の前にした登山家のような不穏な昂奮だ。撮りたい、と思った。画だけでも心騒ぐこのカットを、是が非でもフィルムに焼きつけたい、と思った。

早まるな、という制止の声はどんどん遠ざかっていく。

畜生。やはり大森宗俊という男は食わせ者だ。これを見せたら自分がこうなることを予測していたに違いない。

シーン89のカーアクションは細かいカットで繋げってことだよな。大体、ここからラストまでは一気呵成だから長回しするカットは少ない。音楽とのシンクロも考えないとな。オヤジの前作もラスト十五分はそうなっていたし。待てよ、シーン92ってどんな照明だ？　この設定じゃ三灯照明使えないぞ。これは明日小森さんに聞かなきゃな――。

映一は時間が経つのも忘れて絵コンテを眺め続けた。

翌日、映一は撮影所に入るなり、スタジオの壁に大森の絵コンテを張り出した。

その数、残り九シーンの三十五カット分。通常、大森の絵コンテは主だったスタッフの間で回し読みされることはあっても、こんな風に一覧できる形で公開されたことはなかった。

だからだろう。多くのスタッフはしばらく珍しそうに絵コンテを見つめている。

映一はひと息吸うと、居並ぶ仲間たちに向かって声を張り上げた。

「不肖、宮藤映一。本日から監督代行として演出を担当させていただきます！」

大森の伝言は既に伝わっているらしく、期せずして拍手が起こった。しかし、ここで優越感に浸るような余裕はない。

「はっきり言って俺では力不足です。それは分かってます。未だにオヤジから叱られたことの十分の一も身になってません。でも、オヤジはそんなボンクラにも進路だけは教えてくれました。それがこの三十五枚の絵コンテです」

皆は壁に張られた三十五枚に視線を移す。

「ここに張り出した絵コンテはオヤジの頭の中身です。そして俺の仕事は、この絵を忠実に再現するだけです。だから撮影の方向を間違えないよう、この絵をクランク・アップまで張っておきます。どうか皆さん、お力添えよろしくっ」

深々と下げた頭に今度は拍手と温かい野次が浴びせられた。

さて、これで心機一転し撮影再開——といきたいところだったが、映一は防音扉の陰に歓迎されない客を見た。

賢次と仁熊が自分の方を注視していた。

賢次は気まずそうに頭を掻きながらやって来た。

「おめでとうと言ってもいいのか……とにかく監督になったな。すごいじゃないか」

「ああ。棚からぼた餅ってヤツだ」

「皆がそう思ってくれりゃいいんだけどね」

「何だと」

賢次は肩越しに仁熊を指してから、声を落とした。

「捜査本部の中には今度の件で兄貴に疑いを持つ奴が現れた」

「それはどういう理屈だよ」

「大森監督の病状は悪化の一途で、いつ倒れてもおかしくない状態だった。もしもの時にはチーフ助監督が代行するだろう。しかし、そのチーフ助監督が先に亡き者になっていたら、監督代行の座は自動的にセカンド助監督に下りてくる」

聞いている最中に胸やけしそうになった。

「それ、本気で言ってるのか」

「俺にしてみたら、もし兄貴にそんな色気があったなら、とっくの昔に監督になってると思うけどさ。少なくとも本部内では動機になり得るという意見がある」

「オヤジのやり残した仕事を継ぐのが素敵な仕事だというのか」

「ジャンピング・ボードにはなるだろ」

「じゃあ勝手にしろ」

いくら弟でも腹に据えかねた。

「これ以上、付き合ってられるか」

「どれだけ兄貴が嫌がったところで捜査は続くぞ」

「ああ、続けるがいいさ。精々見当外れな犯人捜しをするがいい。だがその代わり」

映一は相手の鼻が舐められるほど顔を近づけた。

「撮影の邪魔だけはするな。もし警察の介入が原因で撮影が一日でも遅れたら、兄弟の縁を切る」

そう言い捨てて撮影に戻った。腹立ちまぎれに一度だけ振り向くと、賢次は困惑気味にやはり頭を掻いていた。

こうして夾雑物《きょうざつぶつ》を隅に置きながら、映一の初監督の瞬間が近づいてきた。

シーン88。歯科医院に到着した古手川が女性看護師の介抱を受けている最中、連続殺人のミッシングリンクに思い当たる重要なシーンだ。続くシーン89が息継ぐ暇もないアクションの連続であることを鑑みると、このシーンは抑えた演出ながら緊張感を持続させる必要がある。

映一は小森の構えるカメラの横に座り、セットを見渡した。

竹脇と看護師役の女優、そして全スタッフが既にスタンバイしており、映一の声を今か今かと待っている。皆の視線が自分に集中しているのが分かる。

急に吐き気が腹の下からせり上がってきた。

俺が、あの巨匠の代行を務めるだと？

俺がこのキャストとスタッフに命令するだと？

どんな冗談だよ、それは。

これ失敗したら、もう俺の将来ってないよな——。

「おい。新人監督」

小森の声で映一は我に還った。

「みんなが待ってる。お前が始めるんだ」

そのひと言が背中を押した。

いけ！　宮藤映一！

「ヨーイ……スタート！」

そして時間が動き出した。

竹脇を見るなり手を口に当てて驚く看護師役。慌てて竹脇は医院の中に引っ張り込まれる。

『あの、勝雄くんは……』

『当真くんは事務室に匿《かくま》ってるから心配しなくていいです。それより古手川さん、あなた自分の心配しなさい！』

看護師を演じているのは五社プロの誰かが推薦してきた小柳友希《こやなぎゆき》という新人だ。音大出身の逸材という触れ込みだったが、やはりまだ演技が固い。いい具合に肩の力が抜けてきた竹脇と並ぶとその差は歴然で、一つのカットに二人を入れると違和感が生じた。

『その前に、もう一度確認』

『そんな足して、まだ歩こうっての！』

ほんの十数秒のカット。全体の何百分の一。台詞はトチっていない。演技も不自然なレベルではない。彼女から反感を買う恐れとオーケーを出してやり過ごしたい気持ちが頭を擡《もた》げる。

それを打ち消したのは竹脇の目だった。現場入りしてから、ずっとこの男の目の動きを追っていた。その目が今、不満を訴えている。

現場で大事なことは好かれることじゃない。

納得することだ。

「……ストップ」

やや上擦った声が出た。それが自分の声だったことに驚いた。

「ごめんなさい。二人の演技が嚙み合ってない」

そう告げると友希の顔が失意に歪んだ。対して竹脇は平然と元の立ち位置に戻る。

「もう一度、いきます」

友希が立ち位置に戻ると、真横の小森が肘で小突いてきた。

「監督がいちいち謝るな」

ぼそりとした言葉に浅く頷く。だが、それで吹っ切ることができた。

オヤジに比べたら俺のダメ出しなんてムチャクチャ紳士的だよな――。

何をトチ狂っていたのか。手本は壁に張ってある。お前はあの絵コンテをそのまま再現すればいいのだ。

もう迷わなかった。いや、迷っている暇などないことを思い出した。

さっきよりはいくぶん張りのある声で映一は叫ぶ。

「テイク2、スタート！」

4

一度NGを告げるとそれで免疫ができた。とにかく迷った時は絵コンテを睨んで、眼前にある画と比較してみる。少しでも違和感を覚えたら、その原因が分かるまでリハーサルを繰り返す。そして納得できるレベルになったらカメラを回す――オーソドックスだが、それが一番フィルムを無駄にしない方法だと気がついた。名立《なだ》たる監督の中には、いくつかのテイクを撮った上で編集時に選択するという手法を取っている者もいるが、現状の大森組にそんな贅沢は許されない。フィルム一巻分の現像料も馬鹿にならないのだ。当然、映一がオーケーを出すのも慎重になり、リハーサルは大森よりも周到なものとなった。一方制作部からは、予算とスケジュールの厳守を命じられている。新人だから、代行だからと言って逃げることは許されない。

「意外、だよなあ」

古手川が覆面パトカーを暴走させるシーン89を撮り終えると、演出を見学していた六車が感心したように言った。

「何が、ですか」

「いやあ。宮藤さんて、こんなねちっこい演出する人だったんだなと」

「ねちっこい?」

「て言うか……たとえば今の撮影でもさ、古手川のパトカーをナめるカメラ、台座に固定させずハンディにしたでしょ。小森の御大にハコ乗りまでさせてさ」

「いや、そうしないと暴走してる感が出ないと思って」

当初の撮影プランでは小森の乗るクルマにステディカメラを固定させる計画だった。ステディカメラなら振動を最小限に抑えてくれる一方、運転している竹脇の必死の形相を間近で捉えられると考えたからだ。

だが、この方法はリハーサルとして回したビデオカメラの映像を見た瞬間に却下された。

映像は確かにブレが僅少《きんしょう》だった。しかし、その中途半端な安定感が却って気持ち悪かった。

救いを求めるように該当する絵コンテを睨むと、大森の筆は上下に激しく揺れていた。それで分かった。大森がこのカットに求めたのは見ている者を不安に誘うほどの躍動感だ。

「だから、手持ちの方がいいと」

「それを邦画界の長老キャメラマンにやらせるかねえ。さっき小森さん、ぼやいてたよ」

「何て」

「無茶の言い方がオヤジそっくりだって」

「……褒め言葉、なんでしょうか」

「そういう受け取り方がますます大森さん的だと思う」

六車は茶化すように言うと、そそくさと離れていった。その素っ気なさが有難かった。茶化したのが六車なりの気遣いであることは分かっている。ともすれば重圧に押し潰されそうな映一を何とかリラックスさせようとしているのだ。

重圧の一つはここ最近のニュースにあった。芸能記者とワイドショーは挙《こぞ》って大森監督の入院を取り上げ、『災厄の季節』の製作続行が危ぶまれていると報じた。もちろん五社が代行監督として映一の名前を出したものの、無名の監督代行は却って不安を煽る形となり、仮に映画が完成したところで大森が途中降板したのでは集客力が急落すると予想する者が多かったのだ。現に製作委員会の中には、外部から監督代行を招聘《しょうへい》するよう提言した者もいたという。覚悟を決めたはずの映一も、外野からの雑音がこれほど大きいとは思わなかったので余計に挫けそうになった。

もう一つの重圧は明日に撮影を控えたシーン90についてだった。

シーン90は古手川と勝雄による一対一の格闘場面になる。六車の脚本も大森の絵コンテも、このシーンを単なる繋ぎとは捉えていない。この後に続く怒濤のラストの始点として描いている。一対一の闘いになるので、市民の暴動シーンよりも緻密な段取りと、何より竹脇といづな太郎の呼吸が肝要となる。そのため技斗の能美《のうみ》が、二人に綿密なリハーサルを行う予定だった。

問題は映一自身の頭に格闘の具体的な画が見えていないことだった。格闘の段取りは能美の説明で理解できる。しかし、その画をどう見せれば映画的になるのか、頭の中で整理ができていない。

迷った挙句、映一は編集の高峰を探して声を掛けた。

「すいません。今までオヤジの撮ったラッシュ見せてください」

高峰の交渉が功を奏し、その日のうちに試写ができることになった。映一は高峰に連れられて五反田に向かう。

「それにしても急な話だな。監督就任した直後に申し出がなかったから、てっきりオールラッシュになるまでは言い出さないと思ったんだが」

「竹脇さんといづな太郎さんの絡みを撮る前に観ておきたいんですよ」

品川区東五反田二—一四—一、イマジカ東京映像センター。

ここには大きな試写室が二室設《しつら》えられており、大森を含めて多くの映画人がラッシュ試写に使用している。ラッシュとは編集やダビングが施される以前のフィルムのことで、音のついた音つきラッシュや編集済みのオールラッシュがあるが、大森が残していたのは撮って現像したままの棒ラッシュと呼ばれるものだ。

通常、映画は映像と音楽と効果音が一体となって観客の感情を揺さぶる。言い換えれば音が映像を補完している訳であり、音を排除したラッシュは映像単独の力がどの程度であるかを如実に露呈してしまうので、映像センスのない監督はラッシュ試写をスタッフに観られるのを殊更嫌うという。

目の前の白いスクリーンが暗くなるのを待っている。映一はこの瞬間が好きだった。白いスクリーンを今でも銀幕と呼ぶのは、以前のスクリーンのゲインが恐ろしく低く、輝度を稼ぐために銀を塗布していた事実に基づく。だが映一自身は銀幕という呼び方を好んだ。現実と隔離した夢の世界を映し出すには格好の呼び名ではないか。

試写室で待っているといそいそと高峰がやって来た。

「お待たせ。もう映せるよ」

「尺はどんなもんです」

「九千フィートといったところかな」

「えっ、九千。じゃあ、まだ百分程度？」

映一は素直に驚いた。現像しっ放しの棒ラッシュは編集さえされていないのでNGもそのまま入っている。大森がシーン85を撮り終えた段階で脚本上は全体の四分の三。全部の尺で二時間の予定であることを考えると、ほとんど無駄なカットはない計算になる。

「そんな。クランク・イン当初はマキさんが結構NG出してたじゃないですか。いや、他にも竹脇さんとか」

「カメラ回してるふりしてただけだよ。大森組初参加の役者には大抵そうしてるんだ。で、エンジンが温まったところでやっとカメラを回す」

「そんな……俺、全然知りませんでしたよ」

「オヤジと小森さんだけの了解事項だったからな。第一、助監督のお前さんまで知っていたら、素振《そぶ》りで役者たちにバレちまうだろ」

目が覚める思いだった。世界に冠たる巨匠。そんな男でさえ無駄なショットは極力避けていたのだ。

「それでもあの脚本家の兄ちゃんが絡んできた頃からオヤジも乗ってきたからなあ。NG

じゃないが切るに切れないカットが結構増えた。制作部から悲鳴が上がったのもむべなるかな、だ。お、始まるぞ」

場内が暗くなり、ほどなくして東雲色の空を背に高層マンションが浮かび上がる。遠景に冬枯れの山脈を捉えており、それだけでこの映画のトーンが分かる仕組みになっている。

タイトルの『災厄の季節』が画面一杯に現れ、ゆっくりと掻き消えていく。そして次のカットはいきなり最初の死体のアップから始まった。

マンションの十三階からフックで吊り下げられた全裸の女性。色を喪くした皮膚に死斑だけが色鮮やかに映えている。フックの先端が鼻の横から突き抜け、大きく開けられた口の中では無数の蛆虫《うじむし》がわらわらと蠢《うごめ》いている。

これも土居の手になるダミーだが見事な出来栄えで、念のため死体を見慣れている法医学教室の執刀医に見せたところ、実物と寸分の違いもないとの感想を得たと言う。従ってそのアップの効果たるや尋常ではなく、吐き気よりも先に心の温度が急低下していく。それでも目をスクリーンから背けることができない。音楽も効果音もないのに、不安と不穏が通奏低音のように心の裡《うち》に侵入してくる。

オープニングで胸倉を摑まれたら、後は一気呵成だった。古手川と渡瀬の絡み、静かな緊張の後に用意される新しい事件、時間経過と共により深くよりおぞましい顔を見せる真実。そしてその不快感と恐怖の間に挟まれる古手川と有働さゆりの交流、そして梢の淡い恋心。

全ての要因が個性的な色彩を放っているのに、物語全体からは決して逸脱していない。これは却って各々の色合いが反発し、また混ざり合いながら玄妙な色を醸し出している。これは六車のストーリーテリングもさることながら、やはり大森の画面構成力の賜物《たまもの》だった。緩急自在で視線は釘づけになり、観る者にストーリーの先読みを許さない。

そして驚くべきことに聞こえないはずの効果音と音楽が流れ始めた。群衆のざわめき、現場に急行するパトカーのタイヤの軋み。映像が現れると脳内が記憶の中の音を補完しているのだ。

いつもながらに舌を巻くのは、大森の記憶力だ。撮影中、大森が絵コンテを確認した姿は一度も見ていない。小森に代わってカメラを覗いたこともない。それなのに現像されたフィルムは見事に絵コンテがそのまま動き、断片的に撮ったはずのカットがまるでパズルのピースのように一つのシーンに構成されている。これは全てのカットが大森の頭の中に順序良く収まっている証拠だ。大森がビジコンを必要としない理由がこれで分かる。いちいちモニターで確認せずとも、大森の脳裏には撮ったばかりのカットがどう映像化され、どう繋がっているのかが完璧に整理されているのだ。さながら人間ハードディスクといったところか。

第三、第四の事件を経て、物語はいよいよ市民の暴動シーンに移る。ここでも映像単独の吸引力は凄まじく、映一は映像のテンポと自分の鼓動がまるで同調するような錯覚に陥った。群衆と警察隊、そして古手川。それぞれの動きは細かいカットに分割されているはずなのに、こうして一つのシーンに結実した時、合戦を俯瞰しているように腑に落ちていく。これも大森の類《たぐい》まれな画面構成力が為せる技だ。

古手川の陥った袋小路。

有働さゆりと当真勝雄に迫りくる危機。

タイムリミットを課せられたように心拍数を上げられた挙句、フィルムが不意に途切れた。スクリーン上には白々と眩《まばゆ》い光だけが映し出される。

その途端、映一は全身から力が抜け出たように感じた。今まで緊張でぴんと張っていた神経がたちまち弛緩する。

これで棒ラッシュなのか、というのが最初の感想だった。この画に音楽と効果音がついたら、いったいどんなシャシンになることか。

そして次の瞬間、急に自分がとんでもなく場違いなところにいるような気がした。

このシャシンにあと数シーンを自分が継ぎ足すだと？　それはいったいどんな画だ？

「どうした、新人監督。すっかり毒気抜かれたような顔して」

「毒気どころか、腰が抜けました」

「だろうなあ。こんなラッシュ、新人にとっちゃ毒だよな。分かっちゃいたけど」

「俺がこんな風になること、分かっていて見せたんですか」

「俺は止めたんだけどね。今こんなの見せたら自信喪失させるからやめとけって。でも小森さんが、本人が見たいと言うなら見せるべきだって」

「……小森さんが？」

「自分の今いる位置が分からないと目的地まで走りようがないとさ」

あの男の言いそうなことだ。的確で、温情に溢れて、しかも容赦ない。

実力の差など最初から身に染みて承知している。しかし、その差がどれだけのものであるか、正確に知っているのと知らないとでは追い込み方が違ってくる。そして何より、自分がこのラッシュに求めたものは画の見せ方だ。その点に関してだけ言えば、これ以上の教材はない。

この期《ご》に及んで悩むことが悪足掻《わるあが》きだということも承知している。しかし、その悪足掻きこそが自分らしいと思い始めていた。

映一はすっかり重たくなった身体を持ち上げ、試写室のドアを開けた。

翌日、早速シーン90の撮影が始まった。たった二人の出番だがシーンの重要性はスタッフの誰もが知っている。いつもは雑然としたスタジオが今日に限って、やけに静まり返っている。

技斗の能美は二人に対して実戦さながらの演技を指導していた。寸止めなどではなく、ある程度は実際に痛みを伴うアクションだ。当然、テイクが何度も許されるような撮影ではない。スタンバイしている竹脇といづな太郎は共に緊張の色を隠せないでいるが、その度合いはいづな太郎の方が数段大きい。

もう少しリラックスした方がいいかな——と映一が思った時、竹脇がついといづな太郎に歩み寄った。

「あのさ、いづなさん。ひょっとして手加減しようとか思ってない？」

「え」

「俺に怪我だけはさせまいとか思ってない？」

「いや。だって竹脇さん国民的アイドルで」

「手加減したら絶対に許さないよ」

いづな太郎はぎょっとした様子で目を見開いた。

「アイドルだろうがピン芸人だろうが関係あるかよ。ここにいる時は二人ともただの役者だ。観ている奴らに嘘だとバレるような芝居なら、最初からしない方がいい」

「でも」

「こんな待遇の悪い現場なんて今までなかったよ。拘束時間長いし待ち時間多いし、人使い荒いしロケ弁チョー不味いしギャラも安いし、おまけに灰皿飛んでくるし」

口は悪いが、言っていることは本当なので皆、黙っている。

「けど、こんなに面白い現場もなかった。毎日毎日、あの癇癪ジジイにオーケー言わせるのが楽しみだった。いづなさんもそうだろ」

「……うん」

「ラッシュ見られた時、またあのジジイから灰皿投げられたくないんだよ。だから本気でこいよ。こう見えても結構鍛えてるんだ。いづなさんが本気で来たって折れるようなヤワな身体じゃねーよ」

「分かりました」

いづな太郎は小さく頷いたが、その目にもう迷いの色はなかった。

いいところを取られた格好の映一だったが、悪い気はしない。むしろ感謝したいくらいだ。これで二人とも心置きなく演技に集中できる。

準備は全て整った。さあ、本番だ——と気負った時に邪魔者が闖入してきた。

遠目からでも誰だか分かった。あの宝来とかいう弁護士だ。ご丁寧なことに後ろにはICレコーダーを握る宮里を従えている。宝来はいづな太郎の姿を認めると、足早に近づいてきた。

「あなたが監督代行の宮藤さん、ですか」

「そうですが」

「ああ、思い出した。大森監督の横にいた人でしたね。じゃあ話が早い。今日わたしが赴いた理由も分かるはずだ」

分かりたいとも思わなかった。第一、宝来の物欲しそうな顔が全てを語っていた。

「ここにいづな太郎さんがいるということは今日が問題シーンの撮影なのでしょう。ちょうど良かった。当真勝雄が主人公と格闘するシーンは削除していただきたい」

宝来は当然の権利を主張するように胸を張った。

「監督が交代して良かった。あなたなら、このシーンの問題性が理解できるはずだ。障碍者が健常者を相手に暴力を振るったり、殺人を画策するなどとんでもない。モラルに反する。障碍者たちは全て保護されるべきで、こんな非芸術的な……いや、失礼。娯楽の中で扱うものでは有り得ない」

真横で宮里がＩＣレコーダーを構え、テレビカメラもあるせいだろう。宝来はちらちらと視線をカメラに流しながら、演説口調でそう言ってのけた。

「シーンが一つ二つなくてもストーリーは成立するはずだ。我々〈障碍者の未来を考える会〉としてはそれさえ受け入れてもらえば『災厄の季節』の上映を認めるに吝《やぶさ》かでない」

もう映一は話の途中からうんざりしていた。助監督の時に聞いた時もいい加減馬鹿らしいと思ったが、監督という立場でこの男の弁舌を耳にすると、改めて脱力させられる。こういう輩に護られているとされる人たちが気の毒ですらある。

宮里とカメラが映一の顔を捕捉した。巨匠の後を継いだ無名の監督代行がどんな反応を示すのか、下卑た好奇心をあからさまにしている。

ここでマスコミ対応に慣れた五社なら、論点をずらしてエンタテインメント論を一席ぶつことだろう。また、こうした問題で常に頭を悩ましている六車なら、放送コードと映倫コードについて専門的な知識を披露して宝来を煙に巻くことだろう。それが狡猾な大人の態度だ。

だが、自分は大森の意志を継ぐ者だ。あの大森なら何と答えるだろうかと考えた時、大人の態度とやらは思考の彼方に吹っ飛んだ。

「上映を認めるに吝かではない、だと。おい。あんた、いったい何様のつもりだ」

映一は立ち上がり、宝来を真正面に見据えた。

「寝惚けるな、この馬鹿」

「ば、ば、馬鹿だと」

「法律には詳しいかも知れないが、少なくとも映画に関しちゃ馬鹿だ。娯楽の中で扱うものじゃないって？　エンタメをナメるな。哲学だろうが政治だろうがエンタメは何だって取り込める。小難しい論文も大事だが、エンタメはそれを分かり易い形にできる。モラルに反するだって？　一晩でコロコロ変わるようなモラルがどれほどのもんだと言うんだ」

映一は宮里に向き直る。

「モラルってあんたらが何かを攻撃する時に必ず掲げる錦の御旗だよな。その御旗さえ振っていれば絶対に自分は安全だと思い込んでる。だが生憎、芸術ってのはモラルの破壊者だ。お仕着せの、体裁ばかりの旧《ふる》いモラルを破壊して、その下に隠れている真実を暴き出す。だから、既に権威を手にした者たちから嫌われる」

「け、権威って。ひっどいアナクロ」

「オヤジのシャシンが尖っているのは、絶えず既存の権力やモラルや表現方法に牙を剝いてきたからだ。それはこのシャシンだって例外じゃない。上映禁止にしたけりゃすればいい。現場で起こった悲劇を面白おかしいネタにしたけりゃするがいい。それでも『災厄の季節』を観に来てくれる観客は必ずいる。頑固な年寄のシャシンに魅入られる人間が必ずいる」

「そんな観客は単なる物好きに過ぎん」

宝来は吐き捨てるように言う。観客を罵倒したことで、もはやこの男を丁重に扱う理由はなくなった。

「お二人とももうお帰りらしい。スタジオの外に出してくれっ」

すると苫篠と土居が二人を摑んでセットから遠ざけた。

「こんなことをしてただで済むと」

「あのね、弁護士のセンセイ。よく今どきそんな古臭い捨て台詞言えるな。そこのオネエちゃんじゃないけど、あんたの方がよっぽどアナクロだ」

宝来は尚も何事か喚き続けていたが、やがてスタジオの外に押し出されていった。

興奮冷めやらぬ映一が首を一振りすると、こちらをしげしげ見ていた小森と目が合った。

「何ですか」

「いや……ちょっと驚いてな」

「どうして」

「中身は青臭くて聞けたもんじゃないが、喋り方がオヤジにそっくりだった」

「……とんだ邪魔が入っちゃいました。早速シーン90いきましょう。おおい、苫篠お」

呼ばれて戻って来た苫篠は苫篠でにやにや笑っている。見回せば竹脇もいづな太郎も、そして他のスタッフたちも同じ顔をしている。映一は照れ隠しのように仏頂面を決め込むことにした。

「ではシーン90、いきまあっす」

「ヨーイ……スタート！」

台詞はいづな太郎から始まった。

『それは、僕のだ』

『ああ、そうかい。こっちはそうでないことを祈ってたんだがな』

いづな太郎が素早く攻撃を仕掛ける。竹脇の腕を外側に捻り上げ、バランスを崩した身体をそのまま吊り上げる。腕一本に重心のかかった竹脇は苦痛に顔を歪める。

いづな太郎は表情を変えることなく竹脇をフローリングの床に叩きつける。そして竹脇が必死に伸ばした掌を真上から踏み潰す。

普段は剽軽《ひょうきん》なキャラクターで売っているいづな太郎が何の感情も見せずに暴力を振う様は、彼を知る者たちには二重の意味で恐怖だろう。映一はここでも大森のキャスティングの妙を思い知らされた。

前のシーンで負傷した設定の竹脇はまともに反撃することも許されない。脇腹、肋骨、肩、顔面と場所を選ばず鉄拳と蹴りが飛んでくる。段取り通りとは言え、それらしい音も聞こえるので確実にヒットしているはずだ。顔に浮かべる苦痛も全てが演技ではないだろう。

一方的な加虐シーンは延々五分間も続いた。半分死に体となった竹脇が最後の反撃を試みるが簡単に捕縛され、手首を捻り上げられたまま何度も何度も顔面に拳を喰らう。二人の演技があまりにも真に迫っているので、メガホンを持つ映一もふと心配になる。しかし一方では、こんなに迫力のある画が撮れるのなら演技でなくても構わないとも思う。

だが竹脇の鼻から血が滴っているのを見た時にはさすがに狼狽《うろた》えた。そのうちに痣《あざ》も浮いてきた。それでも竹脇は視線をいづな太郎に定めて、こちらに救援を求めていない。いづな太郎も竹脇だけしか見ていない。

演技でありながら演技臭さはまるでない。二人が示し合わせた通り、演技と本気の境界線上で闘っているのだ。

大森の残した絵コンテが忠実に再現されている。二人の動きを合計五台のカメラで追っているが、そのどれもが迫真性に満ちていることは容易に想像がつく。編集はさぞかし愉しい作業になるだろう。

そして、ぐったりとなった竹脇を見下ろし、いづな太郎が机を高々と持ち上げた時だった。

『確保だあっ』

その声と共に数人の刑事役がいづな太郎を羽交い絞めにした。

「カットおっ。オッケーだ！」

声を上げるのと同時に、映一は椅子を蹴って竹脇の許に駆け寄った。

怪我はないか。

顔に傷はついていないか。

しかし、映一よりも先にいづな太郎が竹脇を抱き起こしていた。

「竹脇さん！　竹脇さん！」

「……大袈裟だな。大丈夫、一人で起きれるから」

「でも、顔に傷が」

「鏡、見せて」

待機していた端春がおずおずと鏡を差し出す。その鏡をしばらくしかめっ面で眺めた竹脇は、やがて痛そうな顔で笑った。

「そう言えばいづなさん、R‐1ぐらんぷり、惜しかったんだって？」

「ええ……最終手前までは行ったんだけど」

「そんなの気にすんなよ。代わりに俺がアカデミー賞をやる」

いきなり顔を覆ったいづな太郎を残して、竹脇はセットから離れた。映一の前を通り過ぎる時、端春との会話が洩れ聞こえた。

「端春さん。俺さ、今夜収録があるんだけど……この痣、メイクで消えっかな？」

「オネエサンに任せなさい」

二人が消えた後、映一は隣の小森に尋ねてみた。

「竹脇さんって、あんなキャラでしたっけ」

「変わったんだよ。大森の映画に携わる奴は大抵そうなる。お前だってそうじゃないか」

その日、大森組は予定から二日遅れのクランク・アップを迎えた。

この日の撮影はシーン93とラストのシーン94。これを以《もっ》て全シーンの撮影が終了する。

この二つのシーンの出演者は竹脇と三隅、そして澤村の三人だけだ。通常クランク・アップが近づくと、出番の終わった役者から現場を離脱するものなのだが、『災厄の季節』に限っては全てのキャストが集まっていた。

監督代行に就任してから三日、映一が澤村を演出するのはこれが最初で最後となる。ラストシーン間近に邦画界を支えてきた重鎮の出番を持ってきたのは、脚本の構成以上に理由がある。二時間も続いた激しく残酷なドラマを締めくくるには相応の存在感が必要だったからだ。

本番直前にその澤村から呼ばれた。

「なあ、宮藤監督。その後大森さんの容体はどうなんだ」

「それが……見舞いには行ってないんですよ」

「おや。結構冷たいんだね」

「違いますよ。病院まで行ったら門前払い喰らったんですよ。俺の機嫌窺うような暇があるんなら現場にいろって。クランク・アップまでは出禁《できん》だそうです」

「病院出禁かあ。大森さんらしいね」

澤村は含み笑いを洩らした。

「本当はさ、ストレッチャーの上からでも演出したいんだろうな。それができないものだから、へそ曲げて出禁だあって言ってるだけだ」

「……絶対そうだと思います」

「じゃあ大森さんからダメ出しされないよう、精々踏ん張るとするか。ところで宮藤監督。あんたはそう呼ばれると決まって恥ずかしそうな顔をするね？」

「まだ慣れません……っていうか、こんな形でなったもんだから監督と呼ばれるのに抵抗があって」

「何だ、そんなことかね」

澤村は鷹揚に言う。

「無理にでも慣れることだよ」

「でも」

「不測の事態だったとはいえ、途中からは君が監督したことに間違いないんだ。そして、その部分についてはきっちり君に責任がある。それを忘れないためにも監督という名前から逃げてはいかん」

そしてシーン93の本番が始まった。

澤村と三隅の二人が画面に並ぶだけで異様な迫力がある。原作ではこの場面に竹脇も絡むことになっているが、六車はそれを排除し二人の名優の演技合戦を画策した。

その目論見は見事に功を奏した。澤村も三隅も声を荒らげるような台詞がなく淡々と会話を続けるだけなのだが、他の出演者たちは息を詰めて二人を見ている。

静の演技、視線だけで全てを語る演技は誰にでもできる技量ではない。その見事な実例が目の前で丁々発止と繰り広げられている。竹脇やマキは名優たちの技量を目に焼き付けようとしているかのように凝視していた。

『……最後だから言っておく。復讐するのは神だ。人間じゃない』

この三隅の台詞がシーンのラストだった。

「カットおっ。オーケーです！」

そう声を上げた瞬間、がくりと肩の力が抜けた。どうやらカメラが回っている間中、ずっと尋常ではない力が入っていたらしい。

肩を擦っていると、誰かがその肩に手を置いた。

澤村だった。

映一が何か言おうとすると、肩に置かれた手にぐいと力が加わった。

見上げると澤村が微笑んでいた。言葉はなかったが、その表情だけで言わんとすることは伝わった。

シーン94。これで撮影は全て終了する。

このシーンはロケになるが、大学の校舎と沈む夕陽が背景になるという条件で探すと、撮影所付近で電気通信大学が見つかった。既に大学側には撮影許可を取りつけている。クルーを引き連れて現場に向かうと、落陽にはまだずいぶんと余裕があった。

映一と小森はロケバスを降りた途端、西の空を見上げる。事前に気象庁に確認した通り、前日の雨が上がった直後で空気は澄み雲一つとてない。このまま陽が沈めば見事な夕焼けになるだろう。

実際、クランク・アップ直前まで曇天が続き、ラストシーンは夕焼け待ちの日が続いた。制作部からは、いっそ脚本を変更してスタジオ撮影にしてはどうかと提案されたが、映一と小森が頑強にそれを拒み今日まで執念深く待っていたのだ。そこまで自然光に拘ったのは、偏に大森の意志を反映したいという理由だけだった。

脚本には〈マジック・アワー〉と太書きされている。晴れた日の太陽が地平線に沈んだ後の数分間、柔らかで優しい光が世界を照らす。まるでこの世のものとは思われない、まさしく魔法の時間。そしてオープニングの東雲色と対照的な空――。大森はこの物語のラストシーンをこの優しい光の中で終わらせるつもりだったのだ。

奇跡の時間はひどく限られている。映一と小森はこれも一発テイクを狙っている。出演者は竹脇と三隅の二人。大森の演出意図ももちろん伝えてある。

撮影準備を終える頃、夕陽が思い描いたように燃え盛り西の彼方に消え始めた。

「スタンバイ、いいですかあ」

苫篠の声に各々が頷き、周囲が静まり返る。

竹脇と三隅がこちらに目線を送る。

いつでもこい、か。

「ヨーイ……スタート！」

西方の淡い光を受けて二人の演技が始まる。車椅子の古手川刑事が事件の真相を知り、その残酷さに慟哭《どうこく》する場面だ。

『畜生……畜生……畜生……』

竹脇は虚空に向かって号泣する。大粒の涙と共に鼻水も出ている。この映画が撮影される前なら、決して本人が撮るのを許さないカットだ。それを今、竹脇は可能な限り無様《ぶざま》に演じている。

『古手川よ。こんなことは一度しか言わんからよく聞け』

竹脇の背後から三隅が呟くように語る。それは本編中では一度も口にしなかった穏やかな口調だった。

『胸が痛いだろうな。だが刑事の仕事を続けるうちはその痛みを忘れるなよ。いいか、手錠も拳銃も力もお上から与えられたんじゃない。かよわき者、声なき者がお前に託したんだ。だからお前はそういう人間のために闘えばいい。痛みを忘れない限り、お前はそのことも忘れないでいられる』

その時、演じる二人の周囲が神々しく照らし出された。マジック・アワーの、柔らかで胸に沁み入るような光だった。

二人の台詞が今まさに終わろうとしている。同時に光線が絞られ始める。

絶妙のタイミング。映画の神様が映一たちに微笑んだ瞬間だった。

「カァットおっ、オッケーですっ！」

まるで雄叫びのような映一の声が響き渡ると、スタッフの間から歓声が上がった。

竹脇が肩を下げて、深い深い溜息を吐く。

その肩越しに三隅が手を差し伸べた。

竹脇は差し伸べられた手を両手で包むようにして握り締めた。本編にはないが、できればフィルムに残しておきたい光景だった。

気がつくと自分の前にも手が差し伸べられていた。

「とりあえず、ご苦労さんだったな」

どさくさ紛れだから誰も見てはいまい。

照れ臭さを吹っ切って映一は小森の手を力一杯握った。


撮影はこれで終了したが、映一にはまだ編集作業が残っている。今後の作業スケジュールを確認するべく高峰を探すと、五反田の映像センターに出張っているという。携帯電話を架けてみたが電源は切られている。編集作業や試写の最中は電源を切っておくのが普通だった。仕方なく映一もそこへ向かった。

高峰は第一試写室の打合せ室にいた。

「高峰さん。俺が監督したシーン、もうラッシュ観られるかな」

「気が早いねえ。現像上がってくるの明日だよ」

「それと編集だけど、平嶋さんともスケジュール調整しないと駄目でしょ」

編集作業は主に編集とスクリプターの仕事だが、新人監督としては他人任せでもいられない。煩《うるさ》がられるのを承知で参加を願い出たのだ。

「亜沙美ちゃんにはとっくに伝えてあるよ。気持ちは分かるけどさ。もうクランク・アップしちまったんだから焦ったってしょうがないだろ」

「……あれ？　じゃあ高峰さん、どうしてここにいるんですか」

「小森さんからポジ預かって編集頼まれたんだよ。ほら、吉崎さんの撮ってたメイキング。一応、チェックし終わったからって」

ポジ編集というのは現像されたポジフィルムをサウンドテープと一緒に編集していく作業だ。一コマ一コマを丹念に見ながら不要な部分を削除し、演出意図に合わせて編集点を見極めていく。撮影に比べれば地味な作業だが、映画一本を仕上げるという意味では最重要の作業だ。監督の中には最も創造的な仕事だと進んで編集したがる者さえいる。

「でもなあ、これ、考えようによっちゃあホンペンより手間掛かるんだよな」

「え」

「もう仏さんになった人間のこと悪く言いたくないんだけどさ。樋口部長がストップ掛けるまで、ずっと吉崎さんカメラ回してただろ」

不意に、フィルムの使用を禁じられた時の吉崎の顔が甦った。思えば、自分が生きている吉崎の顔を見たのはそれが最後だった。

「所詮、特典映像だから四十分くらいの尺で間に合うんだけど、吉崎さん三万フィートも撮ってたんだよー」

長さだけで仰天した。三十分で二千七百フィートだから時間に換算して五時間半以上収録したことになる。ロケ弁代の捻出にさえ苦労していた樋口が怒るのも道理だ。

「小森さんが担架で運ばれるオヤジの姿を一カット。それで閉めてくれたからケリがついた」

「あの人、ホントに何でもやっちゃいますよね」

「うん。業界入って色々こなした挙句、キャメラマンで身を立てた人だからな。現場の仕事は編集以外大抵できちまうんだよな。下手したら監督だって務まるかも……」

慌てて高峰は言葉を濁した。

「悪い。変な意味で言ったんじゃない」

「分かってますよ」

そう答えたものの、映一は内心穏やかではなかった。

大森は監督代行に自分を指名してくれたが、よくよく考えればもっと身近に小森といううってつけの人材がいた。現場の仕事全般に習熟し、長年大森のパートナーを務めてその意志を完璧に把握している。大森の仕事を引き継ぐのであれば、誰がどう見ても小森が適任のように思える。

言葉で取り繕っても気まずい雰囲気は払拭されない。高峰はそれを慮ってか弁解口調で続けた。

「なあ……オヤジが映一に代行を命じた時、どうして小森さん本人や他のスタッフが文句言わなかったと思う？」

「どうしてって、オヤジの命令だからでしょ」

「違う。小森さんより未知数であっても、お前の可能性に賭けたからだ。確かに小森さんに託していればそれ相応のモノは完成しただろうさ。でも、あのオヤジがそんな予定調和を望むと思うか。あれはオヤジの大好きな博打《ばくち》だった。けれども、いつも通り勝算のある博打だった。皆、それを読み込んだから反対しなかったんだ」

どうしてこの組の人間は揃いも揃って子供なのだろう、と映一は思った。いくら勝算があるからといって、仮にも億単位のカネが動くビジネスでオッズの高い方に賭けるなんてどうかしている。

それを嗤おうとしたが、胸に何かが詰まって声にならなかった。

「それにしても、このメイキングはえらいロスだった。何せ素材のほとんどはカットするが、編集に要する時間はきっちり五時間分だからな。正直しんどい」

「と、いうことはメイキング、一応完成したんですか」

「一応だよ、一応」

「試写しました？」

「いや、まだだ」

「じゃ、折角だから俺にも見せてください」

供養代わりという言葉は呑み込んだ。

試写室の照明が落ちる。だが、先日大森のラッシュを観る前に感じた昂揚感は微塵もない。死者を弔《とむら》う試写など趣味の悪い駄洒落にしかならないではないか。

まず本編の予告編が始まる。これは先月から劇場で流れ始めた一分ほどの尺だが、予告編製作会社に発注したものであり手慣れた安定感があった。メイキングではなく、一本の作品としてカメラを回していた吉崎にとって冒頭に他人の作品が入ることに抵抗があったのではないか――つい、そんなことを考えてしまう。

そしてメイキングは撮影所の遠景から始まった。その風合いが意外に馴染む。大森の嗜好に合わせてフィルム撮りにしたせいだろうが、従来の特典映像に感じるような安っぽさはない。

だが、そこまでだった。

日付のテロップが入り、撮影初日のスタジオを映し出すともう駄目だった。ただ漫然とキャストの横顔を捉えているだけで、本番を前にしたあの独特の空気感が伝わってこない。恐らく緊張する表情から雰囲気を醸し出そうとしているのだろうが、肝心の表情が平板に過ぎている。当然だ。この時点では竹脇もマキも大森映画の何たるかを知らず、緊張の表情はカメラを意識した軽めの演技だからだ。逆にベテラン俳優たちは最初から緊張したら最後まで続かないのを知っているので、終始リラックスしている。

やがてナレーションが被さって驚いた。何と吉崎本人が声を当てている。

一個の作品として作っている——あの本人の気負いからすればポジ編集時に声優の声と差し替えるつもりだったかも知れない。しかし、滑舌の悪い素人の声を聞いていると、出来の悪い自主映画を見せられているような気になってくる。

「高峰さん……」

「言うなよ。これでもまだマシな素材を選んだんだ」

次いで画面はスタッフのインタビューに移る。最初はやはり製作者の曽根からだった。いきなり曽根の得々とした顔が大写しになる。元よりテレビモニターでの視聴を前提としているからアップも理解できるが、それを第一試写室の大スクリーンで拝むと不快な圧迫感で居たたまれなくなる。

『大森監督の作品をプロデュースするのはわたしの長年の夢でした。今回それが実現し、これほどプロデューサー冥利《みようり》に尽きることはありません』

まさか、この数日後に途中退場する羽目になろうとは本人も想像すらしていないだろう。しかもカメラを回している吉崎に至っては命を落としてしまうのだ。それを思うと、この記録映像にはひどく感慨深いものがある。

カメラは一転、熱心にビジコンに見入る曽根をセミロングで捉える。一見すればまるで俳優の一挙手一投足を確認している監督のような佇まいだが、実際は手持無沙汰でモニターを見ているだけと知ったら視聴者はどんな顔をするだろうか。

この場面をセミロングで収録した理由ははっきりしている。曽根の全身から真上の二重までを一枚の画に収めて、スタジオ撮影であることを殊更に協調するためだ。しかし、肝心要の曽根がビジコンに張りついて離れないため、メイキングであることを差し引いても動きが乏しく退屈極まりない。

その画はキャストのインタビューと交互に毎回同じアングルで現れた。曽根の指示だろうか、テロップで日付が更新されていくので、曽根の監督の下で撮影が進んでいるような錯覚を引き起こす。言ってみれば、これもモンタージュ理論の応用という訳か。

やがてテロップは曽根の事故が発生した日を指した。それでも曽根をセミロングで捉えたアングルは全く代わり映えしない。

そのうち映一は奇妙な違和感に囚われた。

何の変哲もない曽根のセミロング・ショット。だが、網膜の裏を撫でられるような感覚がじわりと迫る。

何だ、この気持ち悪さは？

説明しようとしても的確な言葉が浮かんでこない。それは感情にではなく生理に訴えかける異物感だった。

疲れているからか？　それとも視覚異常にでも罹《かか》ったのか？

幸いその違和感は一瞬で掻き消えたが、微かな不安が残った。

きっと気のせいだ――そう自分に言い聞かせようとした時、横に座っていた高峰が
「……なあ」と、呆けた声を上げた。

「今……何かおかしくなかったか？」

五　公開

1

現像所から送られてきたポジフィルムは、通常ネガと一緒に撮影所の編集室に運ばれる。編集マンはポジフィルムで順番を整理し、NGカットを抜き、監督のOKが出た時点で編集済みのフィルムと台詞の入ったシネテープを録音スタジオに送る。

録音スタジオで効果音や音楽をダビングしている間、編集室ではポジフィルムの編集データに従って、今度はネガフィルムを編集していく。ポジフィルムはあくまでも編集用素材なのだ。そしてこうして出来上がったネガ原版と音原版が再び現像所に送られ、一本の35ミリプリントに焼き付けられる。

今、映一はその編集室にいた。

さほど広くない編集室にはフィルムの臭いが滲みついている。使い込んだ横長の作業机には所狭しと編集器材が置かれている。映一が使用しているのはスタインベックと呼ばれる器材で、フィルム一コマ一コマを電動で映し出す。ただし、映一が見ているのはネガフィルムだった。

白黒反転したネガを凝視していると頭の奥がわずかに眼精疲労を訴えてきた。目と目の間をきつく揉んでみるが、ちりちりとした疲れはなかなか解消されない。

その時、不意に部屋のドアが開いた。

「おう。熱心だな、新人監督」

入って来た小森はやさぐれた口調で映一を労《ねぎら》った。

「すいません。折角のお休みだったのに」

「全くだ。こっちゃあ撮影終了して、やあっとひと息吐いたってのに。いきなり仕事手伝えとは、どういう了見かねえ」

「小森さんにしか言えませんよ、こんなこと」

「こんなことって……おい。まさか編集を手伝えって言うんじゃないだろうな」

「駄目ですか」

「他はともかく、編集だけはできん。勘弁しろ」

「どうして編集だけできないんですか」

「性に合わん」

小森は映一の隣に腰を下ろした。

「撮影所に入った時分、少しだけやらされたが長続きしなかったな。それからは撮る側にすっぽり嵌《はま》っているから余計だ。自分で捉えたショットはどれも惜しいから、勢いよくバッサリできん。だから俺は、撮る人間と切る人間は別人の方がいいと思ってる」

小森の言い分は分かるような気がした。一カット一カットに全身全霊を注力するキャメラマンの情熱と、全体のバランスを考慮してシーンを躊躇なくカットする編集マンの冷静さはまるで真逆のものだ。

「待てよ。本編ラストのラッシュがもう上がってきたのか?」

「いえ。これは吉崎さんの撮ってたメイキングです」

「……観たのか」

「昨日、イマジカの試写室で高峰さんと一緒に」

「何もあんな場所で観なくたっていいだろうに」

「元々、そういう鑑賞目的じゃないですからね。それで小森さんの感想は?」

「俺の?」

「わざわざ現像所にポジは自分のところへ届けるよう、言伝《ことづて》したんでしょ」

「ああ。最後の数カットは俺が撮ったからな。そこだけはチェックしておきたかった」

「で、どうでした」

「とてもじゃないが全編見られたもんじゃない。死んだ人間に鞭打つようで悪いが、あれに商品価値はない。いや、下手したらシャシンがビデオ化されても付録に付けない方がいいんじゃないか。本編との落差があり過ぎる」

「ですよねえ。高峰さんも言ってましたよ。普通は切るのに苦労するのに、このメイキングは残すのに苦労するって。特に最初がひどかったらしいですね」

「ああ。今までビデオカメラでしか撮影したことなかったヤツがフィルムのカメラ持つと大抵ああなるんだ。扱い慣れてないから固定したまんまか、逆に無闇に動かしたがる」

「そういう代物を、高峰さんとずっと大スクリーンで鑑賞してました」

「ご苦労なこった」

「でもですね。開巻間もなく妙なことが起きたんです」

「妙なこと？　何だい、それは」

「高峰さんも同じだったんですけど、何か苛々する画だったんですよ」

「そりゃあ、あんな内容なら苛々もするだろうさ」

「いや、内容じゃなくて曽根さんの動き方。もっと言うと映り方が変なんです。観ていると落ち着かないっていうか、真っ当に撮られた画に思えないんです」

「……よく分からんな」

「ええ。俺たちもどこがどうおかしいのか分からなかったんです。それでラッシュを外して、ビュワーで一コマ一コマ見てみたんです。それでやっと理由が分かりました。原因は中途半端なカットだったんです」

「中途半端なカット？」

映一は作業台の傍らにあった缶からフィルムを一巻取り出した。左手のスタンドにラッシュのロールを掛け、フィルムの端をビュワーに通す。通過するフィルムが下からの蛍光灯の光で磨りガラスの上に映し出される仕組みだ。右手にはフィルムを通してフィート数とコマ数を表示するゲージが設えてある。

「これ、メイキングのポジです。俺たちがおかしいと感じたのはこの部分……そう、曽根さんが事故に遭った日のカット」

話しながら映一はシンクロナイザーを手動で回していく。その手の動きに同調して紙芝居の絵のようにコマが進んでいく。

「時間的にはこのインタビューの直後に真上からライトが落下するんですけど、まさにその場面に問題があるんです。いいですか、このシーンはカメラを固定して撮りっ放しのように見えるけど、細かく見ていくと何箇所かで中断してるんです。きっと吉崎さんの興味を惹くものが画面の中に入ってきたからでしょうね」

映一が説明した通り、画の中にマキが出入りする一瞬、カットが入った。

「そこで、直近に中断したところから俺たちが変だと思ったシーンまでのコマ数を数えてみたら……当たりでした。同一シーンの中で何コマかが抜き取られていたんです」

映一はある箇所でビュワーを止めるとフィルムを取り外した。小森の眼前に突き出したフィルムには明らかな接着跡が残っている。

「小森さんには言わずもがなですけどフィルムは一秒二十四コマです。中途半端な中抜きをしたら当然動きは不自然になります。それにカットを繋ぐ時には、前のカットの最終コマと次のコマの最初が連続していないと駄目です」

それは一秒二十四コマの動きに慣れ親しんだ者だからこそ受けた違和感だった。加えて大スクリーンで観たために、カットの繋ぎ目で映像のブレが拡大されたせいもある。

「じゃあフィルムの抜き取りはどこでされたのか。現像所ではフィルムを現像して編集室に送るだけです。でもこのメイキングに限っては、高峰さんの手に渡る前に小森さんが関与しています。高峰さんの下に戻り、試写した段階では既にコマは抜き取られた後だったから、加工されたのは小森さんが受け取った時でしか有り得ない」

「そうだな」

小森は何の衒《てら》いも見せずに肯定する。

「どうしてポジのコマを抜いたんですか」

「その理由もあたりをつけたんだろう？」

「小森さんではネガを受け取る理由が作れない。でもポジならチェックするという言い訳が立つ。そしてネガ編集はポジの編集データが元になるから、ポジさえ加工してしまえば自動的にネガも同じ加工がされる」

「さっきお前、スタインベックでネガを見ていたな。まさか」

「そうです。編集前のメイキングのネガです。こっちにはカットされたコマがまだ残っていました。それがこれです」

映一はスタインベックに映し出された静止画を指差す。白黒反転の画でも構図の隅々が分かる。

画面の下四分の一に曽根の姿がある。その真上にスタジオの天井を捉えているが、三重の上で何者かが中腰になってライトに触れている瞬間がはっきり映っている。

「これ……小森さんですよね」

息を詰めて小森の反応を見守るが、本人は小さく頷くだけで感情を面《おもて》に出さない。否定して欲しいのに。

「全部お前の見立て通りだ。事故が起きた後、吉崎がカメラを回していたのを思い出してな。何が映っていたのかずっと気になってたんだ」

映一は思い出した。吉崎が殺された直後、メイキングの仕事を率先して受け継いだのは小森だったが、それは誰よりも早くフィルムの内容を確認する必要があったからだ。

「しかし慣れない仕事はするもんじゃないな。ちゃんと二十四コマ分抜いて繋がりをスムーズにするなんて考えもしなかった。こうやって改めて見れば接着の仕方も雑だしな」

「最初から曽根さんの上にライトが落ちるように細工したんですね」

「ああ。固定ネジを全部緩めておけばライトの自重で外れるのは見当ついてたからな。でも頭を狙った訳じゃない。この先を見たら分かるが、ライトに細工をしてからほんの少し曽根が動いて位置がずれているだろ。最初は肩を狙っていたんだが、目標がずれて頭に命中しちまった。本当は、多少怪我してくれればそれでよかったのに」

「どうしてそんなことを」

「どうして？　今更訊くな。お前なら分かっているだろう。オヤジの邪魔者を排除したかっただけだ」

やはり、と思った。それだけが唯一の救いだった。小森という男は自身のために非常手段を採る人間ではない。小森がそうする時は必ず他人を護る場合に限られる。

「曽根は現場の主導権を握ろうとしていた。頼みの五社さんは製作の中心から外れて、発言力でオヤジの援護ができる者は誰もいなかった。オヤジの独裁ぶりがせめてもの抵抗力だったが、車椅子の身の上じゃいつまでも続くものじゃない」

「だからってライトを落とすなんて」

「言っただろ。本当は肩に当てて軽傷で済ませるつもりだったんだ。怪我で途中退場すれば、後釜に五社さんが復帰するのは想定内だったしな。あんな大事になって一番驚いたのは俺かも知れん」

小森は告白の最中、悪びれる様子は一度も見せなかった。犯罪行為ではあっても後悔などしていないという風だった。

「誰の目にもオヤジは弱っていた。あんな身体で映画監督なんざ自殺行為に等しかった。だけどな、映一。それでも俺はオヤジの好きなように撮って欲しかった。これが遺作になると分かっていたからだ。オヤジのシャシンは単なる映画じゃない。この国が世界に誇れる数少ないものの一つだ。そしてオヤジがもし逝くことがあっても、それはベッドの上じゃなく現場だ。映画以外に生きる術を持たないオヤジ本人がそうなることを望んでいた。オヤジの願いを叶えてやるためだったら、俺は何でもしてやるつもりだった。実力行使に出るかどうかはともかく、気持ちはお前も同じだったろう?」

否定する材料は何もない。映一はただ頷くしかなかった。

実力行使に出るかどうか——もし自分が小森より先に、曽根を現場から排除する方法を思いついていたら実行したかも知れない。その意味で、小森はもう一人の映一自身だった。だから責める気には到底なれなかった。

「それにしても恐れ入ったな。まさかお前にここまで知られるとは思ってもみなかった。そう言や弟は刑事だったたな。ひょっとしたらお前の方が刑事に向いてるんじゃないのか」

「それは違うよ、小森さん。フィルムの抜き取りに気がついたのは俺が映画屋の端くれだからだよ。他の職業の人間には多分見抜けなかったと思う」

「じゃあ、却ってお前に知られて良かったのかも知れんな」

「マキさんの上に落ちてくる木材のフェイクに本物を混ぜたのも小森さんが？」

「ああ。あの時点では帝都テレビからの押しつけだったし、とてもオヤジの期待に添えるようなタマじゃなかったからな。フェイクが彼女の足元に落ちることは設定済みだったから、後は本物を一本紛れ込ませるだけだった。でも、あの後、彼女が怪我を押して現場に戻った時にはえらく後悔した。人を見る目が濁っちまったとつくづく自分が嫌になって、それから陰謀めいたことは何一つしていない。ま、それも結局は自己弁護なんだが」

そう言うと小森は立ち上がって背を向けた。

「小森さん？」

「できることなら映画公開するまでは波風立てたくなかったんだがな。知られたのなら仕方ない。今から警察行ってくらあ」

「……一人で？」

「あのな！　園児じゃあるまいし警察ぐらい一人で行けらあ。おい、信じろよ。俺の仕事はもう終わったから、お前が暴き出さなくたって時期がきたら自首するつもりだった……。まあ、言い逃れにしか聞こえんかな」

本心なのだろう、と思った。

そうでなければやり切れない。

「惜しむらくは公開初日の様子を見られなかったことだが、まあ塀の中にもテレビはあるだろうから良しとするか。差し入れには来いよ」

そのまま外に出ようとしたので慌てて引き留めた。

「待ってくださいよ、小森さん。まだ話は終わっちゃいない」

「あん？」

「もう一つの方、吉崎さんの殺人について何も聞いてない」

「吉崎の殺人だと」

小森は少し憤慨した様子だった。

「何言ってるんだ、お前。俺が吉崎を殺したと考えてるのか。だったら空振りだぞ。それも思いっきりフルスイングで」

「え」

「確かに曽根は傷つけたが、吉崎には指一本触れてない」

「で、でも」

「でもへちまもあるかい。大体、あいつは現場で爪弾きにされていただろ。そんな奴、目障りには違いないが障害にはならん。俺がライトに仕掛けをしていたのを撮っていたが、そんなことぐらいじゃ殺したりしねえよ。警察は信じないかも知れんが、お前だけは信じてくれ」

言われてみればその通りだった。

撮影の障害になるような存在ではなかった。予算を徒《いたずら》に消費するという点では障害だったが、それなら小森より先に制作部の樋口が手を出すはずだ。少なくとも小森に動機はない。

それならいったい誰が吉崎を殺したのか？

賢次が撮影所の映一を訪れたのはそれから間もなくのことだった。

「礼を言いに来た」

「何だよ、わざわざ。電話で済ませられなかったのかよ」

「さっき小森さんが調布署に出頭して来た。本人を説得してくれたの、兄貴なんだろ」

どうやらそれだけのことを伝えるためにやって来たらしい。言動が軽いようでいながら、こういうところで筋を通す生真面目さは相変わらずだ。

「説得なんかしてねーよ。小森さん、折りを見て自首するつもりだったらしい」

「その口ぶりからすると、やっぱり小森さんに引導渡したのは兄貴だな」

「引導って……他に言い方ないのかよ」

「どうやって話を詰めていったのか、現場の捜査員としては大いに気になる」

「小森さんはどうなる？　自首したとはいえ傷害には違いないんだろう」

「うーん。傷害罪は十五年以下の懲役か五十万以下の罰金なんだけど、後はライトの取りつけネジ緩めるだけという偶然性がどれだけ考慮されるかだよな。実際、被害者の曽根プロデューサーと山下マキが軽傷だったのは小森さんにとって幸運だったんだよ」

それには映一も頷いた。結局曽根が入院していたのは二カ月足らずで、頭部の打撲についても後遺症などは残らなかったのだ。ただし後遺症は曽根の内部に及んだらしく、退院後も現場に復帰する意欲は見せなかったという。

「送検する立場の俺が言うのも何だけど、腕のいい弁護士雇えば執行猶予がつくケースだと思う。問題は、所轄を含めた捜査本部が吉崎さんの件でも小森さんを疑ってかかっていることさ」

「しかし、あそこまで自供した小森さんがその点だけ偽証するなんて却って不自然だろう」

「それでも同じ集団の中で複数の事件が起きたら、まず同一犯を疑うのがセオリーだからね。そういう時、一端《いっぱし》の刑事なら罪状を殺人から傷害致傷に減ずるための偽証と考える」

「それはそうかも知れんが……」

「俺自身は小森さん殺人犯説に満足していないけどね。動機はともかく、胸をナイフでひと突きというシチュエーションがどうにも納得できない」

「でもお前だって最初は、顔見知りだから抵抗らしい抵抗はしなかったと言ったぞ」

「それは現場での吉崎さんの立ち位置を知らなかったからだよ。あの時点で吉崎さんは爪弾きみたいな存在だったんだろ。曽根さんも不在だから頼るべき人間は誰もいない。つまり心を許せるような人間がいない訳だから、あんな風に無防備になれるはずがないんだ」

それは映一も自問してみたことだった。主要キャストとスタッフ合計で四十名余。その中で吉崎が警戒しない人間はいるのか――。だが結論は出なかった。

「それより兄貴には別に心配することがあるんじゃないのか。小森さんの出頭は夕刊紙がスッパ抜いたらしいから、そろそろ新聞や女性誌が騒ぐ頃だろ」

「また五社さんが対応に回る。現時点では、スタッフの一人が外様プロデューサーと女優を怪我させただけって話だから公開を中止するようなスキャンダルじゃない。今頃はすっかり及び腰になった製作委員会のケツ引っぱたいてるよ」

「捜査本部が抱くような疑念はマスコミだって同様に抱くぞ。本当に大丈夫か」

「マスコミ対策は現場の考えることじゃない」

そんなに心配してくれるなら、さっさと真犯人を捕まえてくれ――とは言えなかった。吉崎を殺した犯人が身内にいる可能性は依然として高い。小森に掛けられた疑いは晴らすべきだが、仲間の中から真犯人が挙げられてもいい気はしない。

「それはそうとさっきの話に戻るけどさ。小森さん本人を相手に、どうやって話を詰めていったんだよ。教えろ」

疑問が浮かんだら解消せずにはいられないのも昔からだ。考えてみたら、そういう性格だったから刑事になれたのかも知れない。映一は観念して、小森とのやり取りを再現してみせた。

「ああ、それは俺が試写を観ても気づかなかったかもな。一秒二十四コマの原則は知っていても、その知識と知覚を繋げて推理できるのは、やっぱり映画屋さんならではだろうな」

賢次の口調には少しだけ悔しさが滲む。

「所詮、俺たち観客はスクリーンやモニターで見せられるものが全てだからな。それをそのまま信じるしかない訳だよ」

「まあな。削除されたシーンとかCG合成される前の素材とかは、特典映像で公開されるまでは想像もできないだろう」

しかしそれは映画やドラマに限らず、観客や視聴者を相手にする商売なら全て同じだ。提供する側は画面に映るものだけを披露する。その時、画面の外側に隠しているものは大抵が現実的でみすぼらしい。そして、みすぼらしさを明るみにしないのは提供者と享受者の間に交わされた暗黙の了解でもある。

だからこそ大森はメイキングの製作に最後まで渋っていた。夢を売る映画の付録にシリアスな現実をつけてどうするつもりか、という訳だ。それではＤＶＤの商品価値が上げられないと製作委員会が泣きを入れたので、フィルム撮りを条件に承諾したという経緯がある。

その大森にはまだ小森の件を報告していない。一刻も早くとは思うのだが、大森の顔が失意に歪むのを見たくない気持ちが腰を重くしている。それでも新聞で知らされるより前に面会する必要がある。救いがあるとすれば、曲がりなりにもクランク・アップできたことを報告できることくらいか。

「それにしても、大森監督の後を継いでよく最後まで撮ったよなあ。それは我が兄貴ながら尊敬に値するよ。後はポストプロダクションだけなんだろ」

「俺の力じゃないよ。他のスタッフが尽力してくれたお蔭だ」

賢次は目を丸くした。

「何、今の大人発言。いつからそんなに折り目正しくなった」

「あのな……」

「やっぱりアレかな。地位が人を作るって本当なのかね」

「そんなんじゃない。俺はただ皆に声を掛けていただけだ。実際、オヤジが倒れる前に舵を大きく切ってくれなかったら、とっくの昔に座礁していたよ」

「何のことさ、それ」

映一は、予算が逼迫したために急遽、脚本を修正したことを説明した。

「あの場で修正できなかったら、それこそ現場が右往左往したと思う。六車さんもあんな土壇場でよく三十分も削れたものさ。それでいて本編は過不足なく仕上がってるんだから大した才能だよ」

「……兄貴。どうして、そのことを先に言わなかった？　だったら事件発生時に押収した脚本は修正後のものだったのか」

賢次は目を剝いて表情を一変させた。

「どうしてって、そんなこと関係ないだろ。吉崎さんは現場の進行にノータッチだったし」

「修正前と修正後の脚本、両方とも持ってるか」

「ああ。ここにあるぞ」

監督代行に指名されてからはスケジュール表に代わって脚本を持ち歩いている。二種類の脚本をひったくると、賢次はその場に座り込んで穴が開くほど両者を見比べ始めた。

「いったい何しようとしてるんだ」

「ちょっと黙っててくれ！」

切羽詰まった表情はすっかり刑事の顔になっている。映一は気圧されたように続く言葉を失った。

沈黙の時間が流れる。

やがて脚本から顔を上げた賢次は静かに告げた。

「兄貴。どうやら犯人が分かった」

2

「どうして警察の人がここに？」

撮影所に呼び出された人物は、映一の隣に陣取る賢次の姿を見て怪訝そうに言った。ここはまず映一が謝るべきだろう。

「いや、本当に申し訳ありません。全部、弟の画策したことで……」

「署の取調室で事情聴取を受けるより、ここの方がリラックスしていただけると思いまして」

賢次は澱みなく答えたが、実際は違う。任意同行を求めるよりも、別件で撮影所に呼んだ方が相手の不意を突けると考えたからだ。

案の定、相手は気分を害した様子だった。

「撮影絡みの話じゃないのなら帰る」

「何か疚《やま》しいことでもあるんですか」

「え」

「警察官を前にしてその場を去りたがるのは、何か疚しいことをしているからだと疑われても仕方がない」

隣で聞いていても鼻白むような理屈だが、既に不意打ちを食らった人間には有効だったようで、相手は不承不承賢次に向き直った。

「あなたが宮藤さんの弟でなかったら訴えてやりたいな。で、訊きたいことというのは?」

「その前に僕の講釈を少々。先日、小森さんが所轄署に出頭されて、曽根プロデューサーに怪我をさせたのは自分だと供述されました。しかもご本人から証拠となるネガフィルムの存在までご指摘いただきましたので、こちらの事件はあっさり片づきました。問題は吉崎さんの殺人事件です。一部マスコミにはこれもまた小森さんの犯行ではないかという意見もあり、警察内部でもそれを疑う者もおりました。しかし僕の意見は違います。小森さんは吉崎さんを殺した犯人では有り得ません」

「理由は?」

「一つは動機ですね。小森さんが曽根プロデューサーを怪我させたのは、大森監督が映画撮影する上の障壁を排除するためでした。一方、吉崎さんは曽根プロデューサーの子飼いではあるけれど大森監督の障壁には到底なりようのない存在でした。事実、撮影現場でもたった一人でメイキングを撮らされていて本編の撮影には一切関与していなかった。つまり居ても居なくても変わりのない存在だったから、小森さんが手を下す動機がない」

相手は黙って賢次の話を聞いている。吉崎に対して身も蓋もないような話だが、反応らしい反応がないのは相手も同じ心証だからだろう。

「理由の二つ目は方法が見当たらないことです。吉崎さんは真正面から胸をひと突きされていました。当初、本部はその事実から犯人は顔見知りという見通しを立てましたが、これは前述した吉崎さんの立場を考えると齟齬《そご》を生じるんです」

相手は訝《いぶか》しげに眉を顰める。

「……齟齬？」

「本来は大森監督を補佐、いや、それどころか共同監督でもしそうな勢いで現場入りしたのに、スタッフからは総スカンを喰らい、頼みの綱の曽根プロデューサーは途中で退場。その後はまるで余計者のような扱いでした。しかしそれはスタッフ側の視点であって、吉崎さんからすれば周りは全て敵、まあ四面楚歌《しめんそか》ですよね。そんな状況で如何に顔見知りであったとしても、相手がナイフを持って真正面に立っているのに無防備でいるなんておかしいじゃないですか」

「犯人は隙を突いたのかも知れない」

「もしも傷口が背中や脇腹にあったのなら、そういう仮説も成り立つでしょう。でも真正面では無理です。やってみると分かりますが、真正面から深々と突き刺すにはある程度の距離が必要になるからです」

すると賢次は傍らにいた映一を相手に実演を始めた。いきなり抱きつかれて映一は驚いたが、賢次は一向に気にする様子もない。

「いいですか。たとえばこうして身体を密着させると、腕の動かせる範囲は限定されます。真正面から突き刺すには距離が足りないことが分かります。つまり、向かい合った状態では相手の懐に飛び込むための助走が必要になってくるんですね」

そう言って、賢次はいったん映一の身体を突き放した。そして少し離れた地点から拳を映一の胸に当てる。

「と、こういう具合ですね。ところが助走をつけるくらい離れると、当然吉崎さんには剝き身のナイフが見える訳です。だから吉崎さんが無防備でいたことは本来理屈に合わないのです」

相手は首を傾げた。

「そうなると、あなたの理屈では彼が敵視していたスタッフの中に犯人はいないことになる。いや、殺人の可能性も薄いということにもなる」

「自殺説ですね。しかし、それではナイフから指紋が拭き取られている理由を説明できません。また、自殺の動機も見当たりません。その仮説は却下です」

「だったら」

「一つだけ条件を満たす可能性があるんです。それは、ナイフを持って突進してくる相手に対して吉崎さんが警戒心を解いている場合です。相手が凶器を手に懐に飛び込むまで、吉崎さんは両手を広げてそれを待っている。それなら話の辻褄《つじつま》は合うんです」

「それこそ有り得ない」

「いいや、有り得る設定が一つだけ。演技の練習ですよ」

「練習？」

「人を刺し殺すシーンがあるので練習したい。そう言って相手役をしてもらうんです」

賢次はそこで懐からナイフを取り出した。

「これは本物そっくりに見えますが、実はここの小道具係さんお手製のフェイクです。刃の切っ先を押すと刃身が柄の中に引っ込むようになっていて、絵的にはこう、相手に突き立てると深々と刺さっているように見える。映画とかドラマの関係者ならずともご存じのギミックですよね」

反応を待っていると相手は浅く頷いた。ここは否定しても嘘になる。

「そこでこのフェイクナイフですが、一般的に登山ナイフと呼ばれている物に似せています。言い換えればフェイクナイフの原型になった、ありふれた本物が実在している訳で、表面上は見分けがつかない……。もう、言いたいことは分かりますよね。吉崎さんを相手役にフェイクを用いた刺殺シーンの練習を数回行い、そしてナイフを本物にすり替えて同様に相手の懐へ突進する。フェイクと信じ切った吉崎さんは無防備のまま刺される。どうです、この方法なら？」

「確かに可能でしょうね。これがあなたの講釈の全てですか」

「はい」

「それじゃあ、わたしに訊きたいこととは？」

「動機ですよ。何故あなたが吉崎さんを殺さなければならなかったのか教えてください。山下マキさん」


「どうしてわたしが疑われなきゃいけないんですか」

マキはきっと眦《まなじり》を上げて賢次を睨んだ。

「殺害方法は納得できるところがありますけど、それだったらわたしでなくても可能じゃないですか。『災厄の季節』のキャストは他にもいる」

「一つだけ前提条件があります。ナイフで相手を刺すというシーンに出演していなければ、吉崎さんだっておいそれと練習相手にはならないでしょう。実を言いますとね、練習を口実に吉崎さんを刺殺したんじゃないかという考えは最初に思いついてたんです。だが捜査資料として渡された脚本にそんなシーンは一切見当たらなかったので捨てていました。とところが、脚本は吉崎さんが殺される直前に修正されていたのですね」

賢次はちらと映一に視線を移した。その目は解決を遅らせたのはお前だと責めている。

「修正前の脚本を拝読すると……ありました。予算の都合で急遽《きゅうきょ》削除されたシーン60、古手川刑事が夢想する中で梢が被害者を刺殺する場面です。全編中、刺殺のシーンはこの一カ所しかありません。従ってこのシーンを口実に吉崎さんを殺害できたのは梢役の山下マキさん、あなたしかいないことになる。もしも、この脚本が吉崎さんの手に渡っていたら彼もあなたの頼みを不審に思ったはずです。だが自分のメイキングについても中止を宣言され、いきり立った吉崎さんに兄も脚本の変更を告げられないままでいた。そんなことも知らない吉崎さんは、まんまとあなたの口車に乗せられたという訳です」

「ふん、馬鹿らしい。長々と話を聞いてみれば証拠と言えるようなものが何もないじゃない」

マキはつんと顎を突き出した。こんな局面でもさすがに女優らしさは健在で、傲然とした態度も堂に入っている。

「あなたも言ったように、凶器となったナイフは綺麗に拭き取られて指紋一つなかったんでしょ。それとも現場にわたしが吉崎さんと一緒にいた痕跡でも残っている訳？」

「あのトレーラーは吉崎さん専用でしたが、撮影現場から吉崎さん自身が運び込んだ物も沢山検出されました。靴の裏に付着したのでしょうね。中には他のスタッフさんや出演者の毛髪もあったそうです。だから残留物だけで犯人を特定することもできない。ただ念のために訊きます。それではあなたは事件当日、フェイクのナイフも使用しなかったと言うんですね」

「当たり前じゃない。シーン60の撮影はその前日に終了してるんだから。でも、当然撮影に使用したフェイクにはわたしの指紋がついているけど」

「兄貴。マキさんはこう言っているが……」

「ああ。ちゃんと聞いてるよ」

マキは勝ち誇るように鼻を鳴らした。

「やっぱりあなたの講釈は机上の空論ということね」

「いいえ、そうでもありません」

今度は賢次がぐいとマキに顔を近づけた。賢次も目鼻立ちは整っているので、こうした挑発する仕草も様になっている。映一は傍で見ながら、二人がまるで演技合戦をしているような錯覚に陥りそうになる。

「マキさん。あなた、撮影に使われた小道具がどこに仕舞われているかご存じですよね」

「そんなこと！　撮影に入る前から小道具係さんから教えられたわよ。撮影が終わったら一カ所に集めておくようにって。スタッフさんも他のキャストも全員知ってることよ」

「では、その後は」

「その……後？」

「兄貴。補足事項」

この野郎。こっちに振ってきやがった——。

映一は渋々、口を開いた。

「マキさん。この映画が最初から予算ぎりぎりだったことは知ってますよね」

「ええ。でも途中からシーンが増えたりスケジュールが延びたりしてもっと苦しくなったと」

「そんな状況に追い込まれた時、制作の樋口部長が少しでも予算の足しになるよう日銭稼ぎを思いついたんです」

「日銭稼ぎって何、それ」

「使用済みの小道具をネット通販でオークションに掛けたんですよ」

初耳だったらしく、マキは少しの間啞然としていた。

「竹脇裕也の使用したボロ靴、山下マキの着用した衣装、三隅謙吾愛用のディレクターズ・チェア……そういう品物を使い終わり次第、小道具が集めて制作部に持って行くんです。テレビドラマだと何回でも使い回しが利くけど、映画はその都度新しい小道具を揃えることが多いから。どうせゴミになるものなら高く売ってしまえば一石二鳥でしょう」

「ちょいとせこい気もするけど無駄のない使い道だよな。で、兄貴。一旦小道具係さんに集められた物はどうなる」

「売り物になるからな。その日のうちに小道具係が汚れを拭き取る」

そう告げた瞬間、マキの口が開いた。

表情が固まっていた。

ここが突破口だった。

「そうなんですよ、マキさん。だからあなたが使用したフェイクのナイフもその日のうちに拭き取られて指紋が残っているはずはない。しかし今朝になって鑑識が小道具類を再度調べますとね、そのフェイクの中の一本からあなたの指紋が検出されたのです」

マキの顔から見る間に虚勢が剝がれ落ちていく。

ああこれがこの女優の演技力の限界なんだと、映一は別の意味で落胆を覚えた。もしも夏岡優衣であれば、ここで余裕ありげに笑ってさえみせるかも知れない。

「あなたは事件当日、フェイクのナイフに触れていないと先ほど言った。しかし現実にあなたの指紋が残っているということは……」

「もういいわ」

力の抜けた声だった。

「座ってもいい？」

「どうぞご自由に」

賢次に促されて、マキは近くにあったディレクターズ・チェアに腰を下ろした。

「これ……ひょっとして大森監督の？」

「ええ、そうです」

「そう言えば宮藤さんはこのチェアに一度も座らなかったね」

「何となく気後れがして……まだ俺には早いような気がします」

マキは肩を竦《すく》めて「そうかな」と呟いた。

「でもスタッフさんたちもイジワルね。どうして小道具をオークションに掛けること教えてくれなかったの」

「樋口部長から口止めされてたんですよ。経費削減の一環とはいえ、せめてキャストの皆さんには伝えるな。変な気を回されたら申し訳ないからって」

「恩が仇になった訳ね……。わたしが吉崎を殺さなきゃいけなかった理由、だったわね」

「はい」

「脅されてたのよ。宮藤さん、クランク・イン前に流れていたわたしの噂、憶えている？」

「元カレが動画サイトに投稿した件ですか」

「噂通り、映っていたのはわたし。そして投稿した元カレが吉崎だった」

賢次は黙って頷いた。どうやらおおよその見当はついていたらしい。

「まだドラマにも出ていない頃のことよ。当時吉崎はディレクターになったばかりで、ドラマで使ってやるっていうのが誘い文句だったわ。くだらない男だと分かっていたけど、どうしても女優になりたかったから足を開いた。画のタイトルに枕営業とあったけど、本当にその通りだった」

マキはまるで他人事のように話す。

いや、違う。

他人事のように考えないと話せないのだ。

「その後、わたしはちょこちょこ役をもらえるようになって吉崎と別れたわ。努力して、色んなことに耐えて、やっと月9のドラマで主役が張れるようになった。ちょうどその頃よ。例の動画が投稿されたのは。あのビデオ、微妙にモザイクが掛かっていて、わたしに似ているけど断言まではできないってレベルだったでしょ。それが吉崎の脅し方だった。オリジナルは自分が持っているから、いつでもモザイクは消せる。いい気になるな、俺が首根っこ押さえているのを忘れるなってことね」

「……最低なヤツだな」

「それでも同じ現場にいながら知らんふりしてくれてたうちはまだよかったんだけど……あの日、予算が逼迫してメイキングの撮影も中止を告げられた時に吉崎がキレたの。ケータイで呼び出されて、いきなり言われた」

「何を」

「俺と共同監督で撮影進めるようにお前から大森監督に捻じ込め。相手が拒否したら降板を盾に交渉しろって。もう完全にテンパってた。目が普通じゃなかった」

「言うことを聞かなきゃモザイクなしで再度投稿してやる、か」

「そう。あんな男の脅しに乗ったら、わたしはこの先一生奴隷にされると思った。でも断った挙句、あのビデオをネットでばら撒かれるのはもっと嫌だった。それで……殺そうと思った。後は弟さんの推理した通り」

「ビデオはどこにあったんですか。警察がパソコン解析した時、そんなデータはなかったという話だったけど」

「SDカードに落として、肌身離さず持ってたわ。隠し場所は財布の中。昔っから変わりなしだった。投稿した時のパソコンは旧機種だったから廃棄してた」

声が落ちていた。映一は居たたまれない気持ちになった。

「では、署までご同行願えますか」

「せめて映画公開まで待って……と言っても無理よね」

「残念ですが」

マキは重そうに腰を上げ、自分の座っていたチェアについと視線を投げた。

「吉崎はここに座りたくて座りたくて仕方がなかったんだけど……あまり座り心地のいい

椅子じゃなかった。ごめんなさい、宮藤さん」

「後悔、してるんですか」

「計画性に欠けていたことをね」

「え……」

「もっと綿密に計画を立てればよかった」

「マキさん！」

「そうすれば、もう少し弟さんに見抜かれるのが先になったかも知れない……。折角クランク・アップしたのに、わたしが逮捕されたらまた上映が危うくなる。宮藤さん、これだけは信じて。わたし、もう大森監督の足手纏いにだけはなりたくなかったの。あの映画をちゃんと完成させて、公開させたかったの」

「行きましょうか」

マキは肩を落としたまま、賢次に付き添われて撮影所を出て行った。

「それでお前は主演女優を弟の刑事に引き渡して、おめおめと見送ったというのか。麗しき兄弟愛で結構な話だな」

五社はいつになく険のある口調で映一を責めた。反論したい気持ちは山々だったが、事実に変わりはなかったので映一は口を閉じていた。

撮影所に集合したスタッフたちの焦燥は濃い。ある者は爪を噛み、ある者は腕組みをし、またある者は貧乏揺すりを続けている。覚悟はしていたものの、実際に現場の中から犯人が出たことへの驚愕と落胆が一同の上に重く伸《の》し掛かっていた。

山下マキの逮捕は『災厄の季節』を巡る一連の報道における最後の爆弾だった。いちスタッフではなく有名女優の犯行は動機が何であれメガトン級のスキャンダルであり、芸能ジャーナリズムのみならず一般紙までがこのニュースに食いついた。

今までマスコミの騒ぎを利用してきた五社も今回ばかりは手に余るようで、未だに公式なコメントは控えている。宣伝効果と嘯くにはスキャンダルの破壊力が強過ぎるのだ。

だが、一番の問題は他にあった。

「製作委員会では映画公開に関してひどく悲観的だ」

五社の表情は沈痛だった。

「特に帝都テレビの腰が引けてる。テレビの視聴者に言い訳ができないらしい。ふん、マキは元々自分の局の看板女優だというのに」

「……本当に申し訳ありません」

端に立っていた麻衣が背中の見えるほど深々と頭を下げた。

「マキがとんだご迷惑を……」

「ああ、いや。そんなつもりで言ったんじゃないんだ」

「でも、五社さん。帝都テレビは幹事会社でしょう。公開中止になれば一番痛手を受けるのは帝都テレビじゃないのか」

土居が質問すると、五社は悩ましげな目を向けた。

「そうだ。そこで帝都テレビが言い出したのが、山下マキの出演シーンを全てカットした上での封切りだ」

「馬鹿な」

すぐに六車が声を上げた。

「最終稿でかなり彼女の出演シーンは減ったけど、一方で他のキャストとの絡みが増えている。そのシーンを全部カットしたら完全にストーリーが破綻しますよ」

「分かってるさ。だが帝都テレビにすれば映画の出来は二の次だ。興行収益で最低限自分の出資分を回収したいのさ。劇場公開したという事実だけで二次使用の展開が図れればそれで良し。ビデオ化する頃にはほとぼりも冷めているから、完全版と称して今の尺を使うって肚《はら》だ。とにかく現時点では世間からのバッシングを何よりも恐れている」

「そ、そんな不完全な映画」

「ああ、それも分かってる。製作委員会の意向はともかくとして、肝心要のオヤジが公開を拒否するかクレジットから自分の名前を外せと言うだろう」

そうだろうな、と映一は思った。あの完全主義の大森が自作の短縮版のような代物を許すはずがない。そして、監督自身がクレジットを拒絶したような映画に存在価値などない。ハリウッド映画でアラン・スミシー名義の監督作品はそういう成立過程の作品だが、やはり監督自身が汚点と考えるような映画だから碌なものはなく、興行成績も惨憺たる結果に終わっている。

映一は絶望に押し潰されそうになった。大森とスタッフ、そしてキャストたちの心血を注いだ映画が、今や捨て子同然の扱いを受けようとしている。いっそ公開しない方が救いになるが、製作委員会は損害をわずかでも軽減させるため無理にでも封切りさせるつもりだ。

ここにいるスタッフ全員、既に働いた分の給料は支給されている。従って映画がどのように公開されようと、また中止になろうと懐が寒くなる訳ではない。

だが、胸が寒くなる。

労働に価《あたい》する賃金を手にすることが全てなら、誰もこんな仕事を選ぶはずがない。監督の理不尽な要求に耐え、労働基準法もへったくれもない現場であくせく働いているのは、出来上がったものに矜持を持ちたいからだ。

ここに集う者たちは世界に通用する数少ない日本人の一人、大森宗俊の魂に触れ、それをフィルムに焼きつけることを誇りとしてきた。だが、その誇りが今や細切れにされ二束三文で叩き売られようとしている。

この齢になって初めて、胸が焦げるのを実感した。燃えるのではない。じっとしていると身体の内側がぶすぶすと黒く浸食され、消炭の塊になっていくのが分かる。その息苦しさに声を上げることさえできない。

編集で手の施しようがなければ他に手段はない。それを知っているから、全員が重く押し黙っている。自分の責任でもないのに、麻衣は消え入りそうに縮こまっている。萎れている姿を見ていると、思わず手を差し伸べたくなる。

その時、不意に閃いた。

まるで悪戯な天使の囁きのように思えた。

映一はポケットに丸めていた脚本を取り出すと、麻衣に歩み寄った。

「ね、麻衣さん。ちょっとここ読んでくれないかな。声に出して」

開いたのは梢の台詞の部分だった。

「えっ」

「できれば感情を込めて。さあ」

麻衣は訳が分からないといった様子だったが、それでも渡された脚本に視線を落とした。

『おじいちゃんを憎んだり恨んでる人なんていませんでした！　他人に優しくて自分に厳しい人でした。卒業してからもこの家を訪ねてくる生徒さんが沢山いました。みんなみんな、おじいちゃんが大好きだったんです。それに、おじいちゃんが死んで得する人なんていません』

そこまで読み上げた時、映一は自分の勘に間違いがなかったことを知った。

その場にいる全員が目を丸くしていた。

さすがに姉妹だけのことはある。声質はマキによく似ている。下手をすれば滑舌は本人よりもいいくらいだ。

いや、そんなことではない。麻衣の台詞は完璧に近かった。姉がリテイクを繰り返した箇所を難なくクリアしているだけではない。聞く者を振り向かせるような人恋しい響きを持っている。

六車が小走りに駆け寄って来た。

「あ、あんた。どこかで演技のレッスンを受けたことでもあるのか」

「いいえ。お姉ちゃ……マキの芝居しているところをずっと見てましたし、本番以外の時はわたしが相手役になって練習してきたから、大抵の台詞は憶えているんです。あの……それが何か？」

「今度は立ってくれ、麻衣さん」

映一の声が震えた。

「今から俺の言う通りに演技して欲しい」

映一は梢が悲嘆に暮れるシーンを麻衣に演じさせてみた。

そこにOKテイクの梢が再臨した。

「大殊勲だ、宮藤さん」

六車はいきなり映一の肩を力任せに叩いた。

「最初に俺が当て書きしたイメージに近い。これは代打逆転ホームランになるかも知れない」

「ですね」

二人が興奮気味に話しているのを前に、麻衣はただ突っ立っているだけだった。

驚いたことに麻衣は演技面でとんでもない潜在能力を発揮した。

他人のふとした仕草や表情の変化を再現してみせるにはいくつかの才能が必要になる。その一つが観察力だが、麻衣はそれを持っていた。現場でマキの試行錯誤を目の当たりにしていたお蔭で梢という役柄を充分に把握しており、OKテイクの演技がどんな形であったのかを細部に亘って記憶していたのだ。

演技指導などしたことのない映一が見ても、麻衣の演じる梢はマキの演じるそれよりも魅力的に映った。

「宮藤さん、いける。いけるぞ！」

横で見ていた六車は映一以上に狂喜した。

「修正で梢の出番を減らしたことが幸いした。必要なシーンもほとんどが短いカット割りになっている。撮り直しは不可能じゃない」

六車の熱意が伝播《でんぱ》したのか、映一の胸にも火が熾《おこ》った。麻衣の姿を見、六車の声を聞く度に諦めていた可能性が明確な形へと変わっていく。

思いがけなく手段と材料が手に入った。梢の出演シーンだけの撮り直しなら時間も何とか捻出できるだろう。

問題は他のキャストの対応だった。既にスケジュールを消化し、現場はキャストたちを拘束できる権限を失っている。演出部からの依頼を受けて制作部が折衝に臨んでいるが、いったん離脱した俳優陣をもう一度招集できるかどうかは甚《はなは》だ心許なかった。それでも今朝方からマキと絡んだ俳優たちに声を掛け、そろそろ回答が出揃う頃だった。

三人がスタジオで待っていると、向こう側から樋口が歩いて来た。

映一は一瞬腰を浮かしかけたが、その足取りを見てすぐに肩を落とした。訊かなくとも分かる。樋口は演技力に縁のない男で、思っていることが顔だけでなく身体中に出る。

「わたしでは力不足だった」

声は張りを失ってかさついている。努力が徒労に終わるとこういう声になるのだと映一は知った。

「今更ながら、あの多忙な俳優たちを一堂に集められたオヤジの威光に頭が下がる」

「やっぱり快諾は得られませんでしたか」

「それ以前の問題だよ。竹脇裕也のマネージャーからは、もう一年先のスケジュールまでびっしり埋まっていると冷笑された。夏岡優衣の事務所は新規の契約が必要だと言ってきた。三隅さんの事務所に至っては、話が終わる前に電話を切られた」

むしろそれが当然なのだと思う。元々、破格のギャランティーだった訳ではなく、出演者の大部分は大森監督の名前に惹かれてオファーに応えていた。大森が不在の今、製作委員会に彼らを再招集できる力はない。

「畜生。折角、映画の神様からの贈り物を見つけたっていうのに」

六車は唇を強く嚙んだ。

映画の神様からの贈り物――六車らしい物言いに、映一は少しだけ頰を緩ませる。

映画、というより興行の世界はいつも水物だ。完璧なマーケティングの下、流行りのストーリーを有名監督に任せ、脂の乗ったスターたちを集めた映画が二週間で打ち切られることもあれば、無名の監督が素人同然の役者たちを集めた映画が三カ月間のロングランを記録することもある。そんな時、誰かが必ず映画の神様を引き合いに出してくる。あの映画は神様から祝福されたのだと。

そういう意味で言えば、大森宗俊という男はいつも映画の神様に愛されていた。製作費が枯渇しかけても、スケジュールが絶望的になっても、作品が完成すれば観客は集まった。

だがその大森と共に、映画の神様も現場から離れてしまったようだ。

万事休す——樋口を加えた四人は意気消沈し、その場に力なく立ち尽くした。

と、その時、スタジオの扉を開ける者がいた。逆光で顔は見えないが、どうやら二人連れの男たちのようだった。

「ああ、いたいた。やっぱりここだった」

「おいこら、あまり引っ張るな。年長者はもっと丁重に扱え」

「竹脇さんに……三隅さん！　どうしたんですか、いったい」

「どうしたもこうしたもあるかい。いきなり、こいつに拉致された」

「あ。拉致ってのはひどいな。三隅さんも別に抵抗なんかしなかったじゃない。和姦みたいなもんでしょ」

「……そんな言葉をどこで覚えた」

構わず竹脇は三隅を引き連れて来た。

「樋口さん、さっきウチのマネージャーが失礼なことを言ったそうだね。悪かったです。申し訳ない」

「いや、悪いとかそういう話じゃないんだけど……」

「ええっと、麻衣さん、だったね。改めてよろしく、竹脇裕也です」

竹脇はあたふたしている麻衣の手を半ば強引に握る。

「マキさんの代役してくれるんだってね。分からないことは何でも聞いてよね。さ、宮藤さん。早速始めよっか。もう、本当に時間ないんだろう？」

「竹脇さん、だってあなたの事務所が」

「関係ねーよ、そんなもん」

竹脇は片手をひらひらと振った。

「今まで事務所には結構なカネを落としてきたんだ。一度くらいは我が儘聞いてもらってもバチは当たらないよな」

「失礼と言えば、わたしの事務所も酷い応対をしたそうだな」

「いや、あの」

「そのお詫びと言っては何だが、夏岡さんの方にはわたしから協力を申し出た。幸い、あそこの社長とは昔からの呑み仲間で、まあ話はすぐにまとまった。追っ付け夏岡さんも駆けつけて来るはずだ」

いくら何でも話がうま過ぎるよな——そう思った。

「宮藤監督」

三隅が目の前に立った。映一は俯いたまま直立不動になる。

「わしゃ、この若いの、それから夏岡さんがそれぞれの事情を越えて再びここに集まる理由が分かるかな。悪いが君のためではない。ここには来れなくなったマキさんや小森さんのためでもない。義理や人情で動くほどわしらも素人ではないからな」

「はい」

「それでもここに馳せ参じるのは大森監督の執念を見せつけられたからだ。痛みを薬で誤魔化し棺桶に片足突っ込んだ状態で、残りの気力を全て撮影にぶつけてきた。同じ映画人として、あの熱意に応えなければ自分の今まで重ねてきたことが嘘になる」

名優の言葉が奔流となって胸に流れ込んでくる。逃げる訳にはいかない。映一は顔を上げて真正面から三隅を見据えた。

「誓え、新人監督。必ずこの映画を傑作に仕上げると」

「……やってみます」

「やってみる、じゃない。やるんだ」

3

三日後、映一は五社の家を訪れた。

玄関に出て来た五社は開口一番、「よくやった！」と言った。

「今朝方オールラッシュを見たばかりだが、いいじゃないか山下麻衣。まだまだ粗削りだが見る者を惹きつける力がある。禍転じて福となすだ。それにしても映一。差し替えしたカット、小森のオリジナルとほとんど変わらなかった。いったい、どんな手を使ったんだ」

「撮影助監督の国松《くにまつ》さんが、ほぼ全カットの露光とピントを記録してくれてたんですよ。だから、後はオリジナルのアングル通りに撮ればよかったんで何とかなりました」

「ME（ミュージック&エフェクト）は？」

「昼一時からスタジオに行ってきます」

ポジ編集を終えた本編はオールラッシュを経て、音楽と効果音をダビングしていく。スタジオでは作曲家と選曲家が山ほどのアイデアとサンプルを用意して待ち構えていると聞いている。映一は五社への報告が済み次第、録音スタジオに駆けつける予定だった。

「それより五社さん。小森さんとマキさん、その後どうですか」

ここ数日はポストプロダクションに忙殺されて賢次とも会っていない。電話で進捗を確認する方法もあるが、本人が署内にいた場合、詳細を話すのは困難だろうという気遣いから携帯電話は開いていない。一方、五社は毎日のように面会に行っており、二人の最新情報はこの男から訊き出すのが早道だった。

「小森は保釈金支払いの目処《めど》が立ったから、もうすぐ出て来る。今更、証拠隠滅の惧《おそ》れはないと判断されたんだろう。腕の立つ弁護士を探しているが、傷害致傷罪はまず免れない。それに曽根からは民事での賠償請求を匂わされた。いずれにしても決着がつくのは来年以降だな」

「マキさんの方は？」

「取り調べにはとても協力的な態度だそうだ。お前の弟が自首という形にしてくれたんで心証は悪くない。凶器のナイフを用意していたから衝動的な犯行とは主張できんが、殺された方にも相応の理由があるからな。これも優秀な弁護士がつけば情状酌量も充分視野に入れられるという話だ」

こちらは麻衣からも、少し話を聞いている。麻衣が急遽新進女優の扱いを受けたことも手伝い、事務所は外聞を怖れてマキをおいそれと放り出せなくなったのだ。取りあえずは事務所の顧問弁護士を交えて対応策を検討しているらしい。

夜明け前が一番暗いという名言そのままに、『災厄の季節』を巡るマスコミ報道も沈静化の方向に向かっていた。連続する事件の犯人が両方とも逮捕され、事件としては終結が近づいたからだが、麻衣の銀幕デビューが暗い話題を相殺した面もある。

問題はスキャンダルの沈静化に伴って前売券の売り上げも落ちてきたことだった。下世話な好奇心が売り上げに貢献していたとは考えるだに不愉快だったが、数字の語る現象はいつも無慈悲なほどに真実だ。

前売券の売り上げ実績は最終的な興行収益にほぼ比例する。配給元と劇場側はそれと初週の動員数を計算に入れて不採算映画の打ち切り時期を決めようとする。封切当日の劇場前で、蒼い顔をした関係者が前売券をタダでばら撒いているのはそういう事情による。

売り上げが落ちた理由はもう一つある。当然のことながら、大森監督の途中降板が大きく響いたのだ。辛うじて撮影中止にはならなかったものの、大森の後を引き継いだのが全く無名の新人では期待値が下がるのも仕方のないことだった。

「どうした。二人の件以外にもまだ心配事があるのか」

「前評判があまり芳しくないと聞いてます」

「それは現場の気にすることじゃない」

五社はぴしゃりと言った。その冷たさが気遣いからきているのは丸分かりだ。

「まだ公開までには期間がある。製作委員会方式のメリットを最大限生かしたパブリシティも期待できる。これからがわたしの腕の見せ所だ……。ああ、ずっと立ち話で悪かったな。上がっていかないか。良ければ軽いものでも食べていったらいい」

「じゃあ、お茶を一杯だけ」

五社の後をついていくと、庭先の廊下でさつきに出くわした。軽食を用意するという口ぶりからさつきの在宅を予想していたのだが、案の定だった。

「あら。いらっしゃい」

「お邪魔してます」

「ああ、さつき。映一に何か軽い食事を」

「お昼に用意したサンドイッチがあるけど……それよりあなたに電話よ。帝都テレビの重《しげ》沼《ぬま》さんから」

それを聞くと五社は居間の方へ走って行った。

廊下に映一とさつきが取り残された形になる。五社は当分戻らないだろう。これは願ってもない絶好の機会だった。

「あらやだ。言い忘れてたわ。監督デビュー、おめでとうございます」

「あ、いや。有り難うございます」

慌てて映一は頭を下げる。

「何か、現場では色んなことが起こり過ぎて……最後の最後に自分のサプライズだったから、本当はまだ実感なくて。実績を評価されて監督に抜擢されたって訳でもないし」

「そんなこと気にしているの？　何でも同じだけれど、なる前のことなんてどうでもいいのよ。助監督からなった人、テレビ屋からなった人、芸人さんからなった人。監督になるには何通りも道があるけど、結局評価されるのは作品だけ。だから、なってからのことだけを考えなさいな」

「そうでした。奥さんもテレビの世界では辣腕プロデューサーでしたもんね。きっと色んな成功例や逆に失敗例もご存じでしょう。だからという訳じゃないんですけど……是非、これを機会にお伺いしたいことがあるんです」

「何かしら」

「噂、です」

「噂？」

「その業界ならではの噂ってありますよね。たとえば映画業界にも、あの新人女優は誰それのお手付きだとか、共演者の彼と彼女は同棲中だとか、そういう話は山ほどあります。しかも大抵の場合、信憑性が高いんですよね」

「それならテレビの世界も一緒よ。女性誌の記者が耳にしたら狂喜するようなゴシップネタがそこら中に転がっているもの」

「どうして、そういうネタのほとんどが外部に洩れないんですかね」

「それはそうよ。守秘義務という訳ではないけど、やっぱり狭い業界の身内だもの。家の中で悪態ついても外では悪口言いふらしたりしないのと一緒」

「ああ、そうですね。よく分かります。映画の世界も似たようなものですから。でも、だから引っ掛かるんですよ」

「何が引っ掛かっているの」

「五社さんからお聞きだと思いますけど、マキさんは以前吉崎さんと関係があって、その時のビデオをネタに脅迫されていました」

「そのようね」

「脅迫される側が脅迫者をなき者にしようとするのは当然だから、マキさんが犯人だったというのはすごく頷けるんです。それから、小森さんが曽根プロデューサーを邪魔に思って現場から追い出そうとした気持ちもよく分かるんです。正直、俺だって同じ気持ちでしたから。引っ掛かるのは、どうしてそんな相性の悪い者同士が同じ現場に入っちまったのかということなんです」

「それは巡り合わせよねえ」

「違います」

映一は口調を硬くして言った。

「大抵の場合、映画でキャスティングをする時には、まず主役級の配役を決めてから他のキャストに移っていきます。その際、主役と仲が悪いとか、脇役でも相性の悪い俳優さん同士は共演させせないようにする。現場に変な人間関係持ち込まれても撮影の邪魔になるからです。これはスタッフでも同じです。組み合わせたら問題が生じるような編成は極力避けるのが普通です。言い換えたら、スタッフの中に小森さんを入れなければ曽根さんは難を逃れることができた。マキさんをキャスティングしなければ吉崎さんが殺されることもなかった」

「でもねえ、それは結果論よ。大森監督と小森キャメラマンはいつもコンビだし、山下マキは帝都テレビが映画に出資する条件だったし」

「でも予め四人のキャラクターを知っている人間なら、やめさせるよう助言できたはずです。アドバイスさえあればキャメラマンだけ交代させるとか吉崎さんの助監督採用を見送るとか手段はあったはずです。それなのに今回はその危険性が全部見過ごされてしまった。ちゃんと四人の人となりを知り尽くした人がいたというのに」

「……それは、わたしのことを言ってるのかしら？」

「最初にマキさんをドラマに抜擢したのは奥さんだと聞きました。そういう立場ならマキさんからも度々相談を受けていたのではないですか。そして、ドラマの演出で頭角を現してきた吉崎さんの噂もご存じだったんじゃありませんか」

「否定はしませんよ」

さつきは微笑んだまま言った。

「例のいかがわしい動画がネットに流出した時も、あの子は真っ先にわたしのところへ相談に来ましたからね。投稿した犯人が誰なのかということも聞きました。吉崎という人が自身の立場を利用して、新進の女優さんに悪さをするというのも、よく聞く話でした」

「そしてまたあなたは、大森監督と長年コンビを組んできた小森さんの人柄も、曽根さんの思惑も知っていた。それなのにどうして放っておいたんですか」

「映画製作は五社の職域ですもの。わたしに口出しする権限なんてありませんよ」

「それも違う。俺はお二人が陣中見舞に撮影所を訪ねた時、しっかりと聞きました。キャスティングで大森監督と五社さんが渋っていたら奥さんが後押しをしたんだと。山下マキと吉崎さん、小森さんと曽根プロデューサーを同じ現場に放り込んだら不穏な事態になるのを承知で、あなたは放置したんです」

映一はさつきに詰め寄った。だが、さつきは微動だにせず、その場から動こうとしない。

「いったい何故ですか」

「まあ。そんなにいきり立って」

さつきはまるで子供の機嫌を取るような口調で艶然と微笑み返す。

「ご自分のしたことを認めるんですね」

「皆さんの噂と人となりを知っていたことは認めますよ。そのくらい知らなくてプロデューサーなんてやってられませんからね。でもそれを放置したとして、何の罪になるのかしら」

「少なくとも法律が裁けるような罪ではないでしょう。しかしあなたがしたことは、古井戸を覗き込む幼児を放置することと同じです」

「ああ、それは的確な比喩ね。だけど実際、わたしが口出しをして事態が好転する可能性も少なかったのよ。今の喩えで言えば、幼児が古井戸に向かって突っ走っている最中だった」

さつきはついと視線を庭先に移した。南天の実がちらほらと生《な》っているが、さつきの目はまるでそれを見ていない。

「吉崎さんを大森さんの補佐にするのも、マキちゃんをキャスティングするのも、そして自分が現場で指揮を執るのも全部曽根さんのつけた条件だったから、いったん受け入れないことには製作が進行しなかった」

「だからといって」

「それにねえ、わたしは結果的に大森さんが思い通りに映画を作ってくれたらそれで良かったの」

「……え？」

「あなたの言う通りよ。曽根さんと吉崎さんが大森さんの邪魔になることは始めから分かっていた。でも小森さんの性格ならきっと曽根さんを何とか排除してくれると期待したし、マキちゃんと吉崎さんを一緒にしておけばやがて潰し合いをしてくれると思った。そうなればめでたしよね。大森さんに邪魔な人間は現場から消えていくのだから。もっともマキちゃんが殺人まで起こしてしまったのは想定外だったけど」

「オヤジに映画を撮らせるのが最優先だったというんですか。確かに俺も曽根さんと吉崎さんは好かなかった。だけど二人ともいい映画を作りたいという点では同じだったはずです。マキさんに至ってはあなた自身が見出《みいだ》したスターじゃないですか！」

「あらあら。ずっと大森さんの下にいたあなたの言葉とは思えないわね」

さつきは視線を斜め上に泳がせる。それは過去を眺めているように見える。

「聞いていると思うけど、大昔に大森さんと五社がわたしを取り合ったという話があってね。結局わたしは五社と結婚したけど、本当は大森さんの方を強く愛していた」

一瞬、映一は目の前に立っているのが妙齢の女性のように錯覚した。齢《よわい》七十に近づきながら、その声には濡れたような艶があった。

「じゃあ、どうして」

「大森さん自身よりも、その才能を愛した……そう言えば分かってもらえるかしら。一人の女としてより一人のプロデューサーとして愛したのね。そういう女が四六時中隣にいたら堪ったものじゃない。それでわたしは身を引いた。あの人はわたしよりも、あのふわっとした眞澄さんみたいな人がいいのよ。大森さんのような天才はこれから先も出るものじゃない。彼の映画はあの人が天に召された後も、ずっとずっと光を放ち続ける宝石よ。でも大森さんの身体にも限界がきて、恐らく今度が遺作になろうとしている。局づめのプロデューサーや助監督、ぽっと出の女優なんてどうなろうと構わない。そんな人間、いくらだって取り替えが利く。だけど大森宗俊の映画は大森宗俊にしか撮れない。あの人に自由に撮ってもらえれば、わたしはそれでよかったの」

さつきの言葉はそこで途切れた。

映一は打ちひしがれて何も言い返せずにいた。芸術を愛する者の悪意。だが、それは決して裁くことのできないものだ。そして恐らく世に数多存在する芸術は、そうした悪意と表裏一体の愛情に支えられている。

しばらく立ち尽くしていると廊下の向こうから五社が戻って来た。

「悪かったな、長いこと待たせてしまって。さあ一緒に食べるとしようか……おい、どうした映一？　顔が真っ青だぞ」

4

十二月最初の土曜日。

映一は入院患者の脇に座って窓の景色を見ていた。都内では珍しい雪が内庭の針葉樹を白く覆い始めている。

「今日、公開初日なんだろう。舞台挨拶に行かなくていいのか」

大森がベッドの上から話しかける。ここ数カ月治療に専念した甲斐があり、撮影所で倒れた時よりはいくぶん回復した様子だった。

「舞台挨拶ですか……何となく気後れして」

「何でだ」

「場所が選りにも選って有楽町の直営館ですよ……すみません、俺が未熟だったせいで」

五社の必死のプロモーションにも拘わらず『災厄の季節』の前売り成績は未だ芳しいものではなかった。一週間前に行った試写会も客の入りは六分止まりで、業界紙は早くも惨憺たる興行収益になると予想していた。

おまけに初日が雪ときた。直営館は座席数九百を数える劇場で、壇上から見下ろせば空席がより目立つことだろう。その光景を想像するだけで足が重くなる。負け試合のインタビューを受ける監督というのは、きっとこういう心境なのだろう。

「映画ってのは出来はともかく、客の入りは水物だ。気に病むな」

「オヤジさんの単独監督だったら、少なくともこんな無様にはならなかった。俺の責任です」

気落ちしている理由は他にもある。

事件の裏でさつきの思惑が働いていたことは、まだ大森に告げていない。改めて言うことではなく、この重篤な患者に告げて何が好転する訳でもない。却って心労を増やすだけだ。

だが映一自身が真実の重みに疲弊しきっていた。さつきの心情は理解できるものの、引き起こされた事件によって人生を変えられ、また失った者のことを考えると居たたまれない気持ちになる。自分の愛してやまない映画にそれだけの価値があるのか、ひどく疑問に思えてくる。

やがて痺《しび》れを切らしたように大森が口を開いた。

「いい加減、子供みたいに拗《す》ねるのはやめろ」

「こ、子供みたいって」

「お前に責任被せようとして代行を頼んだ訳じゃない。お前は充分期待に応えてくれた。高峰がここで0号試写やってくれたが、出来は決して悪くなかった。いや、出来以上にお前は二つも功績を残したんだ。卑下することなんか何もない」

「二つの功績？」

「一つは俺のシャシンをちゃんとラストシーンまで撮り終えたことだ。樋口や六車から話は聞いてる。予算やらスケジュールが過酷な中でよくクランク・アップさせた。途中からとはいえ初監督であそこまで仕上げたら大したもんさね」

大森の言葉でいきなり涙腺が緩みそうになった。この男ほど社交辞令を知らない人間はいない。その口から出た称賛の言葉は、どんなに高名な評論家の言葉よりも値打ちがあった。

「もう一つは山下麻衣という女優を発掘したことだ。これぱかりはお前の眼力に負けた。まさかあんな近くに原石が隠れていようとはな。あれはよ、磨けば磨くほどきらきらしてくるぞ。それも他にないような光り方でな。もしこの映画がコケても、あの娘を見出せたことでチャラになるくらいだ」

大森の目が輝きを増す。

「お前とあの娘のお蔭で生き延びる理由ができた」

「え」

「俺はあの娘を主演にしてもう一本撮りたくなった。実は六車も同じことを言いだしてな。早速、新しいのを書き始めたらしい。だったら俺もこんなベッドの上、いつまでも寝ていられるかってんだ」

映一は不意に理解した。

大森は子供なのだ。

映画というオモチャを愛し、日が暮れるまで遊び続けている子供なのだ。だから自分を巡って人生を狂わせる凡人の行く末よりも、新しいオモチャに夢中になれる。

思えばさつきが大森に向ける愛情というのは、母親が才能ある子供に注ぐものと同じものではないだろうか。その才能を育み開花させることを唯一の目的とした保護者のものではないだろうか。

黙りこくる映一を前に、大森は次回作の構想を語り始めた。

病院を出ると降雪が激しくなっていた。映一は白い息を吐いてコートの襟を立てる。

舞台挨拶まであと一時間。地下鉄を乗り継げば有楽町の劇場までは三十分で足りる。足の重さは先刻よりも更に増している。映一は両足を引き摺るようにして歩き出した。

地下鉄に乗ると傘を持つ乗客が目立った。車両の床は融けた雪ですっかり濡れている。

車内を見回すと吊り広告が目に入った。『災厄の季節』と公開日を同じくした洋画のポスターだった。誰もが知っているハリウッドスター主演のアクション超大作で、正月映画としては一番の前売り実績を誇っていた。

俺とオヤジの映画はこいつの嚙ませ犬みたいなものか――苦々しさすら感じず、映一はポスターをぼんやりと見ることしかできなかった。

映画とは何だろう、と思う。二時間足らずの架空の物語、たかだか千八百円の娯楽。その娯楽のために数億もの資金が動き、数十人のスタッフと十人程度の俳優たちが我が身を削る。汗臭く、埃の舞うスタジオで人工の暑さと寒さに苛められ、理不尽な要求に耐え続ける。

だが、そうして完成したフィルムの全てが観客の祝福を受ける訳ではない。作品の良し悪しに関わりなく、空席だらけの観客席に空しい光を放ちながら早々と打ち切りを決められるフィルムも多く存在する。半年に亘ってスタッフとキャストの心血を注いだ結晶も、クズフィルムとして忘却の彼方に追いやられる。

それは果たして生産的な行為と言えるのだろうか。

そして、そんなものを作り続けていくことにどんな価値があるというのだろうか。

考え事をしていると風が強くなってきた。悪条件が重なる時は徹底的に重なる。こんな天候の中、映画館に足を運ぶのはよほどの大森ファンか、さもなければ潜在的なマゾヒストくらいだ。

映一はふと携帯電話がオフになっていることを思い出した。病院内で電源を切ってからずっと忘れていたのだ。

開いて驚いた。電源を切っていた一時間足らずの間に不在着信が十五件、それも全て同じ相手だった。

すぐに相手を呼んだ。

『ああ！　宮藤さん。いったいどこで何してるんだ』

六車の声は何故か怒っていた。

「何って、今劇場に向かってる最中だけど」

『現在地点は！』

「ビックカメラの前を通過したところ」

『そこから南の方角を見ろ』

言われた通りに南の方を見て映一は言葉を失った。

そこに信じられない光景が映っていた。

たった一館の映画館を擁する商業ビル。

そのビルの入口から色とりどりの傘が二列になって延々と並んでいた。

百メートル以上もあろうかという長い長い行列だった。しかも見ているうちに最後尾に人がどんどん連なっていく。

既に商業ビルはすっかり人の波に包囲されていた。

「これ……みんな……」

『口コミだよ。先週の試写会に来た観客が大傑作だってツイッターで呟きまくったらしい。その結果がこれだ』

目の前の光景が少し滲んで見える。

『何してるんだ。早く来いったら！』

六車は電話の向こうで怒鳴り始めた。

『みんながあんたを待っている』

映一は携帯電話を閉じた。

もう迷う必要はない。

みんなが待ってくれている。

理由はそれで充分だ。

深呼吸を一つ。

映一は全速力で駆け出した。

解説

三橋《みつはし》 暁《あきら》
（ミステリ評論家）

映画製作は荒野を旅するようなもので、はじめは期待に満ちているが、途中で目的地につけるのかと不安になる。（フランソワ・トリュフォー）

一本の映画が出来あがるまでの紆余《うよ》曲折《きよくせつ》が、その製作にたずさわる人々の人間模様を通して語られていく一九七三年のフランス映画「アメリカの夜」は、映画ファンのための映画と呼ぶのがぴったりくる。いくつもの物語がパラレルに進められていく群像劇は、フランス映画らしいエスプリに富んだもので、ユーモアとペーソスに事欠かないエピソードの数々からは、映画の世界で働く人々の仕事に対する真剣さと心根のやさしさが伝わってくる。

冒頭に引用したのは、自ら出演して映画の中でも映画監督の役を演じるフランソワ・トリュフォーのセリフで、決して順風満帆とはいかない撮影現場の風景をバックに流れるモノローグだ。和田《わだ》誠《まこと》のエッセイ「お楽しみはこれからだ」にも採り上げられたので、ご存じの方も少なくないと思う。世の中のどんな仕事にも言えることだろうが、映画の撮影現場もまたトラブルは絶えない。それを飄々《ひょうひょう》とやりすごし、ときに楽しもうとさえするプロフェッショナルの誇りのようなものが静かに伝わってくるさりげない名セリフといえる。

さて、映画好きの憧れをかりたててやまないという点では、ここにご紹介する中山七里の『スタート!』も引けをとらない。こちらは、映画ファンのためのミステリ小説と呼ぶのが相応《ふさわ》しい一作で、二〇一二年十一月、光文社から書下ろしで刊行された。本書は、その文庫化にあたる。ページをめくると、まず目次に並ぶ〝キャスティング〟に始まって〝公開〟で終る五つの章題が目にとまるが、そこからも察せられるように、物語は製作開始からロードショー公開に至るまでの映画製作にまつわる苦難の道のりをなぞらえるように進められていく。

デビューからたった二作めで、世界三大映画祭のひとつであるベルリン国際映画祭の最高賞にあたる金熊賞《グランプリ》に輝き、今をときめくハリウッドの売れっ子監督たちからもリスペクトを集める日本映画界のマエストロ大森宗俊《おおもりそうしゅん》監督。しかし昨今の厳しい映画界の事情は、二十一世紀の黒澤明《くろさわあきら》か小津安二郎《おづやすじろう》とでもいうべきこの巨匠にとっても甘くはない。やっとのことで念願の企画が通り、三年ぶりに新作を撮るチャンスがめぐってきた。

さっそく監督ゆかりの裏方たちに招集がかかるが、その中に大森監督の座組みでここのところ助監督を務める主人公の宮藤映一《くどうえいいち》も含まれていた。TV番組のADの仕事や、気合の入らない映画の現場に嫌気がさし、明るいうちから一人ヤケ酒を呷《あお》っていた映一だが、ベテランのカメラマン小森《こもり》からの呼び出しに、待ってましたとばかりオールスタッフ（監督と裏方たちのミーティング）に駆けつける。

しかし、好事魔《こうじま》多し。先のトリュフォーのセリフではないが、その席上、大森組にたちまち暗雲がたれこめる。遅れてやってきたプロデューサーの五社《ごしゃ》は、渋面を浮かべ、製作委員会の幹事である帝都《ていと》テレビから横車が入ったことを監督やスタッフたちに告げる。局から乗り込んできたプロデューサーの曽根《そね》が、映画への出資を人質にとり、子飼いのディレクターをチーフ助監督のポストにつけ、すでに決まっていたヒロイン役を局の看板女優に変更することを強要したという。かくして新生大森組の現場は波乱含みのスタートを切るが、その前途には思いもかけないさらなるトラブルが待ち構えていた。

ところで、先の「アメリカの夜」は、「パメラを紹介します」という架空の映画作品をめぐるモキュメンタリー（映画の世界で、虚構をドキュメンタリー・タッチに描く手法のこと）の作りだったが、この『スタート！』もまた作中作をめぐって展開する。ある連続殺人事件の捜査にあたった若い刑事が、その過程で出会った母と子との関係を通じて、捜査官として、さらに人間としての成長を遂げていく――、とそのさわりを紹介すれば、中山七里の読者や熱心なミステリ・ファンなら、はたと思い当たるだろう。大森監督が今回の映画の原作として目をつけた〝新人作家のミステリー〟とは、架空のものではなく、中山七里自身の作品、『災厄の季節』なのである。

　中山七里の作家デビューは、ご存じのように二〇〇九年、第八回〈このミステリーがすごい！〉大賞を射止めてのことだったが、その受賞をめぐっては、ちょっとした曰《いわ》くが残っている。実はこの時が二度目のチャレンジ（第六回に『魔女は甦る』を応募したが、最終審査で惜しくも受賞を逸している）となる中山七里は、二つの異なるタイプの作品を同賞に投じるという作戦に出た。その一つが、『災厄の季節』だった。

　もう一篇の『バイバイ、ドビュッシー』が、幾多の困難を乗り越えながら、少女がピアニストを目指すという瑞々《みずみず》しい青春・音楽小説であったのに対し、『災厄の季節』は、おぞましい連続殺人事件をめぐって展開する。二つの作品は好対照だが、ミステリとしての面白さには甲乙つけ難いものがあり、最終審査でもどちらに軍配をあげるかで意見が分かれたという。結局、折からの『のだめカンタービレ』ブームも追い風になったか、大賞の栄冠は『バイバイ、ドビュッシー』に輝き（太朗想史郎《たろうそうしろう》『トギオ』と同時受賞）、『さよならドビュッシー』と改題された受賞作は、耳の不自由なピアニスト岬洋介《みさきようすけ》を探偵役としてシリーズ化されることになり、その後『おやすみラフマニノフ』、『いつまでもショパン』と巻を重ねている。

一方、審査委員の中には最後までこちらを推す向きもあったという『災厄の季節』も、『連続殺人鬼カエル男』というタイトルで、遅れて読者のもとに届けられた。島田荘司《しまだそうじ》の折り紙が付いたことからも、凝りに凝った本格ミステリであることは歴然だが、この『スタート！』の作中作に使われた理由は、心神喪失者（精神障害などにより、自分の行為がもたらす結果について判断する能力を欠く状態にある者）の犯罪は処罰を免れるという現行法をめぐる主題にあるといえるだろう。

〝観客にはお茶漬けなんかよりステーキを食わせたい〟と豪語する大森監督にとって、生々しく重たいが、身近で興味の尽きないこのテーマは、まさに直球ど真ん中。『災厄の季節』が、そもそも未来の本作を念頭において書かれた作品だったのではないかと勘ぐりたくなるほどだ。それを強く感じさせるくだりが、本作の第三章で死体の見つかる廃車工場をカタコンベ（古代の共同墓地）に見立てるロケ撮影のシーンだろう。八王子市郊外のロケ地の廃車の山が墓標にも映る早朝の撮影場面の臨場感は、映画化を織り込み済みとしか思えないほどで、その視覚的なイメージは圧倒的といっていい。

ＴＶ業界とのビミョーな関係をはじめとする昨今の邦画事情や、スピルバーグやコッポラの逸話、チャップリンの名言までもが飛び出すほど映画の世界に精通する作者だが、その半端ではないディレッタントぶりを投影しているのは、大森監督が白羽の矢を立てた原作「災厄の季節」が、一本の映画としての形をなしていく過程の面白さだろう。普段目にする機会のない映画製作の舞台裏をたっぷりと覗《のぞ》かせてくれ、まるで身近なもののように映画の世界に親しみを覚えるから不思議だ。

〝映画の出来は脚本七割〟の言葉どおり、次々突きつけられる無理難題を修正用の赤ペン一本で手直ししていく売れっ子脚本家、六車圭輔《むぐるまけいすけ》の八面六臂《はちめんろっぴ》の活躍や、気難し屋で完全主義者の監督のスパルタな演出に応えるスタッフ、そして出演者たち。撮影所内にメガホンをとる大森監督の怒号が響く中、薹《とう》が立ちかけたアイドルの竹脇裕也《たけわきゆうや》は演技者として開眼のきっかけを摑《つか》み、精神疾患を負った青年役を演じるピン芸人のいづな太郎《たろう》は、鬼気迫る演技で周囲を唸《うな》らせる。

そんな人間模様の中には、二人三脚の活躍を見せるヒロイン役の山下《やました》マキとマネージャーの麻衣《まい》という姉妹もいる。姉のマキは、曽根の口出しで助監督に就いた吉崎《よしざき》とともに、ヒロインの座を射止めた帝都テレビの息がかかった女優だが、大森監督のしごきに挫《くじ》けるどころか、心の内に眠っていた女優本能が目を覚ます。そんな姉の一挙手一投足を見守る妹の麻衣にも、やがて変転の時が訪れる。二人は、映画「災厄の季節」をめぐる二枚のジョーカーであり、キーパースンといっても過言ではない。

もうお判りのように、映画の撮影現場にはトラブルがつきもので、『スタート!』では、そのトラブルをめぐって謎が謎を呼ぶ。いくつものフーダニットに対して、意外な真相を釣瓶《つるべ》打ちする終盤の展開は作者の得意とするところだが、真のクライマックスは映画のクランクアップとともにやってくる。そこで明らかになる悲劇の色を帯びた真相は、映画「災厄の季節」を万事窮すの状態に追い込むが、読者はそこで映画の神の降臨を目撃する。探偵役の導き出した苦い解答が、一転して未来に希望の灯りをともすのだ。どんでん返しの帝王と呼ばれる作者の本領発揮のひと幕といえるだろう。

「正気じゃ作れない。狂気でも作れない。映画は、本気で作るんだ。」とは、初刊時の帯にあった本作のコピーだが、大森監督、そして主人公の本気は、すなわち作者自身の本気ではないだろうか。映画への愛と、ミステリへの愛のありったけをつぎ込み、自作を映画化する思いで書き上げたに違いないこの『スタート!』が、感動的な映画との出会いにも似た心地よい余韻を残すのも、そんな作者の本気のせいだろう。

※冒頭の引用は、和田誠著『お楽しみはこれからだ PART2』(文藝春秋)のものを使いました。

〈参考文献〉

『映画業界で働く』木全公彦　谷岡雅樹著　ぺりかん社　二〇〇六年
『日本映画、崩壊　邦画バブルはこうして終わる』斉藤守彦著　ダイヤモンド社　二〇〇七年
『映画にしくまれたカミの見えざる手　ニッポンの未来ぢから』谷國大輔著　講談社　二〇〇九年

この作品はフィクションであり、実在の団体等とは一切関係がありません。

二〇一二年十一月　光文社刊

光文社文庫

スタート！

著者　中《なか》山《やま》七《しち》里《り》

2015年2月20日　初版1刷発行

発行者　鈴木広和
印刷　萩原印刷
製本　ナショナル製本

発行所　株式会社　光文社
〒112-8011　東京都文京区音羽1-16-6
電話　(03)5395-8149　編集部
8116　書籍販売部
8125　業務部

落丁本・乱丁本は業務部にご連絡くだされば、お取替えいたします。
ISBN978-4-334-76866-9　Printed in Japan

組版　萩原印刷

お願い　光文社文庫をお読みになって、いかがでございましたか。「読後の感想」を編集部あてに、ぜひお送りください。

　このほか光文社文庫では、どんな本をお読みになりましたか。これから、どういう本をご希望ですか。どの本も、誤植がないようつとめていますが、もしお気づきの点がございましたら、お教えください。ご職業、ご年齢などもお書きそえいただければ幸いです。当社の規定により本来の目的以外に使用せず、大切に扱わせていただきます。

光文社文庫編集部